AF140708

EDGAR DESCHLE

DIE
MAGISCHE
WELT
RIALAR

novum ◢ pro

Dieses Buch ist auch als
e-book
erhältlich.

w w w . n o v u m v e r l a g . c o m

Bibliografische Information
der Deutschen Nationalbibliothek:

Die Deutsche Nationalbibliothek
verzeichnet diese Publikation in
der Deutschen Nationalbibliografie.
Detaillierte bibliografische Daten
sind im Internet über
http://www.d-nb.de abrufbar.

© 2021 novum Verlag

ISBN 978-3-99107-688-9
Lektorat: Melanie Dutzler
Umschlagfotos: Elizaveta Mironets,
Sakkmesterke, Dana Rothstein,
Ivan Kmit | Dreamstime.com
Umschlaggestaltung, Layout & Satz:
novum Verlag

Gedruckt in der Europäischen Union
auf umweltfreundlichem, chlor- und
säurefrei gebleichtem Papier.

www.novumverlag.com

Der geisterhafte Geschichtenerzähler

Die Stadt Oradi ist mit ihren rund 500 Bewohnern eine der größten Städte des Südens. Die Sonne ist schon halb untergegangen, als die Zwillingsbrüder Erwin und Edwin die Stadt betreten. Äußerlich sind die Brüder kaum zu unterscheiden, selbst in ihrem hohen Alter von etwa 50 Jahren haben sie noch immer ein identisches Gesicht, dieselbe Art, ihr Haar zu tragen, und einen identischen Körperbau. Allein ihr Kleidungsstil – Edwins ist typisch für einen Elementaristen und Erwins für einen Seelensammler – macht es möglich, sie auseinanderzuhalten. Sie sind gerne gesehen und ernten viele freundliche Blicke und Grüße von passierenden Bürgern, während die beiden durch die mit Glanzstein errichteten Straßen gehen.

Im Zentrum angekommen sehen sie, wie die Händler bereits ihre Marktstände schließen und sich für die Nacht vorbereiten. Die Zwillinge allerdings interessieren sich mehr für die Gasthäuser, die vorzugsweise im Stadtzentrum vorzufinden sind. Schnell haben sie sich für eine kleine Herberge mit dem Namen „Halt des Rastlosen" entschieden und betreten die Unterkunft durch den Vordereingang.

Beim Betreten schießt einem im Inneren sofort der Duft von frischem Braten, Gewürzen und alkoholischen Getränken entgegen. Die Fläche des Hauses mutet von außen klein an, was sich im Inneren bestätigt. Der Schankraum hat eine kleine Theke und eine Handvoll runder Tische, um die vier Stühle stehen, eine Tür, die nach hinten zur Küche führt, und eine Treppe nach oben, wo sich die Schlafzimmer befinden.

Die Brüder haben Glück, denn von den fünf Tischen ist nur noch einer unbesetzt. An drei Tischen sitzen jeweils vier Personen und an einem Tisch nahe dem freien Tisch sitzt ein Mago mit einer Maga'a.

Nachdem sie beim Wirt Abendbrot bestellt haben, hören sich die Brüder bei den anderen Gästen um. Während die Leute an den vollen Tischen einfach nur essen, trinken und Geschichten austauschen, hört sich das Gespräch zwischen dem Mago und der Maga'a für die beiden interessant an.

„Lass dich nicht wieder dabei erwischen, wie du dich im Waldstück vor der Stadt herumtreibst, wo sich das starke Zornesfeld befindet ..." Mehr können sie nicht verstehen, weil die Magonar am Nachbartisch dazwischenrufen. „Verzeihung, wir wollen euch nicht stören. Doch Ihr tragt die Roben von Elementaristen und Seelensammlern. Wir fragen uns, ob ihr vielleicht Seelen dabeihabt, die spannende Geschichten zu erzählen haben?" Die beiden alten Zwillinge schauen erst noch den Mago an, der sie angesprochen und gefragt hat. Dann aber merken sie, dass sie der Mittelpunkt der Aufmerksamkeit des Gasthauses sind und jeder darin die beiden erwartungsvoll ansieht.

Erwin der Seelensammler muss nicht lange überlegen und nickt sogleich lächelnd in die Menge. „In der Tat habe ich jemanden, dessen Erlebnisse Euch interessieren könnten. Sein Name ist Jockaru. Ein Entdecker und Abenteurer aus dem Magrennar-Gebiet."

Ein freudiges Johlen geht durch den Schankraum, gefolgt von Bitten aus mehreren Richtungen, seine Geschichten hören zu dürfen. „Sehr wohl, liebe Leute, ich werde ihn für Euch beschwören. Denkt an eine kleine Spende, wenn Euch die Geschichten gefallen", antwortet Erwin den Maginar im Raum.

Daraufhin nimmt Erwin einen der Riaberane von seinem Gürtel. Er hält diesen in seiner rechten Hand und beginnt die Beschwörung, indem er Zeige-, Mittel- und Ringfinger der linken Hand in einer Dreiecksformation dagegen drückt. Langsam leuchtet der dunkle Riaberan von innen in einem hellen Blau auf. Geisterhafter Rauch steigt aus der kleinen leuchtenden Kugel auf. Es wird immer mehr Rauch, bis eine kleine Wolke über dem Tisch schwebt, die sich zur Büste eines alten Mago formt.

Mehr als der Kopf und die Schultern erscheinen nicht. Der halb durchsichtige Geisterkopf sieht sich im Raum um und lächelt zufrieden.

„Kein sehr großes Publikum, doch wie ich sehe, ein sehr interessiertes. Mein Name ist Jockaru, Erforscher der Magrennar. Es wäre mir ein Vergnügen, Euch von meinen Entdeckungen und Erfahrungen zu erzählen."

Das Publikum schaut gebannt auf die Erscheinung, als diese beginnt, von ihrer Reise zu erzählen. Sogar der Wirt hört aufmerksam zu, während er den Brüdern ihr Abendbrot bringt. Die Zwillinge haben nun eine Pause, sie haben die Geschichte schon oft gehört und wenden sich ihrem Mahl zu, während der geisterhafte Jockaru erzählt.

„… mit meiner verschleiernden Wind-Magie konnte ich mich gut zwischen den Pflanzen hindurchbewegen. Ihr wisst, dass manche Pflanzen, besonders junge Bäume, schon auf kleinste Berührungen reagieren und sich wehren. Doch um zu den Magrennar zu gelangen, musste ich mich ab und zu zwischen ihnen hindurchquetschen oder den einen oder anderen Ast wegdrücken. Da ich aber den Wind genutzt habe, um die Äste wegzudrücken und mich beim Durchquetschen von einem Wirbelwind umgeben habe, konnte ich sie über meine Präsenz hinwegtäuschen. Die eigentliche Herausforderung folgte erst, als ich die Magrennar dann gefunden habe. Es war eine Gemeinschaft von Wolf-Magrennar im Grundellun-Wald. Ich musste aufpassen, denn die Sinne der Magrennar sind hervorragend ausgeprägt. Wenn man nicht aufpasst, riechen oder hören sie dich, noch bevor du sie überhaupt sehen kannst. Glücklicherweise konnte ich meine Präsenz weitestgehend verbergen und die Wesen beobachten."

Jockaru, die Seele, erzählt seine Erlebnisse wie eine Abenteuergeschichte, obwohl diese mehr wie eine Schullektion wirkt. Das stört die Zuhörenden jedoch in keinster Weise. Sie hängen ihm neugierig an den Lippen. Man merkt, dass er regelmäßig gerufen wird, um Geschichten zu erzählen, denn er macht immer wieder Sprechpausen, aber nicht um Luft zu holen. Logischerweise braucht er keine Atemluft, doch die Zuhörer brauchen Unterbrechungen, um sich das Erzählte bildlich vorstellen zu können und die Informationen sacken zu lassen.

7

„Meine Vorräte reichten zu dem Zeitpunkt für drei Tage und ich wollte so viel wie möglich über die Wolf-Magrennar erfahren. Während ich sie also studierte, merkte ich immer mehr, dass sie sich im Grunde mehr wie wir Maginar verhalten als wie Tiere. Sie leben nicht etwa in wilden Rudeln, in denen sie sich um Beute und Essen streiten und der Stärkste zuerst frisst, vielmehr verhalten sie sich wie Familien. Die Stärksten gehen auf die Jagd, die Schwächeren gehen sammeln und die Alten kümmern sich um die Kleinen. Dass die Magrennar ein Territorium haben und dieses gegen Eindringlinge verteidigen, ist soweit bekannt. Wenn man sie trifft, sind sie meist sehr aggressiv und viele Begegnungen hatten schon im Unleben für Maginar geendet. Daher habe ich mich sehr lange und ausführlich auf diese Expedition vorbereitet. Dies hat sich mehr als ausgezahlt. Mit eigenen Augen habe ich ihre friedvolle Natur beobachten können. Die Magrennar erziehen ihre Jungen spielerisch für die Jagd und den Kampf. Sie sprechen sogar eine Art Sprache, jenseits von Bellen und Knurrlauten. Außerdem habe ich mehrfach beobachten können, wie sie ihr Fleisch mit Pflanzen gewürzt haben. Ich konnte jedoch nicht feststellen, ob die Magrennar diese Verhaltensweisen selbst entwickelt oder ob sie diese bei uns Maginar abgeschaut haben …"

Während Jockaru die Geschichte über die Wolf-Magrennar erzählt, merkt das Publikum nicht, wie spät es inzwischen geworden ist. Der Geist selbst spürt keine Müdigkeit, doch sieht er Ermüdungserscheinungen bei seinen Zuhörern und kommt bald zu einem Ende. Der geisterhafte Erzähler zieht sich in sein Riaberan zurück. Bevor die Menge sich auflöst, lassen sie noch den einen oder anderen Luxon für den Seelensammler, der für sie den erzählenden Geist beschworen hat, da und diskutieren auf dem Weg nach Hause über das gerade Gehörte. Die Brüder bestellen sich Zimmer für die Nacht und Ruhe kehrt in das Gasthaus ein.

Die Arbeit der Löser

Am nächsten Morgen wird Edwin als erster wach. Morgen ist es nicht mehr wirklich, die Sonne ist schon halb am Himmel. Edwin und sein Bruder sind wahrlich keine Frühaufsteher. Nach dem Aufstehen streckt sich der Elementarist und macht Morgenübungen, um den Kreislauf in Schwung zu bringen. Als nächstes wäscht er sich das Gesicht an der im Zimmer befindlichen Wasserschüssel und zieht sich daraufhin wieder seine Robe an. Nun ist er ausreichend zurechtgemacht, um sein Zimmer zu verlassen. In sicherer Gewissheit, dass sein Bruder noch nicht aufgestanden ist, klopft er an Erwins Zimmertür. Dieser erwacht dadurch und beginnt dasselbe Morgenritual wie sein Zwillingsbruder. Edwin setzt seinen Weg zum Speisesaal fort und trifft dort den Wirt. Er bezahlt den Wirt für die Zimmer und lässt sich eine Brotzeit einpacken, verstaut diese in seiner Reisetasche und verabschiedet sich. Auf dem Weg nach draußen stößt Erwin zu ihm in den Speisesaal und sie verlassen gemeinsam das Gasthaus.

Draußen schlagen sie die Richtung stadteinwärts ein. Zu dieser Tageszeit herrscht geschäftiges Treiben auf den Straßen. Da die beiden neu in der Stadt sind, lassen sie sich Zeit auf dem Weg in das Zentrum, besichtigen auf ihrem Weg die Gebäude und beobachten die Bewohner. Hier in einer größeren Stadt scheint alles entspannter zu sein als in den kleinen Dörfern. Der viele Glanzstein, der in den Straßen verbaut ist, und die Stadtmauern, in die ebenfalls Glanzstein eingearbeitet ist, sowie die Wächter, die allein für den Schutz der Stadt angestellt sind, lassen die Leute hier ein unbeschwertes Leben führen.

In der Mitte der Stadt entdecken die Brüder dann den Marktplatz und das Amtshaus des Bürgermeisters. Die Marktstände sind im Kreis um den Brunnen im Mittelpunkt aufgebaut und bieten frische Lebensmittel an. Erwin entdeckt sogar ein „Heiler- und Pflegehaus", das am Rande des Marktplatzes liegt. Sofort weist Erwin seinen Bruder auf das Haus hin und schlägt vor: „Schau, Edwin, sollten wir nicht ein Bad nehmen, bevor wir zum Bürgermeister gehen? Wir waren schließlich eine ganz schöne Zeit lang unterwegs." Edwin ist begeistert. „Gute Idee, das macht einen besseren Eindruck und zeigt, dass wir gut vorbereitet sind. Hoffentlich wird das nicht zu kostspielig, wir hatten schon länger keine Löser-Arbeit mehr. Wir leben nur noch von den Spenden, die wir mit den Geschichten der Geister verdienen." Am Ende klingt er etwas missmutig bezüglich ihrer finanziellen Situation.

So entschließen sich die beiden, im Heiler- und Pflegehaus ein Bad zu nehmen und ihre Kleidung reinigen zu lassen. Die Pfleger nehmen sich der Zwillingsbrüder an, die nur eine schnelle Wäsche wünschen. So waschen die Pfleger die beiden Brüder und ihre Kleidung mit Hilfe von Wasserformungsmagie und trocknen sie anschließend in kürzester Zeit.

Erfrischt und sauber verlassen Erwin und Edwin kurze Zeit später das Heiler- und Pflegehaus. Doch fast genauso blank ist nun auch ihre Geldbeutel. Bis auf wenige Luxon ist ihnen nichts geblieben. Jedoch sind sie deswegen nicht beunruhigt. Denn das wäre nicht das erste Mal, dass sie pleite wären.

„Die Stadt gefällt mir. Warum sind wir nicht schon früher weiter in den Süden gereist?", fragt Erwin seinen Bruder.

„Wir waren im Norden eigentlich immer beschäftigt. Bisher hatten wir einfach keinen Grund, in neue Gefilde zu reisen. Wir hatten unsere Freunde und Dörfer, die wir im Laufe unserer festen Route bereisten, und wir wussten, wo die Gefahren auf dem Weg sind", antwortet Edwin, während sie zum Amtshaus des Bürgermeisters gehen und dieses betreten.

Die Zwillinge werden sofort vom Diener des Bürgermeisters begrüßt.

„Willkommen die werten Magonar. Ihrer Kleidung nach sind Sie Löser?" Edwin nickt dem Diener zu und antwortet.

„Ganz recht, wir waren eine Weile auf Reisen und sind gestern Nacht angekommen. Ich bin Edwin, das ist mein Bruder

Erwin. Wir möchten fragen, ob Sie Arbeit für uns haben?" Der Diener klatscht vor Begeisterung die Hände zusammen.

„Hervorragend, mein Name ist Rogu und der Bürgermeister wartet schon seit einer Weile auf Ihresgleichen. Bitte hier entlang."

Zuversichtlich folgen die Brüder dem eifrigen Rogu in den zweiten Stock vor eine einfache Holztür.

Rogu klopft an die Tür und nach einem lauten „Ja bitte?" öffnet er diese und geht hinein.

„Kommen Sie gleich mit hinein!"

So geht Rogu voraus und die Zwillinge folgen ihm. Der Diener geht gleich nach der Tür einen Schritt zur Seite und streckt seinen Arm aus, um die Brüder an sich vorbei nach vorne zu lassen.

Noch während die beiden zum Bürgermeister gehen, stellt der hagere, etwas nervös wirkende Diener sie auch schon vor.

„Ich darf vorstellen: Edwin und Erwin, sie sind Löser und gestern in Oradi angekommen."

Der Bürgermeister, ein wohlgenährter, in hellen Gelb- und Grüntönen gekleideter Mago, steht von seinem Schreibtisch auf. Er lächelt sofort und begrüßt die Zwillingsbrüder freundlich.

„Sehr gut, ich bin Bürgermeister Hadien und habe schon eine Weile auf Löser gewartet. Seid Ihr beide Löser? Normalerweise reicht einer."

Der Bürgermeister erkennt die Professionen der Brüder gleich und ist deshalb neugierig.

„Richtig, normalerweise ist nur einer von uns notwendig. Doch wir sind fast immer auf Reisen und müssen unsere Arbeit schnell erledigen, um unseren Lebensunterhalt zu verdienen und weiter zu reisen. Wir sind sehr geschickt darin, unsere Fertigkeiten zu kombinieren und sowohl die Seelen als auch die Körper schnell zu lösen. Keine Angst, Ihr müsst uns nicht doppelt bezahlen." Bürgermeister Hadien nickt zustimmend.

„Es ist momentan für unsere Stadt dringend notwendig, dass Ihr hier seid. Wir hatten einen Löser, der hier gelebt hat. Leider wurde er gerade bei seiner Arbeit außerhalb der Stadt angegriffen und ihn ereilte das Unleben. Da sich das noch nicht herumgesprochen hat, bekommen wir kaum Besuch von Lösern, denn für sie gibt es im Normalfall keine Arbeit. Wärt Ihr interessiert, dauerhaft nach Oradi zu ziehen, um hier langfristig als Löser zu arbeiten?"

Der Bürgermeister sieht die Zwillingsbrüder erwartungsvoll an, doch diese blicken sich nur kurz gegenseitig an und dann wieder zurück zum Bürgermeister.

„Wir übernehmen gerne die Lösungsarbeit, zu der Euer früherer Löser nicht im Stande war, und wir können noch ein wenig bleiben, falls wieder etwas passiert. Doch dauerhaft an einem Ort zu bleiben, ist nicht unsere Natur", antwortet Erwin frei heraus und wechselt dann auch gleich das Thema.

„Wie lange ist denn Euer Löser schon im Zustand des Unlebens und wie viele Fälle konnte er nicht mehr bearbeiten?" Bürgermeister Hadien seufzt und gibt mit melancholischer Stimme zurück.

„Sein Unglück ist einen Monat her und seitdem hatten wir 27 Fälle von Unleben." Die Brüder bekommen große Augen.

„Bitte? 27 Fälle in einem Monat … ist das normal in so einer großen Stadt?" Der Bürgermeister nickt bedrückt.

„Leider ist diese Zahl keine Seltenheit. Das Leben in Oradi oder generell in großen Städten ist sicher mit dem ganzen Glanzstein und Maginar, die nur für den Schutz zuständig sind. Deshalb vergessen viele Bürger die Gefahr und gehen allein und unachtsam aus der Stadt. Dann kommt ein Tier, das sich bedroht fühlt, und befördert sie ins Unleben. Das sind auch nur die Fälle, von denen wir wissen und die wir bergen konnten. Es gibt auch viele Maginar, die verschwunden sind und anschließend nicht mehr gesehen wurden", erklärt der Bürgermeister das Stadtleben, dann geht er zu seinem Schreibtisch und kramt eine Karte aus der Schublade. Er breitet diese auf seinem Tisch aus.

„Das ist ein Überblick über Oradi. Ich markiere Euch alle wichtigen Orte. Hier ist mein Amtshaus, da sind wir gerade. Geht diesen Weg, um zur Arbeitsstätte unseres früheren Lösers zu kommen."

Der Bürgermeister berührt mit der Fingerspitze die Orte auf der Karte, woraufhin diese anfangen zu leuchten. Auch der Weg, den er mit seinem Finger zwischen dem Amtshaus des Bürgermeisters und der Arbeitsstätte des Lösers abfährt, leuchtet.

„Gestern im Gasthaus hörte ich etwas über ein starkes Zornesfeld in der Nähe der Stadt. Meint Ihr, wir können uns diesen Ort einmal ansehen?", fragt Erwin der Seelensammler. Bürgermeister Hadien wirkt nicht begeistert, dennoch antwortet er darauf. „Mir wäre es recht, wenn Ihr Euch zunächst der Lösungsarbeit zuwenden würdet. Wenn das erledigt ist, könnt Ihr Euch allem annehmen, was Euch interessiert."

Die Brüder nicken zustimmend und der Bürgermeister markiert einen ungefähren Bereich in einem Waldstück im Nordosten der Stadt.

„Das versteht sich von selbst. Unsere Profession ist die Lösung. Deshalb werden wir das als erstes erledigen. Wir werden etwa zwei Tage brauchen und als Lohn berechnen wir 25 Luxon pro Unleben. Falls wir noch bleiben sollen, obwohl für uns keine Arbeit da ist, würden wir 15 Luxon pro Tag berechnen."

Edwin nennt die Bedingungen und der Bürgermeister rechnet kurz im Kopf nach.

„Das klingt gerecht. Während Ihr die Lösungen durchführt, werde ich die Familien informieren. Ihr bekommt die Bezahlung am Ende jeden Tages."

Die Zwillinge und der Bürgermeister geben sich die Hände auf die Einigung. Die Brüder verabschieden sich, verlassen das Amtshaus des Bürgermeisters und folgen der Karte zur Lösungsstätte.

Dort angekommen gilt der erste Besuch der beiden Löser dem Lösungs-Hof, wo normalerweise die Bunterde gemischt wird. Der Bereich zum Lösen ist gut markiert und im Inneren ist eine Fläche, die knöchelhoch mit Steinen umrahmt ist.

Danach führt sie ihr Weg in die Unlebenwacht, dem Gebäude gleich neben dem Lösungs-Hof. Da finden sie die in Stoff eingewickelten Körper liegen, die noch keine Lösung hatten. Während Erwin die nötigen Riaberane in der Unlebenwacht zusammensucht, die dort bereitstehen, um kurzzeitig Seelen aufzunehmen, wählt Edwin die Körper aus, die sie gleich lösen werden. Der Auswahlprozess läuft größtenteils zufällig ab, doch es sind Paare dabei, die zusammenliegen, und diese bedienen sie zuerst, weil Paare meistens gleich in das Arkane Netzwerk eintreten wollen, weil sie zufriedener sind, wenn die Lösung bei ihnen gleichzeitig durchgeführt wird und sie zusammen den Eintritt erleben.

Sobald Erwin genug Riaberane am Lösungshof aufgestellt hat, tragen die beiden das erste Paar hinaus und legen die Körper in den von Steinen umrahmten Bereich eng aneinander.

Wieder außerhalb des markierten Bereichs fängt Erwin an, sich zu konzentrieren. Er streckt die linke Hand aus, atmet gleichmäßig und schließt die Augen. Schon einige Augenblicke später entspringt aus Erwins linker Hand eine zweite geisterhafte Hand. Die Geisterhand raucht und gleitet mit Erwins richtiger Hand verbunden auf die Körper zu. Als erstes greift die geisterhafte Hand an die Schulter der Maga. Die Hand zieht und rüttelt scheinbar am Körper, bis die Seele der Maga herausspringt wie ein Korken aus einer Flasche. Dasselbe macht Erwin dann beim Mago gleich daneben – es wird gerüttelt und gezogen, bis die Seele herausspringt.

Nun schweben die beiden Seelen in Form von Büsten gut zwei Schritt in der Luft. Wie bei allen Seelen, die kurz vorher aus ihren Unleben gezogen wurden, sind sie noch verwirrt und orientierungslos. Die beiden Seelen brauchen einen Moment, um ihre geisterhafte Erscheinung zu begreifen. Dann erinnern sie sich zurück an die Situation, die sie ins Unleben gebracht hat, während die Löser vor ihnen geduldig warten, bis die Seelen letztendlich beschließen, gleich in das Arkane Netzwerk zurückzukehren. Nachdem die Namen der beiden Seelen von den Lösern notiert wurden, tippt die geisterhafte Hand von Erwin die Seelen mit einem rosafarbenen Schimmer an. Die Seelen fühlen sich langsam immer leichter und schweben immer höher. Der rosa Schimmer von Erwins Berührung breitet sich in den Seelen aus und lässt sie zerfließen. Ab einer gewissen Höhe lösen sich die Seelen in Luft auf, als würden sie von einer Strömung weggeschwemmt werden. Schließlich sind sie verschwunden und es bleiben nur noch die seelenlosen Körper übrig. Die geisterhafte Hand kehrt in Erwins körperliche Hand zurück und es bleibt keine Spur des geisterhaften Spuks. Nun ist Edwin an der Reihe. Er konzentriert sich, atmet gleichmäßig und faltet die Hände vor seinem Mund. Er pustet zwischen den beiden Daumen in seine Hände und nimmt seinen Mund wieder weg. Als er die Hände öffnet, hält er eine durchsichtige Kugel in der Hand, die von innen rot leuchtet. Er wiederholt den Vorgang, bis er vier solcher Kugeln hat, eine rot-feurige, eine blau-wässrige, eine weiß-stürmische und eine braun-erdige. Er wirft eine Kugel nach der anderen zu den Körpern in den mit Steinen umrandeten Bereich. Mit einem Fingerschnippen von Edwin lösen sich die äußeren Schutzhüllen der Kugeln auf. Die Essenzen der Elemente im Inneren werden freigesetzt und sickern in den Boden. Die jeweiligen Elemente färben den Boden in ihrer entsprechenden Farbe und breiten sich aus. Als sich zwei Elemente treffen, beginnt eine Reaktion. Die Essenzen breiten sich schlagartig aus, bis sich alle vier Elemente treffen, dann verhält sich der Boden, der in den Farben der Kugeln getränkt ist, wie eine Flüssigkeit. Die Elemente verwirbeln wie in einem Strudel, bis sie ineinander übergehen und der Boden in Regenbogenfarben leuchtet. Die nun erschaffene Bunterde gibt ein leises Summen von sich. Langsam versinken die Körper in der regenbogenfarbenen Erde, bis nichts mehr von ihnen übrig ist. Als die Körper verschwunden sind und nichts mehr in der Bunterde liegt, verstummt das Summen und die Regenbogenfarben weichen dem normalen Braun der Erde.

Nachdem die erste Lösung so reibungslos funktioniert hat, machen die Brüder eine Pause und essen die Brotzeit aus dem Gasthaus.

Danach machen sie sich wieder ans Werk. Sie widmen sich weiter den Paaren, die in der Unlebenwacht zusammenliegen, bringen diese hinaus und in die Lösungsstätte. Die Seelen der Paare werden immer gleichzeitig durch die Lösung erweckt. Wie zu erwarten, wollen alle Paare gleich in das Arkane Netzwerk eintreten, da es ihnen genügt, bei der Lösung zusammen zu sein.

Als die Lösung aller Pärchen beendet ist, machen die beiden einzelnen Personen weiter. Die Lösung der ersten Seele aus dem Körper läuft ohne Probleme. Leider verweigert die Seele aber zu akzeptieren, dass sie das Unleben ereilt hat und ihr Körper verloren ist.

„NEIN! Das kann nicht sein! Ich war schon oft außerhalb der Stadt und war immer vorsichtig! Plötzlich springt dieses Tier hervor, ich hatte gar keine Möglichkeit zu entkommen! Das ist nicht gerecht", tobt die Seele und wirbelt dabei aufgebracht in der Luft umher.

„Beruhige dich bitte. Was geschehen ist, lässt sich nicht ändern." Erwin versucht, mit ruhigen Worten und Gesten zu beruhigen.

„Aber es ist ungerecht! Ich hatte nur Pech, dass genau in dem Moment ein Tier aufgetaucht ist und mich angegriffen hat! Anderen passiert das auch nicht!" Die Seele bleibt uneinsichtig und versucht, mit den Lösern zu verhandeln, doch Erwin schüttelt nur den Kopf.

„Wir sind schon lange unterwegs und haben viele Schicksale gesehen. Was du erzählst, passiert den Magi jeden Tag, überall. Lass dir Zeit und denk darüber nach. Für gewöhnlich wird es dann leichter", redet Erwin weiter auf die Seele ein. Diese antwortet zwar nicht, ist aber trotzdem noch aufgebracht.

Erwin nimmt dann eines der kleinen Riaberane, die er vorbereitet hat, und berührt dieses mit Zeige-, Ring- und Mittelfinger, woraufhin sich die Seele in Rauch auflöst. Der Rauch zieht vollständig in das Riaberan ein.

„Hoffentlich beruhigt er sich und akzeptiert sein unglückliches Schicksal. Wenn nicht, könnte er ein Zornesfeld oder sogar schlimmer, ein Verzweiflungsfeld hinterlassen." Edwin klingt sorgevoll und sein Bruder nickt nur zustimmend.

Die Zwillinge fahren mit ihrer Arbeit fort und lösen einen unlebenden Maginar nach dem anderen. Sie nehmen sich jedoch Zeit bei den Seelen, die noch nicht bereit sind, in das Arkane Netzwerk überzugehen. Diese werden übergangsweise in ein Riaberan untergebracht, genauso wie Seelen, die sich noch von Familie und Freunden verabschieden wollen. Unabhängig davon werden alle Namen auf ein Pergament geschrieben. Da noch nicht alle, die im Unleben gefangen sind, bedient werden konnten, müssen sie dokumentieren, wer bereits in das Arkane Netzwerk übergegangen ist, wer in einem Riaberan haust und wie viele noch auf eine Lösung warten.

Die Löser beschließen, Feierabend zu machen, als die Sonne schon tief steht und im Begriff ist, unterzugehen. Sie nehmen die Liste mit den Namen mit, schließen die Unlebenwacht und die Lösungsstätte wieder ab und machen sich auf den Weg zurück zum Bürgermeister.

Am Amtshaus des Bürgermeisters angekommen, werden sie wie erwartet schnell empfangen.

„Guten Abend die Magonar, ich hoffe, Sie hatten einen produktiven Tag?", fragt Bürgermeister Hadien in hoher Erwartung.

„Ganz recht, wir konnten viele Lösungen durchführen und die Körper sind auch schon zurück zur Natur gebracht. Hier ist eine Liste, welche Maginar bis jetzt die Lösung erhalten haben und sich in das Arkane Netzwerk begeben haben und welche vorübergehend in Riabarenen hausen."

Edwin übergibt das Pergament mit den Namen, der Bürgermeister sieht sich diese sofort an.

„Ah ja, Riaberane. Diese wurden bisher nicht allzu oft gebraucht. Wir hatten einen Elementaristen. Falls ein Zornesfeld oder dergleichen hinterlassen wurde, habe ich dieses persönlich entkräftet. Ich weiß noch, wie ich einmal ein besonders hartnäckiges Sehnsuchtsfeld entkräften musste. Das hat uns beide zur Weißglut getrieben, denn er konnte das Lösungsfeld solange nicht benutzen und ich brauchte ewig, um es wegzubekommen." Er lacht ausgelassen. „Wir waren schon ein gutes Gespann. Sein Verlust schmerzt mich, doch ich weiß, wenn seine Seele befreit und in das Arkane Netzwerk gegangen sein wird, dass es ihm dann besser geht", erzählt Bürgermeister Hadien ein wenig schwermütig, dann schaut er sich die Liste wieder an.

„Sein Name ist nicht auf der Liste, sieht aus, als ob er seine Lösung noch nicht hinter sich hat. Ich würde gerne seiner Lösung beiwohnen, wenn es Euch recht wäre." Die Brüder sehen sich an, zucken mit den Schultern und Erwin antwortet.

„Das wäre kein Problem, am besten, Ihr kommt morgen früh mit uns zur Unlebenwacht und verabschiedet Euch von ihm, wenn wir ihn und die übrigen Unlebenden lösen." Der Bürgermeister überlegt kurz und lächelt die beiden dann an.

„Da kommt mir eine gute Idee, ich bringe auch gleich die Familien der Maginar mit, die sich noch in den Riaberanen befinden und sich verabschieden wollen. Wenn es gut läuft, können wir alle oder zumindest alle von heute dazu bringen, in das Arkane Netzwerk zu gehen. Oh, und bevor wir es vergessen noch die Bezahlung." Der Bürgermeister zählt die Namen auf der Liste und füllt die entsprechende Menge Luxon in einen Beutel. Diesen übergibt er an die Löser, die sich bedanken.

Dann verabschieden sich die Zwillinge und der Bürgermeister voneinander. Die Brüder verlassen das Amtshaus des Bürgermeisters und machen sich wieder auf zum Gasthaus, in dem sie bereits die erste Nacht verbracht haben.

Auf dem Weg hören sie einige Explosionen aus Richtung des nördlichen Stadttors, woraufhin die Leute, die ihre Verkaufsstände für die Nacht abbauen, untereinander tuscheln.

„Diese verfluchten Ziegen wittern unsere Vorräte und versuchen immer wieder, an diese heranzukommen. Seht, da sind schon die Jäger unterwegs, vielleicht haben wir bald wieder mehr Fleisch im Angebot."

Während sie das hören, schauen die Brüder in die Richtung, von der die Jäger angelaufen und gesprungen kommen, um am Nordtor die angreifenden Ziegen zu schwächen und zu lösen und die Tierkörper dann zu schlachten, um sie anschließend auf dem Markt zum Verzehr zu verkaufen. Man sieht, dass die Jäger für die Abwehr von Tieren ausgerüstet sind. Sie bewegen sich schnell wie der Wind durch die Straßen. Hindernissen auf ihren Wegen weichen sie geschickt aus. Dies ist möglich, da sie im Gegensatz zu der normalen Bevölkerung enganliegende Kleidung aus Leder tragen.

„Hm, Tierlöser. Gut zu sehen, dass die Löser, die es nicht schaffen, Maginar zu lösen, noch eine wertvolle Rolle für die Gesellschaft ausfüllen", sagt Erwin etwas abfällig über die Jäger, woraufhin er von Edwin tadelnd zurückbekommt:

„Wie sagt man so schön? Überheblichkeit ist der Stolperstein in eine Grube, die man selbst gegraben hat. Außerdem sind zu viele Maginarlöser nicht gut für das Geschäft." Darauf erwidert Erwin nichts mehr, da Edwin absolut recht hat und es da auch nichts zu diskutieren gibt.

Als die Zwillingsbrüder am Gasthaus angekommen sind, haben die Explosionen aufgehört. Als sie die Schankstube betreten, sehen sie bekannte Gesichter von gestern. Die Brüder werden wieder herzlich gegrüßt und natürlich wollen die anwesenden Maginar erneut eine Geschichte hören.

Erwin enttäuscht die neugierigen Maginar nicht und beschwört Salmin, eine Lichtmaga und Anführerin einer Pioniergruppe. Diese Gruppe hat ein neues Dorf gegründet und aufgebaut. Salmin erzählt, mit welchen Gefahren und Widrigkeiten sie zu kämpfen hatten, und das Publikum hängt ihr gespannt an den Lippen. Unterdessen essen und trinken Erwin und Edwin wieder und genießen den Abend, bis es spät wird und die meisten Zuhörer nach Hause gegangen sind. Dann kommt Salmin zurück in ihr Riaberan und die Brüder beziehen dieselben Zimmer wie in der Nacht zuvor.

Ein kleiner Einblick

Am Morgen fällt es den Zwillingen wieder schwer aufzustehen. Sie müssen sich förmlich aus der Decke schälen. Doch als das geschafft ist und sie sich das Gesicht gewaschen haben, sind auch sie bereit für den Tag. In der Schankstube ist es ruhig, da am späten Morgen alle am Arbeiten sind, und die Brüder haben freie Sitzplatz-Wahl. Sie bestellen ein ausgiebiges Frühstück, da sie gestern bezahlt wurden und sich das nun leisten können. Nach dem Frühstück kommt der Wirt zu ihnen und spricht sie beim Abräumen an.

„Noch etwas, heute bekommen wir Ziegenfleisch herein. Soll ich Euch jeweils eine Portion zurücklegen?"

Ein freudiges Grinsen bildet sich auf den Gesichtern der Zwillinge.

„Sehr gerne, es ist ewig her, dass wir einen herrlichen Braten genießen konnten", antwortet Edwin und Erwin fügt hinzu:

„Das waren doch die Explosionen gestern, oder? Greifen solche Tiere öfter an?" Der Wirt denkt sich nichts dabei und wirkt gelassen.

„Ja, das passiert hier sehr oft. Die Tiere wittern oder spüren, dass wir Vorräte haben, und wollen diese für sich selbst. Das spielt unseren Jägern natürlich in die Hände, da sie nicht hinaus in die Wildnis müssen. Die Gefahr ist nicht so groß, wenn Ziegen oder Schafe Radau machen. Dramatisch wird es erst, wenn Vögel oder springende Tiere angreifen. Diese können die Mauer überwinden und eindringen. Doch es ist zum Glück lange her, dass das passiert ist."

Die Brüder hören aufmerksam zu und nicken am Ende, als sie aufgegessen haben. Dann stehen sie auf und bevor die beiden das Gasthaus verlassen, bekommen sie vom Wirt noch eine Brotzeit mit auf den Weg.

Die beiden gehen wiederum zum Amtshaus des Bürgermeisters, doch dort finden sie nur den Diener Rogu vor, der ihnen ausrichtet, dass Bürgermeister Hadien nicht im Amtshaus ist und später zur Lösungsstätte kommen möchte.

Also machen sie sich auch zur Lösungsstätte auf und beeilen sich dabei etwas. Schließlich wissen sie nicht, wie lange der Bürgermeister schon auf sie wartet.

Als die Brüder die Lösungsstätte durch den Eingang betreten, sehen sie einige Maginar vor der Unlebenwacht. Sie werden begrüßt und hineingelassen. Drinnen ist schon der Bürgermeister.

„Ah, da seid Ihr ja. Ich habe mir erlaubt, die Familien der Seelen zu versammeln, deren Lösung noch nicht abgeschlossen ist und die noch auf ihre Lösung warten."

Bürgermeister Hadien begrüßt die Löser mit seiner üblich tosend lauten Stimme. Die Brüder gehen zu der Gruppe von Stadt-Maginar und stellen sich kurz vor.

„Dann wollen wir weder die Unlebenden noch die Lebenden weiter warten lassen." Erwin kling voller Tatendrang, nimmt sich einen Riaberan nach dem anderen und beschwört die Seelen der Reihe nach.

Die Familien der Seelen, die beschworen werden, erkennen ihre Liebsten gleich und es formen sich Gruppen um die Seelen. Es wird über alte Zeiten geredet, Erinnerungen werden hervorgekramt, Konflikte aus der Welt geschafft und Anweisungen für die Zukunft verteilt. Alles in allem ist es ein friedlicher letzter Abschied. Nach einer Weile entschließen sich die ersten Seelen, in das Arkane Netzwerk zu gehen.

Erwin nimmt das jeweilige Riaberan und legt wieder die drei Finger darauf. Dabei wird die Verbindung der Seele zum Riaberan getrennt. Die Seelen steigen auf, bis sie wie von einem Fluss weggeschwemmt werden.

Zuletzt bleibt noch die Seele übrig, die sich am Vortag schon geweigert hat, ihr Schicksal zu akzeptieren. Diese Seele hat sich inzwischen beruhigt, kann aber noch nicht loslassen. Sie richtet das Wort unmittelbar an die beiden Löser.

„Wisst Ihr … Ich hatte noch viel vor. Ich habe weder eine Maga noch Magi'i, meinen Beruf konnte ich auch eher schlecht als recht. Es fühlt sich an, als ob ich nichts erreicht hätte und verschwinden werde, ohne dass sich jemand an mich erinnert." Die Seele erzählt den Lösern ihre melancholische Geschichte, was auch auf die Stimmung der anwesenden Maginar schlägt. Erwin antwortet der Seele:

„Wir hinterlassen unser ganzes Leben lang Spuren auf Rialar, ob wir wollen oder nicht. Ich glaube nicht, dass man bestimmte Ziele erreichen muss, um in der Erinnerung seiner Mitmaginar zu bleiben. Sieh dir all die Maginar an, die noch hier sind, um dich zu verabschieden. Ich denke, dass sie alle froh sind, dich gekannt zu haben."

All die Maganar und Magonar lächeln zur Seele hinauf und teilen ihre Erinnerungen. Nach einer Weile hat sich der Weltschmerz der Seele verzogen und diese ist nun bereit für das Arkane Netzwerk. Zum Abschied haben alle Maginar ihre Hände zur Faust geballt und öffnen diese langsam mit den Worten „Sei befreit". So löst Erwin die Verbindung der Seele zum Riaberan und sie verschwindet nun auch.

Obwohl keine Seele mehr da ist, bleiben die Maginar noch und wenden sich an die Löser, doch das Wort ergreift der Bürgermeister.

„Werte Löser, diese netten Maginar würden Euch gerne fragen, ob Ihr ihnen ein wenig über den Zustand im Unleben und als Seele erzählen könntet. Unser bisheriger Löser war ein Elementarist, er hat sich um die Körper gekümmert und die Seelen mussten gleich in das Arkane Netzwerk übergehen. So hatten wir keine Gelegenheit, mehr darüber zu erfahren."

Diese Frage richtet sich offensichtlich an Erwin den Seelensammler, da Edwin auch ein Elementarist ist und daher von sich selbst aus auch keine großen Erfahrungen mit Seelen hat.

„Tja, wenn ich meine Seelenmagie einsetze und mein geistiger Körper den Lebendigen verlässt, fällt es mir schwer, den Geist in Form zu halten. Etwas zieht und zerrt daran. Deshalb kommt es einem vor, als ob die geisterhaften Seelen qualmen, doch das ist nur der Rest des geistigen Körpers, den es in alle Richtungen zerrt. Der Kopf ist meist gut zu erkennen, da er der Sitz des Verstandes ist und auch gleichzeitig der Sitz der Seele", belehrt Erwin die Menge.

„Doch ich will Euch nicht mit dieser dürftigen Erklärung abspeisen. Ich habe Euch etwas anzubieten. Und zwar begleitet mich eine Seele, die Euch mehr berichten kann. Ich habe sie gestern schon im Gasthaus beschworen. Ihr Name ist Salmin, eine Lichtmaga, die mit einigen Pionieren eine Siedlung gegründet hat. Doch das ist nicht alles, die Siedlung diente einer Expedition, um das Arkane Netzwerk zu erforschen."

Die anwesenden Maginar sind begeistert. Alle gehen in die Unlebenwacht und die meisten müssen sich auf den Boden setzen, doch wegen der Vorfreude auf die Geschichte scheint es niemanden zu stören.

Erwin beschwört nun die Seele aus dem Riaberan mit seiner Drei-Finger-Berührung. Die Seele steigt auf und blickt auf ihr Publikum hinab. Erwin spricht sie an und erzählt, dass die Maginar gerne mehr über das Arkane Netzwerk erfahren möchten.

Die Seele Salmin schaut sich in dem Raum um, in dem sie beschworen wurde.

„Eine Unlebenwacht, das ist der Raum, in dem ich mir dieselbe Frage gestellt habe wie Ihr jetzt. Natürlich nicht in genau diesem Raum, sondern in der Unlebenwacht in unserem Dorf. Ich hatte gerade der Lösung meiner beiden Geschwister beigewohnt. Als sie sich auflösten, sah es für mich so aus, als ob man Erde in einen reißenden Fluss wirft. Noch waren sie da und im nächsten Moment waren sie weg. Ich fragte mich … existieren sie noch als diejenigen, die ich kannte? Werden sie wirklich wie in einem reißenden Strom herumgewirbelt? Oder verschwinden sie vielleicht im Nichts? Diese Fragen haben mich nicht mehr losgelassen. Damals hatte ich beschlossen, mich der Lichtmagie zu widmen, da sich diese Form der Magie mit dem Sehen und Durchblicken des Verborgenen beschäftigt.

Nach einer langen Zeit des Trainings waren meine magischen Sinne so weit geschärft, dass ich das Arkane Netzwerk förmlich spüren konnte. Ich habe die Ströme und Flüsse des Arkanen Netzwerks in meinem Heimatdorf so weit erforscht, wie ich konnte. Doch das hat mir nach einer Weile nicht gereicht, denn es gab dort keinen Punkt, an dem sich die ganzen Flüsse sammelten. Ich wollte weiter hinaus in die Welt gehen, doch war es für mich allein zu gefährlich. Nach einiger Zeit fasste ich den Beschluss, eine Expedition in unbekannte Gefilde zu leiten. Leider wollte mich niemand zur Erforschung des Arkanen Netzwerkes begleiten. Also fragte ich die Leute in den umliegenden Dörfern, ob sie denn neues Land erschließen möchten. Dafür fanden sich dann glücklicherweise Leute und ich konnte, natürlich nur nebenbei, meinen Forschungen nachgehen, während wir das Land durchstreiften.

So zogen wir los, ich hatte die Expedition gestartet und deshalb war ich auch für die Führung und Navigation verantwortlich. Ich wollte in die Nähe eines großen Sammelpunktes des Arkanen Netzwerks kommen und wenn möglich dort die Siedlung errichten. Meine Begleiter konnten nicht nachvollziehen, wie ich meinen Weg fand. Die anderen konnten die Magieströme, die ich wahrnahm, natürlich nicht fühlen. Ich habe ihnen nie gesagt, wie ich meinen Weg gefunden habe. Vielleicht wussten sie es, vielleicht auch nicht, sie haben sich jedenfalls nie darüber beschwert, wo ich sie hinführte.

Jetzt kommt der spannende Teil. Alle Sammelpunkte des Arkanen Netzwerks waren in Wäldern und sogar in besonders gefährlichen Gebieten mit vielen Tieren, Magrennar und den höchsten Bäumen, die ich je gesehen habe.

Meiner Meinung nach kann nur einer von zwei Gründe dafür verantwortlich sein. Entweder war der Sammelpunkt zuerst da und hat die Natur beeinflusst, so dass die Bäume und Tiere an dem Punkt besonders stark mit magischer Kraft versorgt werden oder es ist genau anders herum, dass die Bäume gut gewachsen sind und sich viele Tiere versammelt haben. Die haben viel Magie abgegeben und so hat sich dort der Sammelpunkt gebildet. Die große Frage ist: Was war zuerst da?"

Die Seele Salmin macht eine dramatische Pause, während die anwesenden Maginar mit Gemurmel untereinander darüber diskutieren, was sie eben gelernt haben. Dann ergreift Salmin wieder das Wort.

„Diese Frage kann ich Euch leider auch nicht beantworten. Ich habe keinen Weg gefunden, das Alter solcher Sammelpunkte des Arkanen Netzwerks herauszufinden. Doch ich konnte sie mit meiner Magie etwas betrachten und zwar wesentlich genauer als jeder andere Magi. Was ich dort gesehen habe, ist ziemlich erstaunlich. Ich habe dort elementare Magie gesehen, aber auch verschiedene Gefühle und verschiedene Magi-Eigenschaften erspäht. Ihr fragt Euch sicher, wie Eigenschaften und Gefühle aussehen, doch als Lichtmaga sieht man diese Seiten an den Maginar. Doch in diesen Sammelpunkten waren diese Teile nicht als Ganzes, sondern in Einzelteilen vorhanden. Als wäre eine Seele, wie ich es bin, eine Mauer und im Sammelpunkt war dieselbe Mauer vorhanden, nur nicht in einem Stück, sondern dort sind die Steine durcheinandergeflogen. Deshalb habe ich die Theorie, dass die Seelen, wenn sie in das Arkane Netzwerk übergehen, in ihre Bestandteile wie Wut, Neid, Willenskraft, Wahrnehmung und so weiter zerlegt wird. Deshalb auch die Gefühlsfelder. Wenn ein Gefühl zu stark am Ort des Übergangs gebunden ist, steckt es sozusagen im Strom fest. Dann wird das Gefühl vom Arkanen Netzwerk nur noch mehr gespeist und beeinflusst alles in der Umgebung.

Doch zurück zu den Bestandteilen der Seelen. In einem Sammelpunkt des Arkanen Netzwerks sind die Bestandteile von sehr vielen Maginar vermischt, je nachdem, wo sie nach ihrer Lösung hingetrieben wurden. Und wenn ein neues Magi'i geboren wird, werden diese Bestandteile vom Neugeborenen angezogen und zufällige Gefühle und Eigenschaften bilden eine neue Seele. Das könnte auch für Tiere gelten, auch ihre Eigenschaften kommen in diese Sammelpunkte und wenn sich Maginar-Bestandteile mit denen von Tieren vermischen, könnte das die Existenz der Magrennar erklären. Das ist alles natürlich hoch theoretisch, doch vor dem Beweis muss ja schließlich die Theorie kommen, oder?"

Ein lautes Raunen geht durch den Raum. Die Maginar müssen das alles verarbeiten, indem sie weiter darüber miteinander diskutieren. Dann meldet sich eine Maga aus der Gruppe.

„Dann wäre das so, dass unsere Magi'inar die Fähigkeiten und Gefühle der durch Lösung freigegebenen Unlebenden bekommen? Beispielsweise meiner Großeltern?" Salmin antwortet gleich auf die Frage:

„Ganz genau, nun welche Fähigkeiten und Gefühle die Magi'inar bekommen, ist im Grunde Zufall, doch es ist möglich. Jedoch konnte ich in solchen Sammelpunkten keine Persönlichkeiten und Erinnerungen finden. Diese werden wohl zum Arkanen Netzwerk selbst. Die Theorie beschränkt sich ganz auf Fähigkeiten, Eigenschaften und Gefühle, all unsere Instinkte sozusagen."

Wieder unterhalten sich die Maginar im Publikum über das gerade Gelernte.

„Doch das soll es erst mal gewesen sein, den ausführlichen Bericht gibt es in verschiedenen Städten im Norden. Fragt einfach im Archiv nach meinen Forschungen", verabschiedet sich die Seele Salmin von den Zuhörern und zieht sich kleiner werdend in ihr Riaberan zurück.

„Wenn Euch die Geschichte gefallen hat, liebe Maganar und Magonar, lassen Sie uns doch bitte den einen oder anderen Luxon da. Diese sehen wir gerne als Wertschätzung für unsere Arbeit und die Bereitwilligkeit der Seelen, ihre Geschichten zu erzählen."

Als sich dann das Publikum auflöst und sich weiter über das eben Gehörte unterhält, geben sie einige Luxon her. Es ist nicht viel, doch das Abendbrot ist gesichert.

Am Ende, als die Löser allein mit dem Bürgermeister in der Unlebenwacht sind, sieht man Hadien seine Begeisterung an und er spricht die Brüder voller Entzückung an.

„Das ist beeindruckend, nicht nur habt Ihr diesen ganzen Maginar ermöglicht, sich von ihren Liebsten zu verabschieden, Ihr habt ihre Trauer auch noch in Wissen und Hoffnung verwandelt. Das ist erstaunlich für zwei Tage Arbeit. Ich fühle mich fast schuldig, aber würdet Ihr bitte noch die verbliebenden Unlebenden lösen? Dann kommt Ihr zu mir, ich gebe Euch Euren restlichen Lohn und spendiere Euch im Gasthaus so viel, wie Ihr saufen könnt." Die Zwillinge verziehen keine große Miene, sie schmunzeln nur über die ganze Begeisterung und das Lob.

„Gut, dann kümmern wir uns um die verbliebenen Unlebenden und wenn wir fertig sind, kommen wir gleich zu Euch", geben die Löser zurück und wenden sich dann ihrer Arbeit zu.

„Sehr wohl, ich will Euch nicht weiter von der Arbeit abhalten, wir sehen uns dann, wenn Ihr fertig seid."

Bürgermeister Hadien verlässt die Unlebenwacht mit nachdenklichem Gesichtsausdruck. Wie es scheint, hat auch er über etwas nachzudenken, was er hier über das Arkane Netzwerk gelernt hat. Die weiteren Lösungen laufen ohne Zwischenfälle ab. Die Seelen erwachen eine nach der anderen aus ihren Körpern. Keine der Seelen ist begeistert von ihrer Situation, doch sie akzeptieren es. Ausnahmslos alle Seelen wollen gleich in das Arkane Netzwerk übergehen, sie haben keine Angelegenheiten mehr mit den Lebenden zu klären. Die Brüder freut es, da es ihnen keine extra Arbeit macht, doch sie müssen es den Seelen zumindest anbieten. So ist die Arbeit kurz nach Sonnenuntergang erledigt. Die Brüder räumen die Riaberane auf und kehren die Unlebenwacht aus. Dann sind sie bereit für den Feierabend. Sie verlassen die Unlebenwacht in Richtung des Amtshauses des Bürgermeisters.

Beim Amtshaus angekommen, werden sie gleich von Rogu und dem Bürgermeister empfangen. Zu viert machen sie sich auf zum Gasthaus, in dem die Brüder auch schon zweimal übernachtet haben. Dort angekommen wird wieder herzlich gegrüßt, besonders Bürgermeister Hadien möchte jeden Gast und den Wirt einzeln begrüßen und die Hand schütteln. Rogu kennt dieses Verhalten vom Bürgermeister und wählt mit den Zwillingen währenddessen einen Tisch für alle vier aus. Nachdem er ausnahmslos jedem die Hand geschüttelt hat, gesellt sich Hadien zu den Zwillingen und Rogu. Zusammen essen und trinken sie und erzählen sich Geschichten und Anekdoten bis spät in die Nacht hinein. Ordentlich angeheitert wanken Hadien und Rogu nach Hause, während die Brüder wieder ihre üblichen Zimmer zum Schlafen bekommen und sich erschöpft in die Betten fallen lassen.

Ein Käfig aus Zorn

Der nächste Morgen fängt für die Zwillingsbrüder noch später an als sonst. Dank des Katers schlafen die beiden bis zur Mittagszeit. Die hochstehende Sonne zwingt sie förmlich aus dem Bett und nach dem langen Schlaf sind auch die Kopfschmerzen durch den gestrigen Alkoholgenuss fast verflogen. Im Schankraum angekommen, bestellen sich die Brüder gleich Wasser für den trockenen Mund und, da es sowieso Mittag ist, auch gleich Mittagessen dazu.

Danach führt ihr Weg sie wieder zum Amtshaus des Bürgermeisters. Sowohl Rogu als auch der Bürgermeister hatten leider nicht die Möglichkeit, nach der durchzechten Nacht auszuschlafen. Sie mussten schon früh raus und sind deshalb langsamer in ihrer Arbeit als sonst. Rogu lässt die Brüder zum Bürgermeister durch und Hadien selbst sitzt an seinem Schreibtisch und bearbeitet seine Schriftrollen.

„Grüße, werte Löser, ich hoffe, Euch geht es besser als dem guten Rogu und mir. So eine lange Nacht hatten wir schon länger nicht mehr. Wir sind das wohl nicht mehr gewohnt", flüstert er fast schon, da ihm wohl der Kater zu schaffen macht.

„Ja, wir haben den Vorteil, uns unsere Arbeitszeiten selbst einzuteilen. Jedenfalls wollten wir sagen, dass wir heute noch in der Stadt bleiben. Normalerweise würden wir weiterziehen, da wir in der Regel nicht viel Geld auf einmal verdienen. Doch da Ihr uns vielleicht noch braucht für den unglückseligen Fall von Unleben, bleiben wir, wie wir es am ersten Tag ausgemacht haben." Bürgermeister Hadien ist erleichtert über die Bereitschaft der Löser, noch etwas zu bleiben.

„So ist es, wir wollen es nicht hoffen, doch ein Fall von Unleben kann immer eintreffen. Falls das geschieht und Ihr eine oder mehrere Lösungen durchführen müsst, bekommt Ihr die üblichen 25 Luxon pro Lösung. Wenn nichts geschieht, bekommt Ihr für Eure Bereitschaft 15 Luxon pro Tag", wiederholt der Bürgermeister die Vereinbarung noch mal.

„Wir werden uns dann das Zornesfeld im Südosten ansehen. Warum wurde es bisher nicht entkräftet, wenn Ihr doch ein Lichtmago seid und Ihr dies vorher schon mit Eurem ehemaligen Löser gemacht habt?" Auf die Frage lehnt sich Bürgermeister Hadien in seinen Stuhl zurück und seufzt schwer.

„Die Sache ist die, ich habe es versucht. Dieses Zornesfeld ist ungewöhnlich stark. Mir ist es nicht möglich, nahe genug heranzukommen, um es zu entkräften. Alle anderen Lichtmagi, die bisher hier waren, haben sich auch daran versucht, doch keiner hat es geschafft. Ich hatte gehofft, es kommt irgendwann ein Licht- oder eine Art Gefühlsmagi, der erfahren genug ist, um dieses Zornesfeld zu entkräften. Doch bis jetzt hatte ich kein Glück." Der Gesichtsausdruck des Bürgermeisters bleibt bei der Erklärung düster und ernst.

„Was Ihr erzählt, macht uns noch neugieriger darauf. Wir sind zwar keine Lichtmagi und können dieses Zornesfeld wahrscheinlich nicht entkräften, doch wir haben Salmin dabei, vielleicht kann sie herausfinden, ob das Zornesfeld besondere Umstände verbirgt." Nachdem Erwin das sagte, wird Hadien nachdenklich.

„Hmm, so habe ich das noch nie gesehen. Schon viele Magi wurden vom Zorn dieses Felds verschlungen und fanden das Unleben. Bisher haben sich nur Lichtmagi dorthin begeben, um das Zornesfeld zu entkräften. Vielleicht gibt es uns Aufschluss über das Feld, wenn sich Löser und Seelen das einmal ansehen." Hadien überlegt und schaut in Gedanken aus dem Fenster in die Ferne, dann wendet er sich wieder den Zwillingen zu.

„Doch seid vorsichtig. Wie ich schon sagte, diesem Zornesfeld sind schon viele erlegen. Geht man zu nahe ran oder bleibt zu lange in der Nähe, gibt es kein Zurück aus dem Zorn."

Die Brüder nicken bestätigend und verlassen das Büro und das Amtshaus in Richtung Südosten.

Sobald die beiden die Stadt verlassen, werden sie vorsichtiger. Sie sind lange genug herumgereist, um zu wissen, wie schnell außerhalb von Ortschaften Tiere aus dem Nichts auftauchen können. Die Karte mit den Markierungen des Lichtmago Hadien führt sie in einen Wald.

Bevor die beiden den Wald betreten, suchen sie nach einem Pfad, der in den Wald hineinführt. Wenn Orte regelmäßig besucht werden, sind immer Wege vorhanden, um den sichersten Pfad zu markieren.

In diesen Wald ist allerdings schon lange niemand mehr gegangen. Es ist nicht mal die Spur eines Pfades in den Wald zu sehen. So suchen sich die Brüder eine geeignete Stelle, an der die Bäume nicht so nahe beieinander stehen, um den Wald zu betreten. Edwin benutzt seine Erdmagie, um die Pflanzen vor sich in Wellenbewegungen links und rechts auf die Seiten zu verschieben. So schafft Edwin kurzerhand selbst einen Pfad in den Wald hinein und Erwin folgt Schritt für Schritt hinterher. Auf diese Weise könne sie allerdings nur Gräser und kleinere Blumen aus dem Weg bekommen. Bäume, Sträucher und dergleichen müssen sie immer noch umgehen. So schlängelt sich der Weg der Zwillinge durch den Wald, immer auf der Hut vor der Natur um sie herum.

Je näher sie ihrem Ziel kommen, desto mehr spüren sie den Zorn, der üblicherweise von einem Zornesfeld abgegeben wird. Die Brüder fühlen immer größere Aggressivität in sich aufsteigen und ihre Sicht verschwimmt etwas. Der Zorn ist schwer zu ertragen, als sie endlich etwas sehen können. Die Zwillinge müssen erstmal eine Weile die Augen schließen und gleichmäßig durchatmen, damit sie sich dort etwas länger aufhalten können.

Sie sehen vor sich seltsam geformte Holzstacheln wie Bäume ohne Äste und Blätter, die wie spitze Finger aus dem Boden ragen und alle im Kreis zu einen Mittelpunkt gekrümmt sind. Solche Pflanzen haben die beiden noch nie gesehen. Um nicht den ganzen Weg umsonst gegangen zu sein, beschließen sie, die Seele Salmin um Rat zu fragen, um wenigstens ein wenig über dieses Zornesfeld herauszufinden. So wird Salmin kurzerhand beschworen. Jedoch verwendet Erwin anfangs nur wenig magische Kraft, damit sich die Seele nur langsam manifestieren kann.

Anfangs wundert sich die Seele, warum sie ihr Riaberan nur so langsam verlassen kann. Doch nachdem sie halbwegs draußen ist, wird es ihr klar. Das Zornesfeld beeinflusst sogar die Seelen der Unlebenden. Salmin spürt den Zorn, der sie einnehmen will, doch der Abstand zum Zornesfeld ist groß genug, um noch bei Verstand zu bleiben.

„Das ist das seltsamste Gefühlsfeld, das ich jemals gesehen habe. Hast du eine Ahnung, wie das zustande gekommen ist?", fragt Erwin die Seele, während diese in Richtung der Quelle des Zornesfeldes blickt.

„Ja, ich denke, ich habe den Ansatz einer Ahnung für diesen seltsamen Anblick. Ich spüre einen leichten Puls von dem Zornesfeld ausgehen. Seht Ihr den geisterhaften Nebel, der meine Form umgibt? Der wird in pulsierenden Abständen von dem Zornesfeld weggedrückt. Das habe ich schon mal gespürt, wenn sich zwei Ströme des Arkanen Netzwerkes gekreuzt haben und zwar in gegensätzlicher Richtung. Es verhält sich so, als ob zwei Wildscheine regelmäßig aufeinanderprallen. Doch es hat noch mehr mit dem Zornesfeld auf sich. Seht Ihr diese fingerartigen Bäume, die dort wachsen? Das sind eigentlich normale Bäume, aber ihnen wird Kraft entzogen. Sie wachsen nicht sehr hoch und nehmen seltsame Formen an, wenn sie von einem starken Strom des Arkanen Netzwerkes durchzogen werden UND ein Unlebender in der Nähe liegt. Diese sehen nicht wie Bäume aus, wahrscheinlich liegt es an dem Zornesfeld, dass sie so geformt sind", berichtet die Seele den Lösern.

„Dann ist das Zornesfeld nur so stark und weitreichend, weil mindestens zwei besondere Umstände zusammengekommen sind? Würde es helfen, wenn wir die Umstände einen nach dem anderen angehen?", schlägt Erwin vor, nachdem er sich Salmins Bericht angehört und etwas nachgedacht hat, was in der Nähe eines Zornesfeldes gar nicht so einfach ist.

„Ich denke, das ist die einzige Möglichkeit, dieses Zornesfeld zu entfernen. Nun ja, außer Ihr habt einen so mächtigen Lichtmagi, der aus dieser Entfernung eine Gefühlsquelle zwischen zwei Strömen entkräften kann. Glaubt mir, dafür ist große magische Kraft nötig. Wenn Ihr den Unlebenden in der Nähe lösen könntet, würde das gleich um ein Vielfaches leichter werden." Salmin klingt dabei sehr enthusiastisch.

„Dann wissen wir, was zu tun ist, danke." Mit Stolz zieht sich die Seele in ihr Riaberan zurück.

Edwin benutzt wieder seine Erdmagie und lässt eine Erdwelle in Richtung des Zornesfeldes gleiten, um zu fühlen, wo sich der Körper das Unlebenden befindet. Leicht zu finden ist der Körper nicht, der Unlebende ist halb in der Erde versunken und von Wurzeln und Ranken umschlossen, als wäre er Teil der Natur. Nachdem die beiden nun wissen, wo sich der Körper befindet, ist es jetzt an Erwin, ihn zu lösen. Er streckt den linken Arm aus und seine Seelenhand kommt aus seiner physischen Hand herausgefahren. Nun spürt Erwin auch die impulsartigen Stöße vom Zornesfeld, die seine geisterhafte Hand immer wieder zurückstoßen. Wie eine Schlange windet sich die Seelenhand nach vorne Richtung Zentrum des Zornesfeldes. Wegen des Gegenwindes ist es für Erwin sehr viel schwerer, zum Unlebenden zu kommen. Immer wieder wird von den Impulsen etwas Nebel der geisterhaften Hand weggedrückt. Doch die Hand kann nicht einfach irgendetwas greifen und sich ausruhen, da das nächste Seelenhafte in der Nähe erst der Unlebende im Zentrum der Impulswelle ist. Es braucht eine ganze Weile und kostet viel Konzentration von Erwin, sich des Zornes zu erwehren und die Seelenhand zum Unlebenden zu bewegen. Die Anstrengung und Konzentration schwächen Erwin gegenüber dem pulsierenden Zorn.

„Wo ist dieser vermaledeite Körper! Versteckt er sich absichtlich?!", brüllt Erwin frustriert. Ihm läuft der Schweiß von der Stirn, da er keine Pause machen kann und sich der geistige Stress auch körperlich bemerkbar macht. Er bekommt Kopfschmerzen, seine Muskeln verkrampfen sich und die Glieder fangen an, weh zu tun. So hat das Zornesfeld leichtes Spiel mit ihm und er zwingt sich immer weiter Richtung Zentrum des Zornesfeldes mit seiner Seelenhand.

„Ich finde dich schon noch und dann reiße ich dich heraus! Du wirst schon sehen!", brüllt er wieder und nach weiteren Strapazen kommt die Hand am Körper an. Die geisterhafte Hand von Erwin kann sich dann an der schlafenden Seele im Körper des Unlebenden festhalten und wird nicht mehr so leicht vom Impuls zurückgeworfen. So kann Erwin ein wenig durchatmen und entspannen, bis er sich wieder soweit konzentrieren kann, um die Seele aus dem Körper zu ziehen. Das entpuppt sich auch nicht direkt als leichte Aufgabe. Erwin zieht, zerrt und hebelt mit der Geisterhand an der Seele im Körper, um sie von diesem zu lösen. Als die Seele nicht gleich aus dem Körper herauskommt und Erwin sich auf die Lösung konzentriert, zerrt das Zornesfeld wieder an seinen Nerven. Er wird ungeduldig und hastig und fängt an, ruckartig an der Seele zu ziehen. „Komm jetzt heraus! Oder gefällt es dir hier etwa so gut?! Heute nehme ich dich mit!", brüllt er wieder und braucht alle Konzentration und Erfahrung, die er als Löser hat, um Erfolg zu haben, aber der Zorn lässt ihn von Moment zu Moment der Seele gegenüber rücksichtsloser werden. Schließlich löst sich die Seele mit einem Ruck aus dem Körper heraus. Im ersten Augenblick schwebt die Seele unkontrolliert umher und gleitet auch durch den roten Orb, der das Zentrum des Zornesfeldes darstellt. Das können die Brüder von ihrer Position nicht sehen, denn die Hand geht durch die fingerartigen Bäume. Der Seelensammler hält die Seele an der Schulter fest in seiner geisterhaften Hand, als er diese zurück zu sich zieht. Es sieht aus, als würde ein Seil zurück auf die Winde gezogen werden, bis die Seele direkt vor ihm schwebt, immer noch in seinem Griff. Etwas ist im ersten Moment seltsam mit der geisterhaften Gestalt, doch die Brüder wollen nicht noch mehr Zeit in der Nähe dieses Zornesfeldes verbringen. Die Seele wird kurzerhand in ein Riaberan gepackt. Dann gehen die Zwillinge denselben Weg zurück, den sie gekommen sind, bis sie wieder vor dem Wald stehen und sich zurück zum Weg orientieren. Erst als sie wieder auf Kies stehen, legen sie sich rücklings auf den Boden, schließen die Augen und lassen die zornerfüllten Gedanken weichen.

Sie verdrängen den Zorn mit angenehmen Gedanken mit Erinnerungen an fröhliche Abende, Feiern mit Freunden und Spaß auf Festen. Erst als ihre Herzen sich wieder beruhigt haben, stehen sie auf und gehen den Weg in die Stadt Oradi zurück.

Der Himmel ist orange und die Sonne geht gerade unter, als sie zurück in der Stadt sind. Die Brüder wollen gleich zum Bürgermeister Hadien, um ihm von ihrem Erlebnis zu berichten. Am Amtshaus angekommen, kommt ihnen der Bürgermeister auch schon entgegen.

„Verzeiht, werte Löser, doch ich muss noch dringend zu einer Besichtigung. Geht bitte zu Rogu, er wird Euch die Luxon für den Tag geben", gibt er den beiden kurz angebunden zu verstehen und geht dann weiter. Die Zwillinge gehen zur Tür und Rogu lässt sie hinein. Er händigt ihnen die 15 Luxon für den Tag auf Bereitschaft aus und bittet sie, den Bürgermeister morgen noch mal aufzusuchen.

Den Brüdern soll das ganz recht sein, doch haben sie den restlichen Tag nichts mehr zu tun. So haben sie noch viel Zeit, mit der sie nicht viel anzufangen wissen. Üblicherweise sind sie immer beschäftigt und unterwegs. Anstatt jetzt nichts mehr zu tun, beschließen die beiden, sich der Seele anzunehmen, die sie im Wald mitgenommen haben. Die Zwillinge kennen in der Stadt nur einen Ort, an dem sie allein und ungestört sind. So machen sie sich gleich auf zur Unlebenwacht.

In der leeren Unlebenwacht angekommen, ist es inzwischen dunkel geworden. So erschafft Edwin eine Flamme in seiner Handfläche. Seine Hand verbrennt nicht, da das Feuer den Brennstoff aus der magischen Kraft bezieht, die er aus seiner Handfläche ausströmen lässt. Nachdem die Brüder nun Licht haben, beschwört Erwin die Seele aus dem Wald aus ihren Riaberan. Diese Seele kommt nicht in dampfendem, geisterhaftem Nebel aus dem Gefäß, sondern schlängelt sich heraus und wird immer größer. Nun sehen die Zwillinge auch, was ihnen schon anfangs im Wald seltsam vorgekommen ist. Diese Seele ist im Gegensatz zu anderen Seelen vollkommen, nicht nur eine Büste. Es ist alles da, Kopf, Torso, Arme und Beine. Das Geschlecht der Seele ist wie bei allen anderen nicht zu ermitteln, da Seelen keine Haare und keine Geschlechtsteile haben. Erwin versucht, mit der geisterhaften Gestalt vor ihm zu reden.

„Sei gegrüßt, wie ist dein Name?" Erwin fragt laut und deutlich, doch die geisterhafte Gestalt sieht nur auf ihn herab. „Verstehst du mich? Kannst du sprechen?", fragt er weiter, doch es kommt keine Reaktion. Die Seele schwebt und beobachtet die beiden einfach nur. Die Zwillinge kratzen sich an den Köpfen und wissen nicht recht, wie sie mit der Situation umgehen sollen. Bisher konnten sie mit jeder Seele, die sie lösen konnten, auch sprechen.

Während die Brüder noch überlegen, wie sie sich verständigen sollen, bemerken sie, wie sich die Seele im Raum umsieht und sich selbst auf die Hände schaut.

„Bist du dir deiner Existenz bewusst? Jetzt bist du eine Seele, du bist sehr lange Zeit ein Unlebender inmitten eines Zornesfeldes gewesen", sagt Erwin, als er merkt, dass sich die Seele ihres Zustandes möglicherweise gar nicht bewusst ist.

„Dieses … Gefühl … ist seltsam … ich erinnere mich … an nichts. Ich fühle … etwas … doch ich … kann nicht sagen … was es ist", antwortet die Seele plötzlich. Leider wissen die beiden Löser mit der Aussage nichts anzufangen. Doch sind sie froh, sich mit der Seele verständigen zu können.

„Du warst vermutlich eine sehr lange Zeit in diesem Wald und unter einem Zornesfeld, das die ganze Zeit pulsiert hat. Das würde an niemandem spurlos vorübergehen, es könnte deinen Verstand beeinflusst haben. Deine Erscheinung und dein Verhalten sind untypisch, hast du eine Erklärung dafür? Du kannst dich vielleicht nicht an alles erinnern, doch vielleicht an einzelne Dinge?", fragt der Seelensammler hektisch nach, der, da er nun ein Gespräch mit der Seele hat, auch Antworten erwartet.

„Mir … fällt es schwer, … meine Gedanken … zu ordnen. Doch … ich verstehe …, dass es sich … um besondere Umstände … handeln muss", bekommt er nur schwerfällig zurück. Seine Neugier ist zwar nicht befriedigt, aber dennoch stimmt ihn der allgemeine Fortschritt zufrieden.

„Gut lassen wir uns Zeit, ruh dich noch etwas aus und sammle deine Gedanken. Vielleicht finden wir jemanden, der dir helfen kann", schlägt Erwin vor und nachdem die Seele genickt hat, beendet der Löser die Beschwörung. Die Seele wird kleiner und verschwindet im Riaberan.

Die beiden Brüder atmen tief durch. Sie hatten selten so ein mulmiges Gefühl bei einer Beschwörung wie in dem Fall. Die Löser hatten schon einige ungewöhnliche Erlebnisse auf ihren Reisen, doch so viele seltsame Vorkommnisse überfordern selbst die beiden erfahrenen Brüder.

Mit mehr Fragen als Antworten verlassen die Löser die Unlebenwacht. Da es zwar dunkel, aber nicht allzu spät ist, beschließen die Brüder, wieder in das Heiler- und Pflegehaus zu gehen. Dort lassen sie sich waschen und ihre Kleidung reinigen. Als sie fertig sind, sind sogar die Erlebnisse nahe des Zornesfeldes eine ferne Erinnerung. Ihre letzte Station für den Tag ist wie die Tage davor das Gasthaus und ihre üblichen Zimmer. Der Wirt gibt den beiden zu verstehen, dass er diese schon dauerhaft für sie bereithält. Denn seit ihrem ersten Abend hier war ihm klar, dass die Brüder samt ihrer Lösungsarbeit hier gebraucht werden. Geschmeichelt, doch erschöpft gehen die beiden wieder auf ihre Zimmer und kriechen in ihre Betten.

Durchdringendes Licht

Wie die Tage zuvor beginnt der Tag für die Brüder im Laufe des Vormittags. Die Straßen sind bereits belebt und die Sonne ist auf einem guten Weg in Richtung ihres Höchststands. Noch frisch vom Bad am Vorabend und gut gelaunt kommen die beiden Brüder in die Schankstube und frühstücken. Nach dem Essen und der Bezahlung der Zimmer verlassen die beiden das Gasthaus. Wieder führt ihr Weg sie zum Amtshaus des Bürgermeisters. Rogu begrüßt sie an der Tür und bringt sie auch gleich zum Bürgermeister, wo sie wieder freudig empfangen werden.

„Ah, ich habe Euch schon erwartet. Verzeiht, dass wir gestern nicht mehr reden konnten, werte Löser. Es gab ein seltsames Vorkommnis außerhalb der Stadt und ich musste mir das eiligst ansehen. Doch zu Eurem Unterfangen, Ihr wolltet ja zum Zornesfeld. Habt Ihr dort etwas ausrichten können?", berichtet und fragt der Bürgermeister ungestüm, bevor die beiden Löser überhaupt zurückgrüßen können.

„Nun, ja, tatsächlich konnten wir etwas ausrichten. Wie wir dachten, konnte uns die Seele Salmin bei der Aufklärung der Umstände helfen. Dieses Zornesfeld war so stark, weil mehrere Ursachen zusammengekommen sind. Erstens war die Quelle dieses Feldes direkt in zwei Arkanen Strömen, die sich gekreuzt haben, und gleichzeitig war ein Unlebender direkt darunter", berichten die Löser, woraufhin der Lichtmago Hadien aufgeregt aus seinem Stuhl springt und mehr hören will.

„Das ist ja unglaublich! Was habt Ihr dann gemacht?" Seine Stimme überschlägt sich bei der Frage.

„Natürlich das, was wir am besten können. Wir haben eine Lösung an dem Unlebenden durchgeführt. Es war weitaus schwerer als normalerweise, doch sie war erfolgreich. Ihr könntet nun

versuchen, zum Zornesfeld zu gehen und dieses zu entkräften."
Die beiden grinsen selbstsicher, als sie ihm antworten.

„Fabelhaft, wenn Ihr denkt, dass das Zornesfeld nun einfacher zu entkräften ist, dann werde ich es bei nächster Gelegenheit versuchen. Ah ja, und wie geht es der Seele, die Ihr aus dem Zornesfeld befreien konntet?" Bürgermeister Hadien wirkt zufrieden, fast schon euphorisch.

„Nun, die Seele. Wir haben sie erst wieder in der Unlebenwacht beschworen. Diese Seele ist sehr speziell … sehr widerstandsfähig, doch leider auch verwirrt und ohne Erinnerungen. Vielleicht wollt Ihr sie als Lichtmagi mal durchleuchten? Vielleicht fällt Euch etwas an ihr auf."

Den Lösern fällt momentan nichts Besseres ein, als sich an einen Lichtmagi zu wenden.

„Gut, das kann nicht schaden. Dann will ich mir die Seele ansehen." Erwin holt das passende Riaberan hervorholt und beschwört die Seele darin.

Die unbekannte Seele steigt wieder rauchlos aus ihrem Gefäß, indem diese immer größer wird.

„Oh. Nun, ich bin kein Löser und bekomme nicht allzu viele Seelen zu Gesicht. Jedoch kenne dieses Phänomen selbst ich. So sehen Seelen aus, die mit einem Gefühlsfeld in Kontakt gekommen sind. Das passiert, wenn ein Elementarist eine Seele löst, diese nicht beruhigt werden kann und ein Gefühlsfeld erzeugt. Sie werden unempfindlich dem Arkanen Netzwerk gegenüber, so hat es mir unser früherer Elementarist erklärt. Dann musste ich üblicherweise antreten, um das Gefühlsfeld und den Einfluss auf die Seele darauf zu entkräften." Die Brüder sind sichtlich erleichtert, zu erfahren, was es mit der aus ihrer Sicht fremdartigen Erscheinung auf sich hat.

„Seltsam, dass bei uns noch nie so ein Fall aufgetreten ist. Doch abgesehen davon ist diese Seele nicht sehr gesprächig und erinnert sich kaum an das vorherige Leben. Ist das immer so?"

Die Löser wollen sich weiter informieren, da sie keine Erfahrung mit einer solchen Situation haben und nicht mit dieser umzugehen wissen.

„Nein, das absolut nicht. Für gewöhnlich benehmen sich die Seelen dem Gefühlsfeld entsprechend. Sie baden in Selbstmitleid bei Verzweiflung, geben anderen die Schuld bei Hochmut oder toben vor Wut bei Zorn. Nur um kurze Beispiele zu nennen. Seltsam hieran ist aber, dass das Gefühlsfeld fehlt. Die Seele ist schon länger vom Einfluss des Zornesfeldes befreit und wird trotzdem nicht vom Arkanen Netzwerk beeinflusst."

Die Löser hören aufmerksam zu und versuchen, eine Erklärung in den Ausführungen des Lichtmagi zu finden. Leider können sie nicht für alles eine befriedigende Begründung finden.

„Ich könnte versuchen, die Seele zu durchblicken. Vielleicht finde ich den Grund für die Widerstandskraft dem Arkanen Netzwerk gegenüber."

Die Löser stimmen zu und treten einen Schritt zurück. Der Lichtmagi wendet sich zur Seele, nimmt einen tiefen Atemzug und schließt die Augen. Einen Moment später öffnet er beim langsamen Ausatmen die Augen wieder. Nun leuchten diese gelb wie zwei kleine Sonnen. Mit seinen leuchtenden Augen schaut der Lichtmagi an der Seele vor ihm hinauf. Auf der Seele bilden sich zwei gelbe Flecken an den Stellen ab, die Hadien gerade ansieht.

„Ich sehe rein gar nichts. Als würde ich in einen leeren Raum hineinblicken." Dann schaut Hadien direkt vor sich, schreit auf und schließt die Augen.

„Aaarg! Das war hell! Ich habe mich gerade selbst geblendet!"

Die Brüder gehen besorgt zu Hadien und halten ihn, damit er nicht sein Gleichgewicht verliert und stürzt. Der Lichtmagi braucht einige Sekunden, öffnet die Augen, reibt sie sich noch mal und öffnet sie noch mal.

„Es geht schon wieder. Wie es scheint, konnte ich die Seele nicht mit meinem Blick durchdringen. Die Oberfläche der Seele hat meinen Blick die ganze Zeit reflektiert."

Lichtmagi Hadien wirkt nun wieder ruhig nach der versehentlichen Selbstblendung.

„Das ist mir wiederum noch nie passiert. Nun zumindest, dass ich mich selbst geblendet habe. Dass körperlose Seelen lichtbrechende Eigenschaften entwickeln können, wusste ich. Das ist bisher ein oder zwei Mal passiert. Diese Seelen waren aber sehr willensstark."

Die beiden Löser sehen fasziniert von der Erklärung zu der schwebenden Seele vor ihnen.

„Wer bist du?", fragt Erwin noch mal die ausdruckslose, auf ihn herabblickende Gestalt vor ihm, ohne wirklich eine Antwort zu erwarten.

„Ich bin Reavaer, ich beobachte und bin hier fertig." Nach der unverhofften Antwort zieht sich die Seele wieder in ihr Riaberan zurück und lässt die verdutzten Löser und den Lichtmagi zurück.

„Warum …? Wie …? WAAS?!", ruft Erwin, erstaunt wegen der plötzlichen Bereitschaft der Seele, sich mitzuteilen. Er will die Seele gleich wieder beschwören und legt seine drei Finger an das Gefäß. Doch die Seele kommt nicht heraus.

„Wie ist das möglich? Die Seele kommt nicht auf meine Anweisung heraus. Sie hat einen so starken Willen, dass sie sich meiner Magie widersetzen kann! Unfassbar!"

Erwin atmet panisch und ist dabei, die Fassung zu verlieren. Dann tritt Lichtmagi Hadien neben ihn und setzt wieder seinen durchdringenden Blick ein.

„Beruhigt Euch, werter Seelensammler. So viele Fragen auf einmal sind nicht gut für den Geist."

Sein Blick lässt ihn die Gedanken erkennen, die in Erwin umherschwirren und auf die er keine Antwort hat. Die Augen des Lichtmagi leuchten auf den Kopf von Erwin und hinterlassen zwei leuchtende Flecken auf diesem. Durch diese Flecken kann Hadien die Gedanken von Erwin sehen, die ihm in diesem Moment durch den Kopf gehen, und diese sind kein schöner Anblick. Die Gedanken rasen hindurch und sie sind sehr deutlich. Das hat zur Folge, dass der Körper von Erwin verspannt und verkrampft. Nun benutzt Lichtmagi Hadien zusätzlich zu seinem durchdringenden Blick auch seine Entkräftigungsmagie und starrt direkt in die Gedanken von Erwin. Die Bilder hören langsam auf zu rasen, wechseln immer langsamer und werden blasser. Folglich entspannt sich auch der Körper des Lösers. Erwin nimmt schließlich einen tiefen Atemzug und ist dann wieder tiefenentspannt. Daraufhin hört Hadien auch auf, seine Lichtmagie an Erwin zu benutzen.

„Habt Dank, Bürgermeister, dieser panische Zustand war nicht sehr angenehm. Ich wollte zwar unbedingt eine Antwort, doch diese Art, zu denken, hätte mir keine gebracht."

Erwin bedankt sich ehrlich bei dem Lichtmagi und auch Edwin atmet auf, denn er hätte nicht gewusst, was er tun sollte. Er hatte seinen Bruder vorher noch nie so fassungslos gesehen, nicht mal in der Nähe von Gefühlsfeldern.

„Diese Seele hat Euch wirklich Angst gemacht, nicht wahr? Als Ihr keine Antworten finden konntet, haben sich Eure Gedanken nur darum gedreht, wie Ihr dieser entfliehen oder sie loswerden könnt.

Hadien sieht die Angst im Gesicht des Seelensammler noch immer.

„Da habt Ihr wohl recht. Edwin und ich sind schon unser halbes Leben auf Reisen und wir sind auf fast alle Gefahren vorbereitet, die uns auf unseren Wegen begegnen könnten. Doch so eine Seele und so ein Verhalten derselben habe ich noch nie erlebt und war auch dementsprechend nicht vorbereitet. Glücklicherweise hat mir die Seele keine Probleme gemacht, bevor ich das alles über sie wusste. Sonst wäre ich wohl verzweifelt." Erwin bekommt eine Gänsehaut, als er dem Lichtmagi Hadien seine Sorgen erklärt.

„Eure Reaktion war wohl etwas heftig, aber nachvollziehbar. Doch hattet Ihr auch Glück, dass Ihr einen Lichtmagi in der Nähe hattet, der Eure Gefühle entkräften konnte. Anderenfalls hätte Euch Eure Angst verschlingen können. Und ein Angstfeld mitten im Amtshaus wäre sehr unangenehm."

Hadien muss selbst über seinen stark untertriebenen Kommentar grinsen.

„Jawohl, da hatten wir wohl alle noch mal Glück."

Die drei Magonar im Raum lachen lauthals über die Erleichterung, dass alles gut ausgegangen ist.

„Doch im Ernst, wegen der Seele können wir momentan nichts machen. Dann lassen wir ihr ihren Willen und warten, bis sie sich bei uns meldet", beschließt Erwin dann an die beiden anderen gewandt.

„Lasst uns vorerst das Thema wechseln. Ihr wart gestern so kurz angebunden, als wir zurück in die Stadt kamen. Was war denn so dringend?" Edwin erhebt das Wort und wendet sich fragend an den Bürgermeister.

„Ah richtig, ich dachte mir schon, dass Ihr wissen wollt, was los war. Die Sache ist nur, dass der Grund, warum ich dort so dringend dorthin musste, nicht so spektakulär war, wie es sich anfangs angehört hat."

Der Bürgermeister wird kurz still und muss überlegen.

„Ein Jäger hatte mir vor zwei Tagen berichtet, dass er bei einem Streifzug von einem Stier überrascht wurde. Der Stier hat angegriffen und der Jäger hat sich auch verteidigt, konnte den Stier aber nicht besiegen. So flüchtete er, doch nach einem verheerenden Angriff des Stieres gegen eine Steinwand sah der Jäger, dass eine Art Höhleneingang freigelegt wurde. Von diesem Höhleneingang hat er mir gleich berichtet, als er zurück war. Nur war ich bis gestern so beschäftigt, dass ich keine Zeit hatte, mir das anzusehen. Als ich dann dort war, stellte ich fest, dass es zwar ein Eingang ist, doch dieser ist wegen des Angriffs des Stieres oder auch vorher schon nach einigen Schritten komplett verschüttet. Also habe ich nicht weiter nachgesehen." Hadien erzählt ausführlich und wild gestikulierend, als würde er eine Abenteuergeschichte vor Publikum vortragen.

„Dann könnten wir uns das auch wieder ansehen. Mit Elementarmagie könnte ich den Gang freilegen und wir schauen, was im Inneren der Höhle ist. Wir haben gestern schon eine schwierige Aufgabe bewältigen können. Es sei denn, unsere Lösungsfähigkeiten werden in der Stadt benötigt. Das geht natürlich vor." Edwin klingt voller Tatendrang.

„Ihr beiden seid wahrlich Glücksbringer. Nicht nur, dass wir keine Fälle von Unleben in der Stadt hatten, seitdem Ihr hier seid, auch hattet Ihr Erfolg beim Zornesfeld. Ich habe fast das Gefühl, Euch würde alles gelingen, was Ihr anfangt." Hadien lobt die beiden Löser begeistert. Seine Bewunderung und seine Dankbarkeit für die Zwillingsbrüder sind deutlich raus zu hören.

„Und ich werde mich währenddessen um das Zornesfeld kümmern. Doch bevor wir uns aufteilen, lasst mich die Stelle des Höhleneingangs markieren", fügt Hadien noch hinzu und hinterlässt wieder einen leuchtenden Punkt auf der Karte der Brüder. Da alle nun ihre Aufgaben haben, verabschieden sie sich.

Die Zwillinge verlassen das Amtshaus des Bürgermeisters. Die beiden wollen keine Zeit verlieren, sie sind voller Tatendrang und motiviert vom gestrigen Erfolg und von der Ansprache des Bürgermeisters.

Noch einen Blick auf die Karte werfend stellen sie fest, dass die Höhle sich in einer ganz anderen Richtung befindet als das Zornesfeld gestern. So zerschlägt sich ihre Theorie, dass diese Ereignisse irgendwie miteinander zu tun haben könnten.

Am Stadttor angekommen, planen die Brüder den Weg zu ihrem Ziel. Zwischen der Stadt und dem Höhleneingang liegen mehrere Wälder. Für den Jäger, der den Höhleneingang entdeckt hat, wäre das eine kurze Reise. Doch die beiden haben es nicht eilig, ihr Motto ist: Wer Zeit hat, reist entspannter.

Die Zwillinge beschließen, die Wälder und somit die Gefahren zu umgehen. Deshalb wird es für sie wohl ein halber Tagesmarsch werden, nur um dorthin zu kommen.

Keine Ruine, doch auch kein Zuhause

Am späten Nachmittag kommen die Brüder an der Steinwand an. Schnell haben sie den besagten Höhleneingang gefunden. Dieser sieht künstlich geschaffen aus. Der Eingang ist symmetrisch und oben abgerundet. Es sieht nicht wie eine Mine für Rialit-Erz aus, sondern wie ein Torbogen. Als sie hineingehen, sind auch die Wände alle glatt. Es sieht aus wie ein Tunnel, der durch den Berg führen soll. Doch man kommt nicht weit, da der Gang, wie der Bürgermeister berichtet hat, eingestürzt ist.

„Tja, der Gang ist dicht. Der Jäger und der Bürgermeister haben nicht übertrieben. Eine Schande, der Eingang ist so schön und gleichmäßig bearbeitet, die Wände sind alle glatt und dann so ein dicker Geröllhaufen mitten auf dem Weg. Jemand hat sich Mühe gegeben, diesen Tunnel zu bauen, und dann wird dieser verschüttet." Edwin analysiert die Handwerksarbeit an dem Eingang und den Wänden und seufzt missmutig wegen der Verwüstung.

„Die Wände sehen aus wie aus einem Schnitt. Jemandem ist diese Höhle sehr wichtig, kann es sein, dass jemand darin wohnt? Ist es vielleicht möglich, dass der Zugang absichtlich verschlossen ist?", wirft Erwin ein.

„Hmm … Wohnen vielleicht nicht, denn es gäbe einfachere Arten, die Höhle zu verschließen. Doch vielleicht hat der Besitzer diese zurückgelassen. Irgendwann ist der Eingangsbereich dann eingestürzt. Vermutlich war der Angriff des Stieres der letzte Ruck, der die Decke zum endgültigen Einsturz brachte. Wie dem auch sei, die Frage ist jetzt, wie wir das Geröll wegbekommen", äußert sich Edwin dann, als er die Decke sowie den äußeren Bereich nach den Spuren des Stieres untersucht.

„Wenn wir die Brocken nicht gerade mit den Händen einzeln wegtragen, dann kann ich dir kaum helfen." Erwin klingt dabei etwas kleinlaut und hofft, dass Edwin einen besseren Vorschlag für ihr Vorgehen hat.

„Das wäre schon eine Möglichkeit, den Gang frei zu bekommen. Aber ich denke, es wird auch leichter gehen. Beispielsweise könnten wir uns ein Tier suchen, das wir herlocken und gegen das Geröll rennen lassen. Das wäre allerdings auch sehr umständlich. In jedem Fall brauchen wir etwas, das Steine bewegen kann. Der Boden ist wie die Wände aus massivem Felsen, also ist bis auf Luft kein Element, das ich kontrollieren könnte, in direkten Kontakt mit den Brocken. Hmm Luft ..."

Edwin denkt laut nach und starrt dabei die Felsen vor sich an.

„Das Einzige, was mir einfallen würde, wäre, wenn ich Luft so sehr zusammenpresse, bis genug Wumms zusammenkommt, um die Felsen weg zu sprengen. Das könnte aber den ganzen Tag dauern. Ich bin nicht spezialisiert auf Luft, ich kann sie gut kontrollieren, aber nicht in großen Mengen und auch nicht, wenn sie sich sonderlich wehrt. Doch ich denke, das ist das beste Vorgehen. Die Steine müssen Schicht für Schicht in Richtung Ausgang weg. Wenn die Steine mit einem Mal zur Hälfte nach innen fliegen, könnten sie etwas darin beschädigen."

Edwin argumentiert mit sich selbst hin und her, bis sein Bruder ihm die Entscheidung abnimmt.

„Ja, das klingt wirklich nach einem Plan. Es müssen auch nicht alle Steine weg. Nur so viele, bis wir hineinkönnen", argumentiert Erwin und beide werden sich einig.

Daraufhin legt Edwin los. Er faltet die Hände wieder vor sich mit angewinkelten Fingern, setzt seinen Mund zwischen beiden Daumen an und atmet sehr tief und langsam mit dem Mund zwischen den Daumen ein. Ein Teil der Luft bleibt zwischen seinen Händen, er fängt sie mit einer magischen Hülle ein. Dann atmet er wieder aus und fängt die Luft, die wieder aus der Lunge kommt, ebenfalls in seinen Händen. Der Luftdruck will die Hände auseinander drücken, doch Edwin presst sie in ein enges Gefängnis. Das Ganze wiederholt er ein zweites Mal, doch danach kann er nicht noch mehr Luft sammeln. Er öffnet seine Hände und darin befindet sich die komprimierte Luft in einer faustgroßen Kugel. Die Luft darin ist so zusammengepresst, dass man es in der Kugel sogar blitzen sieht.

Nach der Anstrengung muss Edwin wieder etwas durchatmen. Er geht zum Geröll und drückt die Kugel durch die Spalten der Steine, bis diese hinter der zweiten Reihe von Steinen verschwindet. Die Brüder gehen in einigen Abstand zum Höhleneingang in Deckung. Edwin schnippt mit dem Finger, die magische Haut der Kugel verschwindet und die darin enthaltene Luft entfaltet sich schlagartig. Das erzeugt eine starke Druckwelle, die einige dicke Brocken vom Steinhaufen aus der Höhle schleudert. Vorsichtig schauen die Zwillinge in den Höhleneingang, nachdem sich der Staub gelegt hat. Die Druckwelle hat einige haltende Steine herausgeschleudert, woraufhin die oberste Schicht nach unten abgerutscht ist. Der Geröllberg ist jetzt nur halb so hoch. Es wäre möglich, den Steinberg nun zu überklettern, doch es wäre sehr unsicher und anstrengend. Edwin wiederholt den Pump-Vorgang und schafft wieder eine Kugel mit komprimierter Luft. Diese versenkt er wieder unter zwei Schichten Steinen und geht mit seinem Bruder in Deckung. Mit einem Fingerschnippen wird erneut eine Druckwelle losgelassen, die wieder eine Menge Steine aus dem Höhleneingang befördert. Als die Brüder nachsehen, ist der Gang passierbar, doch es liegen überall noch einzelne Brocken herum. Diese will Edwin auch noch wegräumen, bevor die beiden die Höhle betreten. Dazu richtet er seine offene Hand auf den Boden. Seine Hand fängt an, bräunlich zu schimmern. Edwin hebt seine Hand dann auf Kopfhöhe und die Erde neben ihm steigt auf zu einem Hügel. Der Erdhaufen neben Edwin reicht soweit hinauf, wie er die Hand hochhält. Er streckt abrupt den Arm nach vorne aus und der Erdhaufen bewegt sich in einer Welle in die Richtung, in die Edwins Hand zeigt. Die Erdwelle fährt in die Höhle über die einzeln verteilten Steine und Steinsplitter und legt sich auf den ganzen Eingangsbereich. Edwin zieht seinen Arm zurück, die Erde in der Höhle reagiert und fährt am Boden wieder aus der Höhle. Dabei verschlingt sie alle Brocken und Splitter und nimmt sie mit aus der Höhle. Die Erde aus der Höhle sowie die gesamten Steine darin gleiten zurück in den Boden. Schließlich bleibt keine Spur mehr von der Erde und im Gang liegen nur noch vereinzelte Steinbrocken, welche die Erde nicht mitreißen konnte.

Die Zwillinge betreten den nun freigelegten Gang. Sie achten auf die Decke. Da diese bereits einmal eingestürzt ist, ist sie sehr unregelmäßig und instabil.

„Wenn die Decke wieder einstürzt, während wir hier drin sind, haben wir ein Problem. Lass mich das Ganze stabilisieren, bevor wir hineingehen, es läuft uns ja nicht davon", schlägt Edwin vor, woraufhin Erwin ihm nur zunickt und wieder hinausgeht, um nicht im Weg zu stehen.

Edwin nimmt einen faustgroßen Stein vom Boden und hält ihn in der linken Hand. Er legt dann noch seine rechte Hand auf den Stein und wirkt feurige Hitzemagie auf den Stein von oben und unten. Die Handflächen glühen rot und übertragen die Hitze auf den Stein. Nach einer Weile fängt der Stein selbst an zu glühen und wird dann weich und formbar. Edwin spürt die Hitze nicht, da seine eigene Magie seinen natürlichen Magieschutz nicht durchdringen kann. Edwin verteilt den formbaren Stein wie ein Teigstück in beiden Händen. Nun hält Edwin in jeder Hand einen Klumpen weichen, glühenden Gesteins und wirft beide fast gleichzeitig nach oben in den instabilen Bereich, der früher die Decke war. Noch bevor die Klumpen eine Gelegenheit haben, sich abzukühlen, konzentriert sich Edwin auf die Hitze über ihm. Er schafft aus der Ferne eine Verbindung mit den heißen Punkten an der Decke und lässt mehr magische Kraft dorthin fließen. Die heißen Punkte werden noch heißer und breiten sich über den ganzen Deckenbereich aus. Das Gestein glüht, tropft aber nicht hinunter. Stattdessen verschmilzt das Gestein, Risse werden geschlossen und alles wird geglättet. Als eine gewisse Gleichmäßigkeit in der Decke erreicht ist, hört Edwin auf, magische Kraft zu übertragen, und die Decke fängt an, sich abzukühlen. „So gut wie neu", ruft Edwin hinaus, um seinem Bruder zu signalisieren, dass er fertig ist. Erwin betritt den immer noch heißen Gang, denn auch wenn die Steine nicht mehr glühend leuchten, strahlen sie sehr viel Hitze ab. Doch auch

Erwin macht es nichts aus, sein Magieschutz ist mindestens genauso gut wie der seines Bruders.

„Sieht gut aus, das wird halten", bemerkt Erwin nur kurz und nachdem die Höhle nun gesichert ist, steigt in beiden wieder die Neugier darauf, was sich denn nun in der Höhle befinden könnte. Die Zwillinge gehen weiter. Bis auf den Eingang vorher ist der Weg frei und unbeschädigt. Noch bevor es ganz dunkel wird, sehen die Brüder auch schon einen Schimmer am Ende des Tunnels. Sie betreten einen großen, runden Raum, die solide Steindecke ist wie eine Kuppel abgerundet. Man erkennt die Form des Raumes sehr leicht, denn an der Decke der Kuppel wird pausenlos ein grüner Schimmer projiziert. Es sieht so aus, als ob sich bewegendes grünes Wasser angestrahlt und das Licht dann auf die Wände reflektiert wird. Die Quelle des Schimmers an der Decke ist schnell ausgemacht: ein etwa kürbisgroßer, kugelrunder Orb, eingefasst in einer Schale auf einer hüfthohen Säule. Die Oberfläche des Orbs ist glatt, doch unter der Oberfläche bewegt es sich wellen- und wirbelartig und darunter leuchtet der Kern weiß durch die grünen Wellen und Wirbel.

„So etwas habe ich noch nie gesehen. Es sieht ein wenig so aus wie die Quelle eines Gefühlsfeldes. Doch naja, das Gefühlsfeld fehlt."

Erwin äußert seine Gedanken zu dem merkwürdigen Artefakt, das sie gerade entdeckt haben.

„Es sieht wichtig aus. Wie es präsentiert ist und wie fein die Säule gearbeitet ist, auf der es liegt."

Edwin bewundert die präzise handwerkliche Arbeit in dem Raum.

„Nun ja, die Frage ist: Was macht das Ding? Auf den ersten Blick hat es keinen Einfluss auf die Umgebung. Das Merkwürdigste ist jedoch, dass es präsentiert ist wie ein Schatz, als ob es mitgenommen werden will. Doch es könnte auch eine Falle sein."

Erwin denkt laut hin und her, betrachtet die leuchtende Kugel aus mehreren Richtungen.

„Wie dem auch sei, entscheidend ist jetzt, was wir tun. Sollen wir selbst herausfinden, was es damit auf sich hat? Oder sollen wir uns vielleicht Hilfe holen? Möglicherweise einen Lichtmagi?", fährt Erwin fort, während Edwin immer noch grübelnd ein paar Schritte von dem Orb entfernt steht.

„Das Teil ist mir nicht geheuer, wir sollten es anfangs aus der Entfernung studieren", schlägt Edwin vor. Erwin nickt und geht zurück an die Seite seines Bruders. Typisch für Maginar testen sie unbekannte Objekte instinktiv mit ihrer Magie. Edwin streckt seinen rechten Arm aus und hält seine Handfläche dem Orb entgegen. Er konzentriert seine magische Kraft auf die Kugel und versucht, die Kontrolle über alle vier Elemente auf selbiger zu erlangen.

„Nichts. Es sind keine Elemente in der Kugel, die ich kontrollieren kann. Dann sehen wir mal, wie es von außen auf Elemente reagiert", berichtet Edwin über seinen Versuch und setzt auch schon zum nächsten Versuch an, mehr über das Artefakt heraus zu finden.

Diesmal hält Edwin seine Handfläche nach oben und über seiner Hand bildet sich ein Luftwirbel. Der Luftwirbel wird immer länger, bis er so lang ist wie sein Unterarm. Edwin wendet seine Handfläche wieder Richtung Orb, die eine Seite des Luftwirbels bleibt in Verbindung zu seiner Hand. Das obere Ende windet sich dann wie ein Wurm zum Orb. In dem Moment, als der Wirbelwind auf die Kugel trifft, destabilisiert sich der Wirbel und löst sich in alle Richtungen auf. Verdattert steht Edwin mit einem ungläubigen Gesichtsausdruck da.

„Ähh, was ist gerade passiert? Alles ging gut, bis ich kurz davor war. Dann konnte ich die Luft nicht mehr unter Kontrolle halten. So etwas ist mir mit dieser geringen Menge an Luft noch nie passiert."

Edwin möchte sich fast schon dafür rechtfertigen, was passiert ist.

„Das ist etwas beängstigend, doch lass es uns weiter probieren", fügt Edwin noch hinzu und will die anderen Elemente auch noch an dem Orb ausprobieren. Da es in der Höhle nichts anderes als Stein und Luft gibt, muss er hinauslaufen. Er kommt mit einem durch Magie in Form gehaltenen Klumpen Erde in der einen Hand und einem faustgroßen Wasserball in der anderen Hand zurück.

Die beiden halten einigen Abstand zu der leuchtenden Kugel, da sie nicht wissen, wie diese auf die verschiedenen Elemente reagiern wird. Als erstes wirft Edwin vorsichtig den Wasserball auf den Orb. Der Wasserball fliegt frontal auf den Orb zu und es sieht so aus, als ob dieser die Oberfläche des Orbs erreichen würde. In dem Moment, als der Wasserball auf der Oberfläche aufschlagen würde, wird er jedoch weggestoßen. Doch anstatt in alle Richtungen weg zu spritzen, zerstreut sich das Wasser zu vielen kleinen und großen Seifenblasen. Der Raum ist plötzlich voll mit Seifenblasen, die keine Seife enthalten und auch gleichmäßig in der Luft schweben. Die Brüder tippen einige von ihnen an, doch zerplatzen sie nicht, sie schweben einfach weg. Diese Reaktion auf das Wasser überrascht die Brüder, gibt jedoch keinen Aufschluss darauf, was es mit dem Orb auf sich hat.

Nun ist die Erde dran. Diese wird kurzerhand wie der Wasserball auf die leuchtende Kugel geworfen. Die Erde klatscht auf die Kugel und gleitet daran auf den Boden hinunter. Nun liegt dort ein kleiner Erdhaufen. jedoch erkennen die Brüder, als sie genauer hinsehen, dass aus dem Erdhaufen nun plötzlich ein kleiner Pflanzenstängel ragt.

„Das ist ja noch seltsamer als die Reaktionen vorher. Ich bin mir sicher, dass da keine Pflanze in der Erde war, als ich diese aufgesammelt habe. Das wird immer verrückter. In den letzten zwei Tagen habe ich mehr Dinge gesehen, die unmöglich sein sollten, als ich je geahnt hätte." Edwin spricht völlig überfordert zu seinem Bruder.

„Das wird uns keiner glauben, wenn wir es erzählen oder niederschreiben", gibt Erwin im selben Ton zurück.

„Der Vollständigkeit halber wollen wir das letzte verbleibende Element auch noch ausprobieren, obwohl ich bereits jetzt mehr Fragen als Antworten erwarte."

Missmutig hebt Edwin den Arm mit der Handfläche nach oben. Er schnippt einmal und schon tanzt eine kleine Flamme auf der Spitze seines Daumens. Er hält die Flamme vor seine Lippen und pustet durch diese. Dadurch entsteht ein dünner Flammenstrahl in Richtung des Orbs, der ihn direkt trifft. Als der Flammenstrahl abklingt, bleibt am höchsten Punkt des Orbs eine kleine Flamme zurück.

Entgegen der Erwartungen der Brüder passiert aber mehr. Plötzlich leuchtet die Kugel blitzartig heller und die Zwillinge müssen kurz die Augen schließen. Als sie die Augen wieder öffnen, sehen sie, dass die Kugel nun nicht nur in Grün, sondern in allen Elementfarben glitzert. Den Brüdern wird angst und bange, denn es sieht genauso aus wie Bunterde und diese ist sehr gefährlich für Magi.

Während die Brüder nicht wissen, was sie tun sollen und der Weg aus dem Raum plötzlich durch eine unsichtbare Barriere blockiert ist, kommt die Seele Reavaer aus seinem Riaberan hervor.

„Die magische Macht in dem Ding steigt an. Spürt Ihr das? Da habt Ihr etwas Gewaltiges erweckt", redet er gleich auf die Brüder ein, die ihre Forschungen sogleich bereuen.

„Doch was ist es? Was passiert nun und ist es gefährlich? Wir können nicht hinaus!", ruft Edwin panisch und sucht eine Möglichkeit, hinaus zu kommen.

„Momentan scheint es nicht gefährlich zu sein. Doch selbst wenn, können wir nicht weg. Also bleibt nur die Flucht nach vorne. Ich will mir das näher ansehen, bleibt hier."

Die Seele nähert sich schlängelnd dem Orb, doch auf halbem Wege fängt die Kugel an, zu pulsieren. Kurz danach gibt sie eine Druckwelle in alle Richtungen ab. Diese ist so stark, dass die Brüder und die Seele an die äußere Barriere gedrückt werden. Die Barriere wiederum verhält sich nicht wie eine starre Wand, sondern fühlt sich weich an und fängt den Aufprall der zwei Magonar und der Seele Reavaer auf.

„Was soll denn das? Langsam glaube ich wirklich, dass das nur eine Falle ist." Nun ist auch Erwin der Panik verfallen und sucht nach einem Weg, um zu entkommen.

Eine zweite Druckwelle geht von der Kugel aus. Wieder landen die Drei an der Barriere.

„Es scheint wirklich eine Falle oder vielleicht auch eine Prüfung." Reavaer versucht, die Situation anhand der Hinweise zu analysieren. „Wir werden mit oder auch von dem Orb hier eingesperrt und gleichzeitig davon ferngehalten. Ich denke, wir müssen etwas mit der Kugel machen. Doch dazu müssen wir erst mal zu dieser hinkommen", beendet Reavaer seine Analyse, die beiden Löser dabei ansehend. Die beiden werden etwas beruhigt durch die logische Schlussfolgerung der Seele. Ihre Panik weicht dem Willen, aus dieser Situation mit Hilfe des Orbs zu entkommen.

„Du hast recht, es muss eine Möglichkeit geben, hier herauszukommen. Die Kugel muss ganz offensichtlich das Ziel sein."

Die Zuversicht in Erwins Stimme ist deutlich hörbar. So laufen die Brüder in Richtung des Orbs und die Seele schwebt hinterher. Zwei Schritte von dem Orb entfernt kommt ihnen wieder eine Druckwelle entgegen. Die Drei werden erneut an die Barriere gepresst.

„Die Abstände zwischen den Impulsen werden kürzer. Die Zeit reicht nicht mehr, um zur Kugel zu laufen." Im Gegensatz zu Reavaer haben die Zwillinge keinen Unterschied zu den zeitlichen Abständen der Druckwellen bemerkt.

„Wie es aussieht, gibt es eine zeitliche Begrenzung, um hier herauszukommen. Ich möchte allerdings nicht wissen, was passiert, wenn wir es nicht rechtzeitig schaffen", merkt die Seele noch an. Dann wird Reavaer still und scheint sich zu konzentrieren. Erst hält er seine Hände vor sich und streckt sie dann seitlich in beide Richtungen.

„Versuchen wir es noch mal." Reavaer gibt eine kurze Anweisung und schwebt vorwärts. Die beiden Magonar folgen der Anweisung und laufen neben der Seele her.

Wieder eine Druckwelle. Zumindest kam das Geräusch eines Pulses aus der Kugel. Doch die Brüder spüren den Druck nicht, der sie normalerweise nach hinten geworfen hätte. Sie sehen, dass sie von einer Art Schutzblase umgeben sind und der Mittelpunkt dieser ist Reavaer. Beide wollen die Seele fragen, wie es dieser möglich ist, als Unlebender Magie zu wirken. Doch dann kommt auch schon die nächste Druckwelle. Die Abstände der Impulse werden immer kürzer. Langsam hört es sich an, als würde ein Herz immer schneller schlagen. Nur noch wenige Schritte bis zum Orb. Die Schutzblase von Reavaer hält stand und sie befinden sich kurz vor der pulsierenden Kugel. Die Seele hält an, als ihre Schutzblase fast den Orb berührt.

Die leuchtende Kugel direkt vor sich strecken beide Brüder ihre Hände gleichzeitig aus und legen ihre Handflächen vorsichtig auf die Haut des Orbs. Dessen Oberfläche fühlt sich warm an. Nach kurzer Zeit fangen die Handflächen der Brüder an, zu kribbeln. Auf einen Schlag fühlen sich die beiden so, als würden sie auf einmal in eiskaltes Wasser eintauchen. Eine große Menge an magischer Kraft durchfließt sie. Es fühlt sich belebend und schockierend zugleich an. Die beiden bekommen eine Gänsehaut. Es durchfließt sie so viel magische Kraft, dass sie nicht alles aufnehmen können, und so entweicht ihnen diese aus allen Poren. Dies lässt sie schwach gelb leuchten.

Gleichzeitig lässt die Kraft der Druckwellen dramatisch nach. Reavaer braucht keine Schutzblase mehr aufrecht zu erhalten und lässt diese verschwinden. Dann wirken die Impulse wieder auf die Drei. Solange jedoch die Brüder ihre Hände auf dem Orb liegen haben, nehmen sie den Druckwellen so viel Kraft weg, dass diese nur noch Haare und Roben nach hinten wehen lassen können. Nun kommt Reavaer der Kugel näher und berührt diese. Er bekommt keine Kraftinfusion, doch für ihn gibt es auch keine Oberfläche. Er kann in das weiße Licht des Orbs hineingreifen. Doch je weiter er in die Kugel hineingreift, desto größer wird der Widerstand darin. Etwas wirkt ihm direkt entgegen. Er zieht seine Hand wieder raus und denkt nach. Er schaut zwischen Orb und den beiden Brüdern hin und her.

„Wir brauchen mehr Seelen, sonst kommen wir nicht weiter", sagt er schließlich an Erwin gerichtet.

„Ich glaube, wir brauchen noch mehr Ablenkung für die Kugel. Keine Ahnung, ob das klappt, aber das ist die einzige Idee, die ich habe."

Erwin ist wiederum so mit magischer Kraft vollgepumpt, dass er seine Riaberane am Gürtel nur mit dem Zeigefinger berühren muss, um die Seelen daraus heraufzubeschwören. Jockaru und Salmin kommen fast gleichzeitig aus ihren Gefäßen. Sie werden wieder von geisterhaftem Nebel umgeben, der von den Druckwellen weggedrückt wird.

„Berührt bitte die Kugel." Ohne weitere Informationen zu geben, bittet Reavaer die Seelen, ihn zu unterstützen. Er weiß, dass normale Seelen sehr nachgiebig sind und fast alles tun, worum man sie bittet. So legen auch die Seelen ihre Hände auf den Orb und können wie Reavaer etwas darin eintauchen, jedoch kommen sie nicht ansatzweise so weit hinein wie Reavaer vorher. Das Licht aus dem Kugelinneren wird etwas schwächer und die Kraft der Druckwellen lässt noch weiter nach, als die nebligen Seelen den Orb berühren. Reavaer greift wieder direkt in den Orb und wie er sich gedacht hat, ist der Widerstand weniger als vorher. Wie bei einem Sprung in einen See mit den Händen voraus taucht Reavaer mit Schwung in den Orb ein. Die Verbindung zu seinem Riaberan wird getrennt und er verschwindet komplett in der Kugel. Das Pulsieren hört schlagartig auf und langsam wird die äußere Oberfläche des strahlenden Orbs dunkler. Es sieht aus, als ob sich eine Schale um die Kugel bilden würde, bis das Leuchten vollständig umhüllt ist. Mit der Hülle hört auch die Übertragung von magischer Kraft auf die beiden Magonar auf. Der nun dunkle Orb scheint auch schwerer zu werden, so dass der Sockel diesen nicht mehr tragen kann. Dieser bricht ab und der Orb fällt wie ein Stein zu Boden. Der Raum wäre jetzt zappenduster, wenn aus dem zerbrochenen Sockel nicht eine Flamme herausragen würde, die den Raum ersatzweise für den Orb erhellt. Die Brüder sind noch berauscht von der ganzen Kraft, die sie in der Zeit bekommen haben und sehen sogar noch etwas verjüngt aus. Die Seelen Salmin und Jockaru wissen nichts mehr mit sich anzufangen. Sie schauen zu Erwin, der beschließt, dass hier nichts mehr für sie zu tun ist, und sie zurück in ihre Riaberan schickt. Nun sehen sich die Brüder in dem Raum um.

Die Zwillinge stehen nun mit genau so vielen Antworten da wie zuvor, nur dass sie noch euphorisch von der ganzen magischen Kraft sind. Es ist still im Raum, bis auf die Flamme in der Mitte bewegt sich nichts mehr.

„Dieses seltsame Schauspiel scheint vorbei zu sein. Sollten wir nicht verschwinden, solange wir können?" Erwin befürchtet, dass noch immer etwas Gefährliches passieren könnte.

„Willst du jetzt gehen? Nach dieser ganzen Vorstellung von eben? Willst du nicht wissen, wie es weitergeht?", entgegnet ihm sein Bruder. Eigentlich will Erwin auch nicht gehen, er wollte nur wissen, was Edwin zu der Situation sagt. Vorerst passiert nichts. Die Brüder fragen sich, ob etwas kaputt gegangen sei. Sie sehen sich im Raum um, ob sie irgendwelche Hinweise finden, was weiter zu tun ist. Die Neugier lässt sie nicht mehr los und sie wollen das Ganze zu Ende bringen.

Nachdem die beiden sich beruhigt und etwas gegessen haben, knackt es plötzlich an der jetzt harten Kugel. Sie bricht auf wie die Schale eines Eis und durch die Brüche schimmert ein grünes Licht. Die Schale bricht immer mehr auf, die oberen Bruchstücke fallen nach außen ab. Die untere Hälfte der Kugel bricht in alle Richtungen auf wie eine Blume und ein kühler Nebel verteilt sich über den ganzen Boden. Knöchelhoch durchzieht der neblige Dunst den Raum und man spürt die Kühle an den Füßen und Beinen. Doch die Brüder stört das kaum, sie gehen näher an die nun aufgebrochene Kugel heran. Das Innere der Schale glüht grün. Das Glühen leuchtet auf eine kleine Person, die mit angezogenen Knien da sitzt, wo sich vorher die Kugel befunden hatte. Die Zwillinge kommen näher an das noch unbekannte Wesen heran und knien sich zu diesem herunter. Beide schauen verdutzt, als sie sehen, dass dort eine kleine Maga'a sitzt. Sie schaut die beiden Brüder mit großen, grünen Augen an und ihre wilden, blonden, leicht welligen Haare reichen in sitzender Position bis zum Boden.

„Wer bist du denn? Wo kommst du her?", fragt Erwin etwas überhastet, weil er sich endlich Antworten erhofft.

„Hallo, ich bin Firin. Ich komme ... ähm von der Natur", antwortet die kleine Maga'a ausgelassen und steht dann auf.

Nun sieht man, dass sie von der Größe her etwa zehn Jahre alt wäre. Da sie gerade wortwörtlich aus dem Ei geschlüpft ist, hat sie keine Kleidung an. Sie kann sich allerdings selbst um dieses Problem kümmern. Die Kleine geht einen Schritt zur Seite, kniet vor den glühenden Eierschalen und berührt mehrere davon. Die Schalen zerrieseln in silbernen Glitzer, der sich verhält wie verzauberter Stoff und sich von selbst um die Maga'a wickelt. Der Glitzer manifestiert sich dann als weißer Stoff und nun trägt sie ein Kleid.

„Das sollte reichen", kommentiert Firin ihre neue Garderobe. Die Brüder wollen sich weiter mit ihr unterhalten, doch bevor einer der beiden das Wort ergreifen kann, spricht sie weiter.

„Ich beantworte aber keine Fragen. Hier ist noch jemand, er übernimmt das", macht sie sofort klar, was die Zwillinge nicht begeistert. Denn sie sehen sonst niemanden.

Doch plötzlich bewegt sich etwas im Nebel, als würden unsichtbare Füße durch den nebligen Dunst gehen. Der Nebel wird aufgewirbelt und reagiert auf die unsichtbaren Schritte. Langsam wird der Nebel vom Boden an einen Punkt gesaugt und Stück für Stück baut sich eine humanoide Gestalt aus kaltem Nebel auf. Genauso schnell, wie sich die Gestalt gebildet hat, so schnell verändert der Nebel seine Konsistenz und wird zu Fleisch und Blut. Der Mago vor ihnen ist Mitte Dreißig, hat braune Haare, braune Augen und eine normale Erscheinung. Nun stehen schon zwei Maginar vor den beiden Lösern, die bis auf ihre Entstehung absolut unscheinbar aussehen: erst die Maga'a, geboren aus einem Ei, und nun der Mago, geformt aus kaltem Nebel.

„Ich will so langsam Antworten. Wenn ich nicht bald weiß, was hier vor sich geht, werde ich verrückt. Seit wir am Zornesfeld im Wald waren, passieren unglaubliche Dinge, die ich nie für möglich gehalten hätte!", wirft Erwin aufgebracht den beiden unnatürlichen Maginar entgegen. Der kleinen Firin ist die Ansprache von Erwin herzlich egal. Sie geht und tippt weitere Stücke der Schale an und diese werden wieder zu silbernen Glitzer. Diesmal legt sich der Glitzer aber um den erwachsenen Mago und bildet sich zu einer Robe.

„Ich werde Euch, so gut es geht, alles erzählen, was ich weiß. Leider tappe ich selbst noch ziemlich im Dunkeln. Zuerst einmal: Ich bin Reavaer, die Seele, die Ihr gestern mitgenommen habt", erklärt er den beiden, woraufhin die Zwillinge bleich im Gesicht werden.

„Es gab noch nie einen Fall, in dem ein Magi im Unleben wieder zurück ins Leben gekommen ist, geschweige denn eine Seele!" Erwin klingt hysterisch, da er sich lange Zeit als Experte für Seelen gesehen hat.

„Wie bereits erwähnt, ist mir vieles selbst nicht klar. Jemand oder etwas hat den Orb mit ihr zusammen hier zurückgelassen. Sie wird wohl selbst nicht wissen, wer das gewesen ist. Als ich mit ihr im Orb war, konnte ich nichts über ihre Herkunft herausfinden."

Die Brüder sind mit der Kooperationsbereitschaft von Reavaer schon halbwegs zufrieden.

„Nicht gerade die Antworten, die wir wollten. Doch nun ist sie hier und sie sieht auch wie eine ganz normale Maga'a aus. Wir werden herausfinden müssen, wie sie in diese Welt passt. Oje, das hört sich beim Aussprechen schon komisch an. Aber Ihr seid auch nicht wirklich normal, wenn Ihr aus dem Unleben zurückgekommen seid."

Edwin seufzt und schaut Reavaer abschätzend an.

„Besondere Umstände und ein starker Wille", bekommt Edwin von Reavaer nur kurz und trocken zurück.

„Das klingt zwar nichtssagend, doch es bringt nichts, Antworten erzwingen zu wollen oder sich in Vermutungen zu stürzen. Wir müssen die ganzen Mysterien um dich und die Kleine auf natürlichem Wege aufklären." Edwin klingt versöhnlich.

„Dann behaltet wenigstens die Kleine mit uns im Auge. Wer weiß, zu was sie fähig ist", fügt er noch hinzu.

„Ich werde auf sie aufpassen. Das Wichtigste ist, dass wir sie vorerst bei Laune halten, bis wir ihr Verhalten etwas einschätzen können." Reavaer schaut zu Firin, während diese desinteressiert umhertänzelt.

„Lasst uns diesen Ort verlassen. Ohne die Kugel wirkt die Höhle so trostlos", schlägt Erwin vor und die drei Erwachsenen wenden sich Richtung Ausgang. Als Firin die Aufbruchstimmung bemerkt, läuft sie zu Reavaer und greift seine Hand, damit sie gemeinsam gehen. Er hält ihre Hand ohne Widerstand und alle verlassen die Höhle durch den Gang, durch den sie gekommen sind. Draußen angekommen werden sie alle erstmal von dem grellen Sonnenlicht geblendet, bis sich ihre Augen an die Helligkeit gewöhnt haben. Die Gruppe beschließt, vorerst zur Stadt Oradi zurückzukehren.

Unvertraut

Nach einiger Quengelei der kleinen Maga'a auf dem Weg ist die Gruppe vor der Stadt angekommen. Inzwischen ist die Dämmerung angebrochen und die Nachtwachen patrouillieren bereits. Die Gruppe wird ohne Umschweife hineingelassen. Die Brüder gehen voraus und führen die anderen beiden durch die Straßen. Schon instinktiv gehen die Zwillinge in Richtung des Amtshauses des Bürgermeisters, weil es immer etwas zu berichten gibt, wenn sie zurückkommen. Doch auf dem Weg begegnen sie keinen anderen Magi. Es kommt den Brüdern komisch vor, denn selbst zu dieser späten Stunde sieht man die eine oder andere Person auf der Straße. Doch im Augenblick ist alles wie leergefegt. Als sie etwas weiter gehen, taucht plötzlich eine Gestalt vor ihnen auf, doch sie können nicht erkennen, wer es ist. Dann fangen die Augen der Gestalt an zu leuchten und sie spricht.

„Seien Sie vorsichtig, werte Löser! Hinter Ihnen!", ruft diese und die Brüder wissen, dass sie gemeint sind, doch wissen sie nicht, wovor sie gewarnt werden. Die beiden schauen hinter sich zu Reavaer und Firin und sehen den Grund der Aufregung. Die Glanzsteine unter den beiden Fremden glitzern lila. Die Brüder wissen sofort, was das heißt, die Stadt wurde in Alarmbereitschaft versetzt. Die Glanzsteine warnen die Lichtmagi, dass sich Nicht-Magi, sprich Tiere, Magrennar oder Pflanzen, in der Stadt befinden.

„Haltet ein, sie sind keine Gefahr!", ruft Edwin zu der Gestalt mit den leuchtenden Augen. Firin und Reavaer bewegen sich nicht, während sie von den leuchtenden Augen ganz genau gemustert werden. Die Gestalt kommt näher zu den Brüdern und dann sehen sie, dass Bürgermeister Hadien die ganze Zeit vor ihnen stand.

„Nun gut, dann folgt mir, aber keine plötzlichen Bewegungen", flüstert er ihnen warnend entgegen. Dann dreht er sich um und ruft in die Straße.

„Alles in Ordnung, die Glanzsteine haben sich wohl etwas zu sehr mit Gefühlsmagie vollgesogen und zeigen deshalb falsch bei diesen Fremden an! Ich werde diese morgen erneuern!", ruft Lichtmagi Hadien in die Straße hinter sich. Daraufhin werden einige Jäger sichtbar, die versteckt auf der Lauer gelegen haben. Die Jäger ziehen sich zurück und die Gruppe, Hadien inbegriffen, geht in das Amtshaus des Bürgermeisters. Im Arbeitszimmer angekommen wendet sich Bürgermeister Hadien ohne sein übliches Lächeln zu den Zwillingen.

„Ich vertraue Euch, deswegen habe ich meine Bürger angelogen. Die Glanzsteine funktionieren einwandfrei, denn sie reinigen sich selbst durch Sonnenlicht. Wären andere Lichtmagi in der Nähe gewesen, hätten sie womöglich meinen Betrug bemerkt, doch Ihr hattet Glück. Also, wer sind diese Gestalten, die Ihr in die Stadt gebracht habt?"

Der Bürgermeister hat eine ernste Miene, als er das der Gruppe erklärt.

„Wir wissen Euer Vertrauen zu schätzen. Wenn ich vorstellen darf – den Mago hier könntet Ihr kennen als Seele Reavaer und die Maga'a heißt Firin", stellt Erwin dem Bürgermeister ihre Gefährten vor. Dieser schaut ungläubig zu Reavaer und dann zu den Brüdern.

„Ihr meint die Seele, die Ihr aus dem Zornesfeld befreit habt? Ist das Euer Ernst?" Hadien schaut weiterhin ungläubig zu Erwin.

„Ja, das meinen wir ernst. Ihr werdet nicht glauben, was wir in der Höhle gefunden haben, welche Ihr uns beschrieben habt."

Die Brüder erzählen Bürgermeister Hadien, wie sie vorbei an dem Steinschlag in die Höhle gelangt sind und als nächstes von dem Orb, den sie in der Höhle gefunden haben, und wie Edwin an dem Orb mit den Elementen experimentiert hat. Zum Schluss erzählen sie noch ausführlich, was es mit dem Orb auf sich hatte und wie die beiden Fremden aufgetaucht sind. Der Bürgermeister hört sich die Geschichte schweigend an. Seinem

Gesichtsausdruck ist deutlicher anzusehen, dass er sich veralbert fühlt. Er kann sich das Ganze nicht vorstellen, selbst Märchenerzähler sind in seinen Augen nicht so kreativ wie die Zwillinge vor ihm. Wären sie nicht die beiden Löser, die sie sind, hätte er sie schon lange rausgeworfen.

Die Maginar diskutieren weiter, die Brüder versuchen, den Bürgermeister von ihrer Geschichte zu überzeugen, als Reavaer merkt, dass Firin vom hitzigen Gespräch und den erzeugten Gefühlen zusehends genervt ist und sich unwohler fühlt.

„Verzeihung, doch wenn ich für uns beide sprechen dürfte: Wir sind offensichtlich keine Tiere und haben die Fähigkeit, uns anzupassen", mischt sich Reavaer in das Gespräch ein.

Die Zwillinge nicken und treten an die Seite des Bürgermeisters. Bürgermeister Hadien wiederum schaut mit einer Mischung aus Neugier und Vorsicht zu den Fremden, die von den Glanzsteinen offensichtlich nicht als Maginar erkannt wurden.

„Dazu bedarf es nicht viel, nehmen Sie einfach unsere Hände", führt er weiter aus und geht zum Lichtmagi Hadien, dann strecken er und Firin ihre Hände dem Lichtmagi entgegen. Nach einem tiefen Atemzug ergreift Hadien die Hände der beiden Fremden.

Bei Firin sieht man sofort eine Reaktion. Durch ihre Haut zieht sich ein leichter Schein, der von ihrer Hand aus geht, und als das Leuchten ihren ganzen Körper überzieht, lässt es nach und sie sieht aus wie vorher. Bei Reavaer gibt es unterdessen keine Reaktion.

„Das funktioniert leider nicht so wie bei ihr. Einen Moment, nicht erschrecken", warnt er den Lichtmagi vor. Er lässt seine Hand los und geht mit der linken Hand nach oben zur Stirn von Hadien. Er tippt die Stirn mit drei Fingern in Form eines Dreiecks an, wobei der Mittelfinger die obere Spitze und der Zeige- sowie der Ringfinger die unteren beiden Spitzen des Dreiecks bilden. Der Lichtmagi und die Zwillinge stehen verdutzt da, denn bei ihm passiert nicht dasselbe wie bei Firin. Er bekommt lediglich ein kurzes Glimmen in den Augen und ein wenig mehr natürlich Farbe auf der Haut.

„Das sollte es gewesen sein. Nun werden Eure Sicherheitsvorkehrungen bei uns nicht mehr anschlagen." Reavaer sieht überzeugt aus, dass sie sich erfolgreich angepasst haben.

„Moment, das war doch die Fingerpunktierung, die ich zum Verbinden mit den Seelen benutze, wenn ich sie beschwöre. Woher kennst du diese und seit wann kann man sich damit mit einem Magi verbinden?" Erwin schaut fragend zu Reavaer.

„Das habe ich von Euch gelernt. Als Ihr alle gemeinsam, auch die Seelen, den Orb berührt habt, habe ich vieles über diese Welt gelernt. Ich habe mir einige Eurer Fähigkeiten angeeignet und verschiedene Erinnerungen sowie Erfahrungen von Euch und den Seelen angesehen, um diese Welt kennenzulernen", klärt Reavaer die Brüder im ruhigen Ton auf.

„Heißt das, Ihr habt durch unsere Erinnerungen gestöbert wie durch einen Bücherladen und Euch an unseren Fähigkeiten bedient?" Erwin schaut empört und diese Empörung ist auch in seiner Stimme zu hören.

„Ganz so ausschweifend war es nicht. Es war vielleicht wie in einem Bücherladen, doch Eure Geheimnisse und persönlichsten Erinnerungen habe ich nicht angerührt. Mir ging es mehr um Allgemeinwissen. Eure Fähigkeiten musste ich lernen, sonst könnte ich keinen Körper formen, wie ihr ihn jetzt seht." Reavaer redet beruhigend im selben Ton wie vorher auf die Brüder ein.

„Ach ja und ganz nebenbei. Ich war heute auch nicht untätig, denn ich ging zum Zornesfeld, um dieses zu entkräften. Nun, was soll ich sagen, es war kein Zornesfeld mehr da. Es scheint, die Seele, die Ihr dort lösen konntet, hat den gesamten Kern das Zornesfeldes aufgesogen. Deshalb war die Seele wohl auch so widerstandsfähig gegenüber dem Arkanen Netzwerk. Ich hatte es vorher nur nicht in Erwägung gezogen, weil die Seele keine Spur von Zorn gezeigt hat. Doch es gibt keine andere Erklärung dafür."

Die Löser und Hadien schauen zu Reavaer, doch können sie keinen Zorn in seinem Gesicht erkennen. Ihnen fällt auf, dass er, seit sie ihn kennen, im Grunde gar keine Gefühle gezeigt hat.

Während sich die Magonar miteinander unterhalten, wird Firin immer gelangweilter. Sie seufzt immer lauter und hopst neben Reavaer auf und ab. Er bemerkt das und reagiert sofort.

„Aber wir sollten an einem unterhaltsameren Ort weiterreden. Ich möchte ja nicht, dass sich die Kleine langweilt. Das wäre wirklich nicht in unserem Interesse ..."

Reavaer bleibt ruhig, während er das sagt, und tätschelt Firin den Kopf. Doch den letzten Satz sagt er mit ernster Stimme und nickt den übrigen Magonar zu. Dann geht er zur Türe, der Rest folgt ihm nach draußen. Dort angekommen hat sich bereits die Dämmerung über die Stadt gelegt und es wird immer dunkler.

„Gibt es hier einen Ort mit etwas Unterhaltung? Wenn möglich magi'inarfreundlich."

Reavaer richtet die Frage an den Bürgermeister, da sich dieser am besten mit den örtlichen Gewerben auskennen sollte.

„Wir haben mehrere Tavernen in der Stadt, in denen man Spaß nach der Arbeit suchen kann ... Ah ja, ich erinnere mich! Zurzeit ist eine Unterhaltertruppe in der Stadt. Sie sind vor Tagen angekommen und meldeten sich bei mir. Ihr Anführer sagte, er möchte jeden Abend feiern, solange er in der Stadt ist. In welcher Taverne wollte er noch mal auftreten? ... Ach richtig, es war die Taverne „Westhaus", folgt mir."

Bürgermeister Hadien geht voraus die Straße entlang und wirkt entspannter als zuvor. Da die Glanzsteine nicht mehr auf die Fremden anschlagen, ist ihm auch viel wohler.

Unterhaltung

Nach einem kurzen Fußmarsch kommt die Gruppe auch schon an besagter Taverne an. Auf den ersten Blick ist zu sehen, dass dort noch lebhafter Vollbetrieb herrscht. Helles Licht scheint aus den Fenstern und Klatschen im Takt einer Melodie ist zu hören. Da Hadien als Erster an der Tür ankommt, öffnet er diese und hält sie der Gruppe auf. Als seine Begleiter durch den Eingang treten, kommt ihnen sofort die warme, von Essensduft durchzogene Luft entgegen.

Firin läuft sofort und ohne sich noch einmal umzudrehen in Richtung der Musik und des Gesangs. Die erwachsenen Magonar suchen sich einen Tisch, während sie die Kleine im Auge behalten.

„Ist es in Ordnung, sie allein herumlaufen zu lassen?" Hadien achtet besonders auf sie, da sie ihm nun wie eine normale kleine Maga'a vorkommt.

„Sie kommt gut zurecht. Solange sie zufrieden ist, ist alles gut. Wenn sie unzufrieden wird, merken wir das schon", beruhigt Reavaer den Bürgermeister. Im nächsten Moment kommt eine Bedienung zum Tisch.

„Guten Abend, Bürgermeister, man sieht Sie hier nicht so oft. Möchten Sie und Ihre Begleiter etwas bestellen?" Die junge Maga scheint gut gelaunt zu sein, obwohl das Haus ordentlich gefüllt ist und es wohl reichlich zu tun gibt.

Sowohl Bürgermeister Hadien als auch die Zwillinge bestellen sich etwas Alkoholisches zu trinken. Nur Reavaer lehnt ab und möchte nichts.

„So, erzähl nun weiter, welche Fähigkeiten habt Ihr erlernt?" Erwin möchte das Gespräch von vorher wieder aufnehmen.

„Wo war ich? Ah ja, ich habe mir Euer beider Können zur Kontrolle der Elemente und der Seele zu eigen gemacht. Außerdem habe ich Grundwissen zur Welt sowohl von Euch als auch von Seelen erhalten. So habe ich meine neuen Begabungen miteinander kombiniert und es formte sich ein Körper aus Elementen um meine Seele." Reavaer berichtet frei heraus, sein Gesichtsausdruck ist dabei wie üblich gefühlslos.

„Wie? Ein Körper um die Seele? Einfach so? Und was passiert, wenn Euch etwas passiert und Ihr ein Unlebender werdet?" Erwin hakt weiter nach, er schaut sehr neugierig.

„Das muss sich zeigen, wenn es so weit ist. So manche Fähigkeiten muss ich noch ausprobieren. Das Verbinden mit der Seele hat geklappt, weil ich es einfach probiert habe. Elementarbeherrschung wiederum habe ich noch nicht gemeistert. Ich weiß, dass es mir möglich sein sollte. Jedoch weiß ich noch nicht, wie", berichtet Reavaer weiter und konzentriert sich auf etwas am Tresen einige Schritte entfernt.

„Seht Ihr die Kerze dort nahe am Tresen? Ich versuche, die Flamme zu manipulieren. Ich kann sie spüren und sie kommt mir wie in Reichweite vor. Doch ich kann sie nicht beeinflussen, sie bewegt sich nicht. Als wäre das Körperteil, das sie versucht zu greifen, taub oder gelähmt. Doch ich vermute, dass ich nicht die Voraussetzung dafür erfülle, dass mir irgendetwas fehlt." Reavaer spricht weiter und zeigt auf einen länglichen Stab aus geschmiedeten Rialit, der dank der magischen Ladung, die in dem Metall gespeichert ist, an der Spitze brennt.

Dann kommt die Bedienung mit den bestellten Getränken wieder. Die Magonar nehmen ihre Humpen und bedanken sich. Gleich stoßen die Drei an und nehmen alle einen tiefen Zug aus ihren Krügen. Reavaer schaut in der Zwischenzeit wieder nach Firin und sieht sie immer noch bei den Musikern tanzen und hopsen.

„Seltsam, als ich das erste Mal mit Euch sprach und Eure Erscheinung wahrgenommen habe, bekam ich Angst vor Euch. Dann hörte ich die Erklärung dazu von Hadien und ich war beruhigt. In der Höhle habt Ihr mich dann erneut überrascht. Ihr konntet Magie als Seele wirken, in den Orb eintauchen und schließlich aus dem Unleben wiederkommen. Diese Ereignisse kamen so plötzlich und so schnell hintereinander, dass mir die

Entwicklungen umso beängstigender vorkamen, je mehr ich darüber nachgedacht habe. Doch nun sehe ich Euch so straucheln und fast hilflos dem Arkanen Netzwerk gegenüber, dass ich fast schon über meine früheren Befürchtungen lachen muss", gesteht Erwin der Seelensammler, nachdem er seinen Humpen wieder auf den Tisch gesetzt hat.

„Dann bin ich Euch noch eine weitere Erklärung schuldig. Alles, was ich weiß und kann, habe ich nach der Wiederkehr aus dem Unleben gelernt. Ich habe immer noch keinerlei Erinnerungen an mein früheres Leben. Selbst der Name, den ich mir selbst gegeben habe, kam mir einfach so in den Sinn, keine Ahnung, ob dieser aus meiner Vergangenheit inspiriert war oder nicht."

Die Zwillinge wissen nicht recht, worauf Reavaer hinauswill. Doch Hadien scheint zu ahnen, was er meint.

„Dass man sein Gedächtnis verliert, wenn man so lange Zeit im Unleben verbracht hat, kommt vor. Doch was ist das Erste, an das Ihr Euch erinnert?" Auf diese Frage hat Reavaer schon gewartet.

„Als erstes waren da ein grelles Licht und ein kalter Schauer. Der Schauer ist einem starken Kribbeln im ganzen Körper gewichen. Ein Gefühl hatte mich durchzogen, damals konnte ich es nicht einordnen. Das war der Moment, als ich mit dem Zornesfeld in Kontakt gekommen bin und es absorbiert habe. Der Punkt ist jedoch, ich war verwirrt, panisch, kannte keine Worte und der Einfluss des Gefühlsfeldes war auch keine große Hilfe. Kurzum, ich war wie ein Neugeborenes", berichtet er und lehnt sich langsam in seinem Stuhl zurück.

„Ihr kanntet keine Worte? Doch Ihr habt noch am selben Tag mit uns gesprochen", merkt Erwin skeptisch an.

„Richtig, wie ein Neugeborenes hatte ich den Vorteil, alles um mich herum aufzunehmen und sehr schnell zu lernen. Seelen in einem Riaberan bekommen alles mit, was um diesen herum passiert. Ich habe gelauscht und gelernt. Als Ihr mich dann beschworen habt, konnte ich nur langsam reden, weil ich noch nicht so geübt darin gewesen bin und nicht etwa, weil ich benommen war. Was das Zornesfeld angeht, konnte ich keinen

Zorn empfinden, da ich noch nichts dergleichen erlebt habe. Als ich langsam lernte, was es mit dem Zorn auf sich hat, konnte ich ihn isolieren und aus meinen Gedanken aussperren. Der Kern dient mir im Grunde nur als Kraftquelle, denn ich fühle magische Kraft, wenn Maginar um mich herum zornig sind", erklärt Reavaer weiter gemütlich zurückgelehnt in seinem Stuhl. Die Löser und der Bürgermeister nehmen erstmal wieder einen tiefen Zug aus ihren Humpen, um die Informationen sacken zu lassen.

„Dann fassen wir zusammen: Ihr konntet als Seele dem Arkanen Netzwerk widerstehen und Magie wirken, weil Ihr nach Eurer Lösung mit einem Zornesfeld in Berührung gekommen seid und dieses absorbiert habt. Ihr konntet zu dem Zeitpunkt aber das Gefühl des Zorns nicht einordnen, weil Euch die Erfahrungen dazu fehlten. So konnte das Gefühl des Zornes Euren Verstand nicht einnehmen, jedoch empfängt es den Zorn anderer Maginar und speist Euch mit magischer Kraft", wiederholt Erwin laut und Reavaer nickt nachdenklich in die Runde.

„So wird es wohl gewesen sein. Ich weiß nicht, ob ich Glück hatte oder ob das ein natürlicher Vorgang war. Genauso wie die Erfahrungen in dem Orb mir zu diesem Körper verholfen haben: Es ist alles eine Folge von Umständen und ergriffenen Möglichkeiten", kann Reavaer den Magonar am Tisch nur wage erklären.

„Was wollt Ihr wegen der Tatsache unternehmen, dass Ihr keine Magie wirken könnt? Ihr wärt nicht nur hilflos im Angesicht von Tieren und Magrennar, sondern auch der Gesellschaft nicht von Nutzen, sofern Ihr in einer Stadt oder einem Dorf leben wollt", wirft Bürgermeister Hadien ein. Als Oberhaupt der Stadt achtet er darauf, dass jeder etwas zu der Gemeinschaft beiträgt.

„Ich werde beobachten, ausprobieren, lernen. Momentan kann ich nicht sagen, wie ich mich in diese Welt einfügen kann. Es kommt sehr darauf an, wie gut man die Dinge um einen herum versteht. Die Seelen beispielsweise, welche der werte Seelensammler dabei hat, haben angefangen, ihre Umwelt genauer zu beobachten. Ihr habt, glaube ich, ein Sprichwort dafür, es lautet: *Über das eigene Element hinausblicken.* Deshalb sind ihre Geschichten so interessant, sie vermitteln Wissen und Wissen ist die Macht zu überleben."

Reavaer bringt die Magonar am Tisch zum Nachdenken. Während Stille am Tisch herrscht, weil die anderen noch in sich gekehrt sind, schaut Reavaer immer wieder zu Firin und den Musikanten. Inzwischen tanzt sie im Kreis wirbelnd Hand in Hand mit einer der Tänzerin der Truppe. Sie lacht laut und hat augenscheinlich einen Riesenspaß.

„Die Kleine ist zutraulicher, als ich dachte. Ich hätte nicht gedacht, dass sie so etwas wie eine Persönlichkeit entwickelt", erwähnt er noch beiläufig, woraufhin die anderen am Tisch sich zu der Maga'a umdrehen und ihr beim Tanzen zusehen.

„Wo kommt sie eigentlich her? War sie die ganze Zeit in dieser Kugel, bis wir gekommen sind?", fragt Edwin weiter, als er sich wieder der Gruppe am Tisch zuwendet.

„In der Tat, das Wesen, das dort hinten so ausgelassen tanzt, war die ganze Zeit in dem Orb, den Ihr in der Höhle gefunden habt. Dieser Orb muss von jemanden dort platziert worden sein. Sie war von Anfang an darin und hat darin geschlummert. Das wird jetzt zwar etwas seltsam klingen, doch als Seele war sie ganz winzig, so, wie ich sie gefunden habe, war sie nicht lebensfähig. Ich habe mich mit ihr verbunden und ihr die wichtigsten Teile einer Persönlichkeit gegeben. Doch selbst, nachdem ich ihrer Seele noch etwas dazugegeben habe, war ihre Seele nicht größer als ein Apfel." Die Aussage von Reavaer sorgt für verwirrte Gesichter bei den anderen Magonar.

„Moment, wenn wir davon ausgehen, dass ihre Seele nur die Größe eines Apfels hatte, kurz bevor sich ihr Körper formte, wie kommt es dann, dass sie so aussieht? Ein Körper ist nur so groß wie die Seele darin und umgekehrt. Es passt sich alles aneinander an." Ungläubig erhebt Erwin Einspruch auf die Erklärung.

„Das ist richtig. Die Seele ist genauso groß wie der Körper, da sich das eine an das andere anpasst. Allerdings ist zwischen Seele und Körper eine dünne Schicht von etwas, das ihr „Bindungskraft" nennt. Diese sorgt dafür, dass Seele und Körper beieinander bleiben. Ihr Löser solltet diese am besten kennen, denn Ihr seid diejenigen, die die Bindungskraft auflösen."

Die Löser schauen Reavaer entgeistert an. Diese Möglichkeit haben sie nicht in Erwägung gezogen.

„Moment, die Bindungskraft existiert zwar, da wir die Auswirkungen sehen, jedoch weiß niemand, woraus diese genau besteht und wie sie wirkt. Es könnte genauso sein, dass die Bindungskraft eine Art Schale unter der Haut eines Magi ist, welche die Seele wie eine Eierschale einschließt. Zumindest kommt mir das als Seelensammler so vor, wenn ich eine Lösung durchführe", gibt Erwin seine Theorie über die angesprochene Bindungskraft zum Besten.

„Interessanter Gedanke. Nur ist es nicht so wichtig, woraus diese Kraft genau besteht oder wie sie funktioniert. Das Wichtige ist, dass ihr Körper sich aus irgendeinem Grund so entwickelt hat, wie er jetzt ist, ihre Seele jedoch viel zu klein für diesen ist. Deshalb muss sich der Rest ihrer Seelengestalt als Bindungskraft ausgefüllt haben, so die Theorie. Firin und die Person, die den Orb in der Höhle hinterlassen hat, sind mir beide noch ein Rätsel." Reavaer muss zugeben, nicht alles über ihre wahre Natur zu wissen.

„Wenn ich an die Höhle mit dem Orb so zurückdenke, sah es mehr so aus, als ob sich jemand große Mühe mit der Präsentation der Kugel gegeben hätte. Der Raum mit dem Orb muss von einer Person oder Gruppe gefertigt worden sein. Die Decke war gleichmäßig wie eine Kuppel geformt und die Säule in der Mitte war auch wie von Meisterhand erschaffen. Dieser seltsame Vorgang mit den Elementen, den wir versehentlich in Gang gesetzt haben, sollte eine Art Rätsel sein und die Kugel der Schatz, den man für das Enträtseln bekommt. Es war nämlich geplant, dass die Säule, auf der die Kugel liegt, abbricht. Denn ohne die Flamme aus dem abgebrochenen Säulenschaft wäre es zappenduster in dem Raum gewesen", merkt Edwin noch mal zu dem Raum an, in dem sie die Kleine getroffen haben.

Im nächsten Moment steht dann Firin auch schon am Tisch der drei Magonar, ohne dass diese sie vorher bemerkt hätten.

„Worüber redet Ihr?" Sie ist immer noch aufgedreht vom Tanzen und hopst auf der Stelle vor dem Tisch.

Hadien antwortet als Erster. „Wir haben nur bewundert, was für eine schwungvolle Tänzerin du bist. Konntest du das schon immer oder hat dir das die Gauklerin gezeigt?", fragt er sie im Gegenzug ausweichend.

„Ach, das war doch nicht tanzen. Ich bin mit ihr nur im Kreis gehüpft." Firin klingt fast schon verlegen. „Zum Feiern reicht das leicht aus", gibt Hadien zurück, woraufhin die Zwillinge lachen müssen. Reavaer wiederum schaut abwesend zu der Unterhaltungstruppe und der Tänzerin. Die schlanke, sehr durchtrainiert wirkende Maga in einem engen grünen Kleid bekommt viel Beifall von der Menge an den Tischen.

Schließlich tippt Firin ihm auf die Stirn. „Hallo, ist da jemand? Hier spielt die Musik." Reavaer macht große Augen, als ob er gerade bei etwas ertappt worden wäre.

„Eigentlich spielt die Musik ja dort drüben." Dieser untypisch trockene, sarkastische Spruch reicht aus, um den ganzen Tisch zum Lachen zu bringen.

„Soll ich dich vielleicht vorstellen?" Firin versucht, den gefühlskargen Reavaer in Verlegenheit zu bringen, was aber nicht so recht aufgehen will. „Ja, bitte, ich hätte Interesse, mich mit ihr zu unterhalten." Die Bitte sorgt dafür, dass nur noch lauter gelacht wird.

Allerdings lacht Reavaer nicht mit. Er sieht Hadien, Erwin, Edwin und Firin mit ausdrucksloser Miene an, bis sie ausgelacht haben. Dann sieht er die kleine Maga'a an und legt seinen Kopf schief. Nun wird ihr klar, dass er es ernst meint. Jetzt wird sie wiederum verlegen, da Reavaer sich von ihrem Scherz nicht aus der Ruhe bringen ließ.

„Äh, dann gehen wir am besten zu ihr." Firin klingt jetzt kleinlaut und nimmt Reavaers Hand, um ihn zu der Tänzerin zu führen.

Die Kleine winkt der Tänzerin zu, als diese gerade zu ihr schaut. Drehend und schwingend bewegt sie sich auf die beiden zu. Ihr Tanzkleid und die großen, auffälligen bunten Schleifen an ihren Handgelenken, Oberarmen, Knöcheln und der Hüfte wirbeln wild bei jeder Drehung.

In dem Moment, als Firin mit Reavaer an der Hand vor der tanzenden Maga stehen bleibt, spricht sie los. „Das ist der, von dem ich dir erzählt habe, er möchte mit dir reden." Firin kichert in ihre freie Hand, nachdem sie den Satz beendet hat.

„Ihr habt über mich gesprochen?" Reavaer runzelt die Stirn und schaut zwischen der Tänzerin und Firin hin und her.

„Nur harmloser Magatratsch. Doch wenn du dich unterhalten willst, musst du tanzen", antwortet die Tänzerin, die nicht stillstehen kann. Obwohl sie, seitdem die Gruppe die Taverne betreten hat, durchgetanzt hat, ist sie nicht aus der Puste. Sie wirkt in jedem Moment so leichtfüßig wie in dem davor.

Reavaer seufzt und schaut zu Firin. Diese zuckt mit den Schultern und weist auf die Tanzfläche. Reavaer beobachtet die Schritte und Bewegungen der Tänzerin. Als diese einmal um die Tanzfläche herumgetanzt ist und wieder bei ihm ankommt, steigt er mit ein. Er imitiert ihre Tanzbewegungen, lässt aber die Hüftwackler und Handdrehungen weg, die bei Maganar einfach besser aussehen. Die Schritte des Tanzes sind nicht schwer zu merken. Es sind abwechselnd vier Schritte mit dem rechten Fuß und drei Schritte mit dem linken, bevor es wieder von vorne anfängt. Diese werden von den Tänzern immer wieder in Schleife getanzt. Jeder kann die Schritte schnell lernen, sofern das Geschick in den Beinen gegeben ist, und der Takt ist gut zum Mitklatschen geeignet.

„Sieht etwas hölzern aus, jedoch für das erste Mal nicht schlecht," wird er von der Tänzerin gelobt.

Er tanzt und muss sich auf die Füße schauen, um den Rhythmus zu bekommen, damit er reden und gleichzeitig tanzen kann. Als er sich sicher ist, schaut er wieder hinauf, der Tänzerin ins Gesicht, die ihn anlächelt.

„Ich war beeindruckt, wie du dich mit der kleinen Firin angefreundet hast. Kannst du gut mit Magi'inar?" Von ihr kommt ein Kichern. „He he he, ich bin Ruru, die Geschmeidige. Ich kann gut mit jedem." Ihr selbstsicheres Lächeln lässt keinen Zweifel zu, dass sie jeden um sich herum für sich gewinnen kann.

„Die Kleine ist aber etwas Besonderes, ist dir nichts aufgefallen?" Reavaer fragt noch mal genauer und sieht der Tänzerin Ruru genau in die Augen.

„Sind denn nicht alle Kleinen etwas Besonderes? Du machst dir einfach zu viele Sorgen." Sie streckt ihre Hände aus, um mit ihm Hand in Hand zu tanzen.

Sie kommt aber nicht so weit, denn bevor ihre Hände die seinen erreichen, stolpert er, fällt nach hinten und macht einen Purzelbaum rückwärts. Reavaer kommt auf dem Boden sitzend zum Halt. Ihm ist noch schwindlig. „Oh, hast du dich zu sehr ablenken lassen?", hört er als erstes von einer über ihn gebeugten Ruru mit einem leichten Schmunzeln auf den Lippen. Während sich der halbe Saal lauthals über seinen Ausrutscher amüsiert, steht Reavaer selbstständig wieder auf.

„Ist alles in Ordnung?", kommt es von der Seite, als Firin herbeigelaufen kommt.

„Alles gut", antwortet er der Kleinen und tätschelt ihr den Kopf. „Es war wohl eine schlechte Idee, zu tanzen, zu reden und nachzudenken", muss er gestehen, doch er macht nicht den Eindruck, als sei er verlegen wegen des Unfalls.

„Ha ha, ja, das denke ich auch," erwidert Ruru bestätigend. „Möchtest du es noch mal versuchen?" Sie lädt ihn wieder zum Tanz ein.

„Nein, danke, ich wollte mich nur unterhalten und ich weiß, was ich wissen wollte", lehnt er mit seiner undurchsichtigen Miene ab. Reavaer und Firin gehen zurück zum Tisch, an dem immer noch Hadien, Erwin und Edwin sitzen, während Ruru weiter tanzt.

Reavaer setzt sich wieder auf seinen Stuhl. Firin hopst ihm ungefragt auf den Schoß, da sonst kein Platz mehr für sie wäre. Hadien, Erwin und Edwin haben sich in der Zwischenzeit etwas zu Essen bestellt.

„Verzeiht, wollt Ihr auch etwas zu essen? Ich rufe gleich noch mal die Bedienung." Hadien will gleich eine Kellnerin herbeiwinken.

„Nicht notwendig, ich möchte nichts essen", schreitet Reavaer ein und von Firin kommt: „Ich auch nicht." Daraufhin essen die Drei weiter.

Reavaer schweigt währenddessen, sein Blick wandert umher. Er ist tief in Gedanken versunken. Firin sieht unterdessen gemeinsam mit den anderen weiter zu, wie die Leute mit den Musikern mitsingen und mit den Tänzern tanzen.

Edwin ist der Erste, der mit seinem Essen fertig ist. „Euer Gesichtsausdruck ist immer so gefühllos. Woher kommt das? Habt Ihr keine Gefühle?" Die Frage weckt auch die Neugier von Erwin und Hadien.

„Ich habe Gefühle, nur sind diese schwächer ausgeprägt. Außerdem kann ich sie in meinem Gesicht kaum ausdrücken. Das hat damit zu tun, dass ich meine Gefühle mit der Kleinen hier geteilt habe, als wir in der Kugel waren. Ich wollte nicht, dass sie absolut ohne Gefühle endet und wenigstens einen Hauch von Persönlichkeit hat."

Bei der Erklärung geht ein erstauntes „Ohhh" durch den Tisch. So eine Begründung haben sie noch nie gehört, aber angesichts dessen, was sie in der letzten Zeit alles gesehen und erfahren haben, wundert sie gar nichts mehr.

Edwin wendet sich dann an Firin. „Na, dann hat es ja geklappt. Die ganze Zeit warst du so still und uninteressiert. Und seit wir hier sind, bist du fröhlich und lebhaft." Firin grinst daraufhin wieder.

„Ja, Ihr wart vorher auch langweilig, hier konnte ich tanzen, das hat Spaß gemacht", erwidert sie wild mit den Armen gestikulierend.

Die Magonar am Tisch lachen über die Bemerkung der Kleinen. „Na, frech bist du auch geworden, sollen wir das gut oder schlecht finden?" Die Drei haben Freude daran, sich mit der Kleinen zu unterhalten.

Währenddessen sieht Reavaer aus dem Augenwinkel, wie die Tänzerin Ruru zwischen den Tischen entlang tanzt. Er sieht genauer hin. Sie tänzelt zu jedem einzelnen Gast und tanzt kurz Hand in Hand mit diesem. Sowohl Maga als auch Mago freuen sich über die Aufmerksamkeit der Tänzerin.

„Firin, wie wäre es, wenn wir uns jetzt die Stadt ansehen?" Reavaer unterbricht die Unterhaltung von der Kleinen mit den

Magonar am Tisch mit einem Angebot an sie. Sie schaut zu ihm hoch, immer noch auf seinem Schoß sitzend.

Bevor Firin antworten kann, meldet sich Hadien. „Ihr wollt Euch jetzt die Stadt ansehen? Es ist dunkel draußen, Ihr werdet kaum etwas von der Stadt sehen." Die Aussage von Reavaer scheint dem Bürgermeister unlogisch.

„Keine Angst, wir sehen uns die Stadt auch bei Tageslicht an. In der Nacht entdeckt man aber auch so einiges, was man bei Tag übersehen würde. Vielleicht finden wir etwas Lustiges?" Die Erklärung lässt den Bürgermeister die Stirn runzeln. Das hatte er bisher nicht bedacht und es bringt ihn zum Nachdenken.

„Jaaa! Etwas Lustiges!" Firin ist im Gegensatz leicht zu begeistern.

„Dann machen wir uns jetzt auf. Danke Euch allen für die Hilfe. Wir werden uns sicher wiedersehen." Reavaer verabschiedet sich schnell beim Aufstehen. Beim Hinausgehen winkt Firin den drei Magonar am Tisch noch mal zum Abschied zu.

Als Firin und Reavaer die Taverne verlassen haben, lassen die Drei ihre Teller abholen und bestellen sich gleich etwas Alkoholisches. Kaum haben sie angefangen, zu trinken, kommt Ruru auch an ihren Tisch. Jeder der Magonar legt eine kurze Tanzeinlage mit der geschmeidigen Tänzerin hin. Edwin mag es eng umschlungen mit einer Hand um die Hüfte und die andere Hand in ihrer Hand. Erwin tanzt lieber mit Abstand. Er konzentriert sich auf seine Schritte, während seine Hände die ihren halten. Bürgermeister Hadien lässt sie nur kurz eine Drehung machen, während er ihre Hand über ihren Kopf hält.

Ruru zieht weiter und die Drei setzen sich wieder.

„Das war mal eine Feier, sehr gut. Doch die Müdigkeit holt uns ein. Es wird Zeit, uns zurückzuziehen", kündigen die Zwillinge an.

„Recht habt Ihr, ich werde auch aufbrechen", bestätigt der Bürgermeister nur und die Gruppe teilt sich auf.

Hadien geht nach Hause und die Zwillinge suchen ihr Gasthaus zum Schlafen auf.

Beinahe vergessen

Der nächste Morgen beginnt nicht so spät wie die Tage davor. Die Sonne ist zwar schon aufgegangen, doch die Mittagszeit ist noch weit entfernt. Als die Zwillinge aufwachen, sind sie frisch wie der Morgentau. Sofort werfen sie die Decken weg, springen aus der Matratze und machen ihre morgendlichen Dehnübungen.

Edwin kommt nicht dazu, an die Tür seines Bruders zu klopfen, da sie sich fast zeitgleich vor ihren Zimmern treffen. Gemeinsam geht es zum Schankraum, um zu frühstücken, und wieder raus Richtung Amtshaus des Bürgermeisters.

Bevor sie am Amtshaus selbst ankommen, müssen sie noch über den Marktplatz. Dort treffen sie Reavaer und Firin an einem Stand. Es sieht so aus, als ob die Kleine Werbung für den Stand mit verschiedenem Gemüse macht. Der Mago wiederum hilft der älteren Standbesitzerin bei der Ausgabe und dem Verkauf. Die Brüder gehen zu den beiden hin.

„Guten Morgen, wie ist es Euch seit gestern ergangen?", fragen die Brüder gleich los und versuchen, dem Verkaufsbetrieb nicht im Weg zu stehen.

„Es war sehr interessant, sich die Stadt bei Nacht anzusehen. Wir haben einige lauschige Plätzchen gefunden", antwortet Reavaer den Brüdern, während er Kunden bedient.

„Schön zu hören, doch Ihr habt hoffentlich nicht auf der Straße geschlafen." Die Zwillinge klingen besorgt, denn irgendwo müssen sich die beiden ausgeruht haben.

„Macht Euch keine Sorgen, wir schlafen nicht … ähm … auf der Straße. Wo wollt Ihr hin? Wieder zum Bürgermeister?" Die Brüder finden die Aussage von Reavaer seltsam, doch antworten sie gleich auf seine Frage.

„Richtig, wir müssen uns erkundigen, ob es neue Fälle von Unleben gibt, derer wir uns annehmen müssen." Die Zwillinge verabschieden sich daraufhin und machen sich auf den Weg zum Amtshaus. Sie klopfen kurz an der Tür an und müssen nicht lange auf Rogu warten. Er lässt sie hinein und sie gehen weiter zum Büro des Bürgermeisters.

„Guten Morgen, Bürgermeister, werden unsere Dienste noch benötigt?" Obwohl die Brüder gute Laune haben, stellen sie die Frage in einem neutralen Ton. Wenn es wirklich Arbeit für sie gäbe, wäre das keine erfreuliche Nachricht.

„Leider ja, es hat tatsächlich Fälle von Unleben gegeben. Vielleicht passt es jetzt nicht, doch ich wollte Euch sagen, dass ein Löser zu uns unterwegs ist. Dieser möchte hier wohnen und arbeiten. Sobald er … oder vielleicht sie … eingetroffen ist, könnt ihr Eure Reise fortsetzen." Hadien klingt bei beiden Nachrichten bedrückt.

„Wir behandeln gleich die Fälle der neuen Unlebenden. Und sobald dann der Löser eingetroffen ist, reisen wir weiter", verkünden die beiden gleich. Sie fühlen Vorfreude, bald wieder auf Reisen zu gehen, und sagen es frei heraus. Doch nicht so überschwänglich, wie sie es eigentlich fühlen, damit die Stimmung von Hadien nicht noch mehr getrübt wird. Insgeheim zieht es sie jetzt schon in die Ferne.

Die Zwillinge verlassen daraufhin das Amtshaus. Wieder am Marktplatz angekommen, sehen sie, dass Reavaer und Firin nicht mehr am Gemüsestand arbeiten. Nach kurzem Umsehen sehen sie die beiden an einem Stand mit Lederwaren, diesmal als Kunden. Sie sehen, als sie näher an den Mago und die Maga'a herangehen, wie er einen einfachen kleinen Lederbeutel mit Riemen kauft. Firin steht mit beiden Händen voll mit Luxon neben Reavaer.

„Ihr habt seit gestern so viel verdient?" Erwin ist verwundert über den Betrag, den die beiden haben.

„Wir haben bei Sonnenaufgang mehreren Standbesitzern beim Aufbau geholfen und von der Gemüsehändlerin haben wir einen Anteil am Verkauf bekommen." Die Brüder nicken anerkennend über den Verdienst. Reavaer hält den Lederbeutel am

Riemen, geht runter auf ein Knie und lässt Firin die Luxon in ihren Händen in den Lederbeutel rieseln. Danach bindet er den Riemen um die Hüfte der Kleinen.

„Seht, die ehrwürdige Schatzmeisterin." Er tätschelt ihren Kopf, bevor er wieder aufsteht. Sie schüttelt die Hüfte und springt auf der Stelle.

„Hört, wie ich klimpere, hihi." Die Kleine schüttelt ihre Hüften im Takt. Mit einem breiten Grinsen benutzt sie den Lederbeutel und dessen Inhalt wie ein Musikinstrument.

„So eine niedliche Schatzmeisterin haben wir noch nie gesehen", kommt es von Erwin, beide Löser müssen daraufhin lachen. Von Reavaer kommt nur ein zustimmendes Nicken mit seinem gewohnt ausdruckslosen Gesicht.

Die Brüder räuspern sich, nachdem sie sich amüsiert haben. „Wir müssen weiter, unsere Löserfähigkeit wird in der Unlebenwacht benötigt." Dann wollen die Zwillinge weitergehen.

„Moment, dürfen wir mitkommen? Ich würde Eure Löserarbeit gerne mal sehen", hält Reavaer sie mit Neugier in der Stimme auf. Die beiden Löser schauen sich an. Zustimmend winken sie Reavaer und Firin hinter sich hier. Zu viert gehen sie zur Unlebenwacht, gesprochen wird nicht viel.

Am Ziel angekommen öffnen sie die Tür zur Unlebenwacht. Dort sehen sie gleich die Körper der neuen Unlebenden liegen. Firin hat kein Interesse daran, hineinzugehen. Sie sieht sich draußen den Lösungshof an.

Die beiden Löser bereiten sich auf ihre Arbeit vor. Reavaer wirft einen kurzen Blick zu den eingewickelten Körpern, wendet sich dann wieder zu den Lösern. Neugierig beobachtet er, was sie tun. Er stellt Fragen zu ihren Vorbereitungen wie, ob die Reihenfolge ihrer Vorarbeit wichtig ist. Als wäre er ein Jugendlicher, der eine Ausbildung zum Löser macht.

Die Körper der Unlebenden sind nebeneinander aufgereiht. Reavaer bekommt die Aufgabe, die Körper einen nach dem anderen zum Lösungshof zu tragen. Da den Lösern die Reihenfolge der Körper nicht so wichtig ist, fängt er links an und arbeitet sich nach rechts weiter.

Reavaer sieht bei der Lösung selbst nur zu. Er schaut die Löser und auch, was mit den Körpern gemacht wird, genau an. Jede Aktion, Reaktion und Wirkung prägt er sich ein. Beim letzten Körper schließlich stimmt etwas nicht. Der Körper ist zierlicher als die anderen, aber das ist nicht das Seltsame. Er legt den unlebenden Körper in den abgegrenzten Bereich. Erwin streckt seine geisterhafte Hand danach aus. Der Seelensammler greift in den Körper, doch gleitet diese hindurch, ohne etwas zu erwischen.

„Was ist das denn?" Erwin wundert sich, als er ins Leere greift. Edwin sieht seinen Bruder verwundert an. „Es ist keine Seele in dem Körper. Wurde hier schon eine Lösung durchgeführt?", fügt Erwin noch an, damit alle wissen, was ihn so überrascht.

„Das kann nicht sein. Der Bürgermeister sagte doch, dass ein Löser erst auf dem Weg hierher ist. Wenn der neue Löser schon angekommen wäre, würde er das wissen." Edwin hat Zweifel an der Theorie von seinem Bruder, kann sich aber den seelenlosen Körper auch nicht erklären.

Während die beiden diskutieren, geht Reavaer zu dem Körper im Lösungsbereich hin und kniet sich zu diesem hinunter.

„Halt, warte! Was hast du vor?", rufen die Zwillinge gleichzeitig, als sie bemerken, was Reavaer tut. Doch unbeirrt macht Reavaer weiter und zieht dem Körper den Stoff vom Gesicht. Er sieht ein bekanntes Antlitz.

„Das ist Ruru, die Tänzerin von gestern", berichtet Reavaer den Brüdern, als sie zu ihm hinlaufen.

„Das gehört sich nicht, wenn ein Körper eine Lösung hatte und keine Seele mehr enthält, entblößt man diesen nicht mehr. Der Körper muss dann umgehend zur Natur zurückgeführt werden." Reavaer bekommt von den Lösern eine Standpauke, was ihn aber herzlich wenig interessiert.

„Unter normalen Umständen wäre das auch nicht notwendig. Dieser Körper hat sich jedoch beim Tragen schon seltsam angefühlt. Jetzt wird mir auch klar warum. Denn das Blut verhält sich bei Unlebenden anders als bei seelenlosen Körpern. In Euren Erinnerungen habe ich etwas über Blutstarre und dergleichen erfahren." Die Brüder sind nicht begeistert von Reavaers Erklärung. Am liebsten würden sie ihn vom Löserhof jagen, da er ihre Tradition missachtet hat.

„Wollt Ihr nicht wissen, was mit der Tänzerin passiert ist, der wir gestern Nacht begegnet sind?", fragt Reavaer, als er merkt, dass er die Brüder nicht überzeugen konnte.

Mit finsteren Mienen werfen die beiden doch einen Blick auf das Gesicht des eingewickelten Körpers. Danach sehen sie sich gegenseitig an und schütteln den Kopf. „Dieses Gesicht kommt uns nicht bekannt vor." Mit aufgerissenen Augen hört Reavaer die Aussage der Zwillinge. „Ihr habt sie noch nie gesehen?", fragt er noch mal energisch. „Nein, woher sollen wir sie denn kennen?" Die Brüder sehen aus, als ob sie wirklich keine Ahnung haben. Reavaer hat auch keinen Grund, an ihren Worten zu zweifeln. Er runzelt die Stirn, schaut noch mal kurz das Gesicht an, dann dreht er seinen Kopf nach hinten. „Firin! Kommst du bitte?" Die Kleine kommt um die Ecke gelaufen und bleibt zwischen den Lösern stehen. „Kommt dir dieses Gesicht bekannt vor?" Sie schaut es an und schüttelt ahnungslos den Kopf.

Frustriert seufzt Reavaer, deckt das Gesicht mit dem Stoff wieder ab. „Verzeiht, ich will Euch nicht länger im Weg stehen, aber ich möchte trotzdem wissen, warum bei diesem Körper die Seele gefehlt hat." Nachdem er sein Vorhaben den Brüdern mitgeteilt hat, steht er auf. Er geht an den Rand vom Löserhof, wo er sicher vor der Bunterde ist. Reavaer wartet, bis Edwin so weit ist, den Körper zur Natur zurückzuführen.

Als die letzte Lösung durchgeführt wurde, geben ihm die Löser den Hinweis, dass ein gefundener Körper zuerst zum Heiler- und Pflegehaus gebracht wird. Dort wird untersucht, ob es sich um einen Lebenden handelt, der gerettet und geheilt werden kann, oder ob es ein Unlebender ist, dessen Körper sich von den Schäden nicht wieder erholen wird.

Reavaer sieht dann hinunter zu Firin. „Was sagt die Schatzmeisterin zu einem Bad? Haben wir genug Luxon dafür?", fragt er, woraufhin sie erstmal begeistert die Arme hochwirft. „Uiih, ja, das klingt toll! Oh, ähm, ich meine: Die Schatzmeisterin sagt, dass wir uns das leisten können", gibt sie gespielt ernst zurück. Er nimmt ihre Hand, dann verlassen sie den Löserhof. „Ich glaube, ich werde ihnen die Seife verstecken." Firin plant schon einen Streich, den sie spielen will. „Sei lieber nicht gemein. Wenn sie dich erwischen, werfen sie dich vielleicht ohne Kleidung raus." Er möchte ihr mit möglichen Folgen Angst machen. „Nur wenn sie mich erwischen, he he he." Sie amüsiert sich auf dem Weg zurück zum Marktplatz, an dessen Rand auch das Heiler- und Pflegehaus steht.

Als sie dieses betreten, müssen sie nicht lange warten, bis sie von einer Pflegerin angesprochen werden. „Seid gegrüßt, möchtet Ihr ein Bad oder braucht Ihr Heilung?", fragt die junge, unscheinbare Pflegerin in ihrer typischen Wasserformer-Robe.

„Ein Bad, bitte. Für uns beide. Sowie eine Kleiderreinigung. Und ich würde gerne die Person sprechen, die gestern Nacht die unlebenden Körper gefunden und eingewickelt hat." Die Pflegerin ist etwas verwundert. Nicht viele Gäste wollen über ein so spezielles Thema sprechen.

„Dann werde ich selbst Euch gleich bedienen. Ich war eine derer, die die Unlebenden gesammelt haben." Reavaer und Firin werden in den nächsten Raum geführt. Der Raum ist wie ein Gang aufgebaut, auf der rechten Seite sind mehrere Abteile. Die Abteile haben drei Wände aus Holz, eine Seite ist offen, lässt sich jedoch mit einem Vorhang verschließen. In den einzelnen Abteilen steht jeweils ein großer Bottich aus Rialit. Die Pflegerin führt Reavaer in eines der Abteile. Eine zweite Pflegerin kommt herbei und nimmt sich Firin in einem anderen Abteil an. Nachdem die Pflegerin Reavaer in eines der Abteile geführt hat, zieht sie den Vorhang zu und fordert ihn auf, die Sachen abzulegen und sich gerade in den Bottich zu stellen. Er hat kein Problem damit, die Robe vor der Maga auszuziehen. Er übergibt die Kleidung der Pflegerin und stellt sich nackt mit dem Gesicht zum Umhang in den Bottich. Die Pflegerin gibt die Sachen einem Kollegen, der diese gesondert reinigt. Das Wasser im Bottich ist bereits warm. Das Rialit, aus dem der Behälter besteht, gibt Hitze direkt an das Wasser ab.

Die Pflegerin stellt sich direkt neben ihn und konzentriert sich auf das Wasser im Bottich. Langsam beginnt das Wasser, wie lebendig an seinen Beinen hinauf zu wandern. Er spreizt ein wenig die Arme ab, damit das Wasser überall an den Körper kann, bis er ganz von Wasser umhüllt ist. Nur noch sein Kopf schaut heraus.

„Zu den Körpern, die Ihr gestern gesammelt habt: Es war ein Maga-Körper dabei, der keine Seele mehr enthielt. Könnt Ihr Euch erklären, warum ein seelenloser Körper in der Unlebenwacht gelandet ist? Ich nehme an, Ihr hattet keinen Löser bei Euch beim Aufsammeln?" Reavaer eröffnet das Gespräch, als die Pflegerin das Wasser auf seiner Haut in Bewegung versetzt. Sie mischt ein Stück Seife in den Wassermantel, den Reavaer momentan trägt. Daraufhin wird das Wasser zu einer Lauge, die besser reinigt.

„Wir hatten keinen Löser bei uns. Doch wir haben gemerkt, dass der Körper sich seltsam anfühlt. Trotzdem haben wir ihn zur Unlebenwacht transportiert. Wir konnten ihn nicht einfach liegen lassen." Sie erinnert sich zurück an den Abend, während sie ihm alles erzählt, was sie weiß, und gleichzeitig das Wasser auf seiner Haut bewegt, um ihn zu waschen.

„Interessant, dann war die Seele bereits fort, als Ihr den Körper gefunden habt. Warum habt Ihr den Lösern keine Nachricht hinterlassen?" Die Pflegerin blinzelt, wie es scheint kommen ihre Gedanken zurück in die Gegenwart. Sie schaut zu Reavaer hoch.

„Oh, Ihr habt recht. In der Nacht hatten wir nichts dabei, um eine Nachricht zu hinterlassen. Heute Morgen waren wir dann so beschäftigt, dass wir nicht daran gedacht haben." Sie hat einen besorgten Gesichtsausdruck. „Ich hoffe, es hat den Lösern keine Umstände gemacht?" Reavaer schüttelt langsam den Kopf.

„Die Löser waren verwundert, Umstände hatten sie ..."

Reavaers Worte werden durch einen Schrei aus dem Nachbarabteil unterbrochen.

„Waaahahahaha! Das kitzelt!" Die Stimme klingt nach Firin, die sich wohl wieder amüsiert.

„Was ich sagen wollte, war: Keine Sorge wegen der Löser. Wo habt Ihr den Körper gefunden?" Die Pflegerin muss sich kurz orientieren. „Das war … am Westtor. Genauer gesagt, wenn man aus dem Tor hinausgeht und einige Schritte nach rechts. Direkt an der Mauer." Er nickt bestätigend und schweigt. Denn als nächstes wird sein Kopf gewaschen. Dazu umhüllt das Seifenwasser auch seinen Kopf. Daraufhin ist das Bad beendet. Das Wasser fließt an ihm wieder komplett hinunter. Reavaer steigt trocken und frisch aus dem Bottich. Er bekommt seine Kleidung zurück und spürt den sauberen Stoff beim Anziehen.

Reavaers Pflegerin öffnet den Vorhang und gleich darauf sieht er auch schon Firin zum Eingangsbereich zurücklaufen. Hinter ihr geht langsam eine andere, erschöpft aussehende Pflegerin, die Firin gewaschen hat. „War sie wirklich so anstrengend?", spricht Reavaer sie an.

„Sie ist ein regelrechter Wirbelwind. Es ist schwieriger, wenn die Kunden nicht stillstehen können. Doch das passiert bei Magi'inar sehr häufig." Sie ist direkt und setzt ihren Weg fort.

Reavaer geht zurück zum Eingangsraum, in dem sich Firin ein wenig umschaut. „Kleine Schatzmeisterin, Ihre Dienste werden benötigt." Er ruft Firin zu sich, als er gerade zu einem Mitarbeiter des Hauses geht. Die Kleine braucht ein wenig Hilfe beim Zählen. Die Maginar, die dabei zusehen, sind begeistert und amüsiert darüber, wie Firin die Luxon aus dem Beutel zählt. Beide gehen hinaus, doch bevor die Tür zufällt, hört Reavaer die Mitarbeiter noch reden. „Sag mal, hast du die Seifen gesehen?" Reavaer schaut zu Firin hinunter, diese hat ein breites Grinsen im Gesicht.

Draußen nimmt Reavaer Firin wieder an die Hand. „Wo willst du jetzt hin?", fragt Firin erwartungsvoll. „Wie wäre es mit der Taverne von gestern? Ich möchte die Gauklertruppe etwas fragen. Vielleicht bringen die dir, während ich mich unterhalte, noch ein paar Tanzschritte bei?" Firin wird wieder aufgeregt. „Jaaa, die werden tanzen, bis die Füße schmerzen, wenn sie die Fragen nicht beantworten." Reavaer nickt wieder. „Abgemacht." Sie sind sich über die Aufgabenverteilung einig.

Schnell ist die Taverne gefunden. Reavaer macht die Tür auf, damit Firin hineingehen kann. Danach betritt er selbst den

Schankraum. Seine Augen suchen die Schausteller und finden diese zusammen an einem der hinteren Tische sitzen.

Die Kleine läuft voraus. „Grüß Euch!", spricht sie die drei Maganar und drei Magonar an. Die Gruppe am Tisch dreht sich zu Firin hin. „Ah, das kleine Energiebündel von gestern. Wir hoffen, dass du dich amüsiert hast." Sie lächelt erfreut und lehnt sich an die Stirnseite des Tisches. „Tanzen ist toll! Könnt Ihr mir die Schritte noch einmal zeigen?", fragt sie aufgeregt, als auch Reavaer am Tisch der Schausteller ankommt. Die Schausteller arbeiten zwar gerade nicht, doch eine Maga hat Lust zu tanzen. So steht sie auf, geht mit Firin zu einer freien Fläche und geht mit ihr noch mal die Tanzschritte durch. „Ich hätte eine Frage: Kennt Ihr eine Tänzerin namens Ruru?" Reavaer richtet die Frage an die Gruppe am Tisch. „Nein, der Name sagt mir nichts. Warum fragt Ihr? Ist eine andere Gauklertruppe in der Stadt?" Der Anführer der Truppe sieht aufgebracht aus, als er seine Gegenfrage stellt. „Das meinte ich nicht. Ich hörte den Namen früher mal und dachte, ihr kennt Euch untereinander." Reavaer nutzt eine Notlüge, um die Truppe nicht zu verwirren oder zu verunsichern. Es würde ihm ohnehin niemand glauben, dass die Tänzerin gestern noch unter ihnen getanzt hat. Er erinnert sich deutlich an sie, während die Gauklertruppe, die Löser und auch Firin behaupten, sie nicht zu kennen. Ihm fällt kein Grund ein, warum all diese Maginar ihn anlügen sollten.

„Darf ich fragen, ob Ihr noch weitere Mitglieder in Eurer Truppe habt?" Er lenkt das Gespräch von der Tänzerin hin zu der Truppe im Allgemeinen. „Es sind nur wir sechs, die Ihr gerade seht. So reisen wir schon seit Ewigkeiten umher." Reavaer wird nachdenklich, sein Blick wandert umher. Dann sieht er zu der übenden Firin. Er schaut auf ihre Füße, wie sie die Schritte wiederholt. Schließlich wendet er sich wieder zum Tisch mit den Gauklern. „Dieser Tanz oder diese Schrittreihenfolge, habt Ihr Euch diese ausgedacht?" Reavaer fragt mit einem durchdringenden Blick.

„Richtig, dieser Tanz ist von uns. Jedoch ist dieser recht neu. Wir führen ihn erst seit den letzten paar Auftritten vor." Der Anführer der Gruppe schaut freudig darüber, dass jemand den Tanz bemerkt. „Wer hat sich die Schritte denn ausgedacht?" Reavaer schaut alle Mitglieder der Truppe einzeln an. Die Maginar der Truppe sehen sich gegenseitig an. Sie können die Frage nicht gleich beantworten. „Das waren wir wohl alle zusammen … Für Publikum haben wir feste Tänze, doch unter uns probieren wir immer wieder neue Musik und Tanzschritte aus. Die haben sich wohl einfach so ergeben." Reavaer sieht zufrieden mit der Antwort des Anführers aus.

„Danke für Eure Zeit. Wir werden Euch nicht weiter stören. Komm, Firin, wir gehen weiter." Er nickt dankend der Gruppe am Tisch sowie der Maga bei Firin zu. Gemeinsam gehen sie zur Tür und Reavaer lässt die Kleine wieder zuerst durchgehen.

„Wohin gehen wir jetzt?", möchte die Kleine wissen, nachdem Reavaer sie wieder an die Hand genommen hat. „Ich wollte mir die Landschaft außerhalb der Stadt ansehen, wie wäre es mit dem Westtor?" Firin schaut verwundert. „Die Landschaft ansehen? Reavaer schaut zu ihr hinunter. „Warum nicht? In der Stadt waren wir schon überall. Draußen gibt es bestimmt noch mehr aufregendes Zeug." Firin bekommt große Augen und sieht überzeugt aus. „Ohh, mehr Aufregendes … Ich bin gespannt", murmelt sie leise vor sich hin.

Am Westtor sieht sich Reavaer die Stadtmauer und deren Bewachung an. Er sieht, wie die Wachen auf der Mauer und dem Tor positioniert sind und wie sie patrouillieren. Die beiden gehen Hand in Hand an den Wachen am Tor vorbei. Nachdem sie das Tor passiert haben, wendet sich Reavaer nach rechts. Er geht einige Schritte an der Mauer entlang und schaut bei jedem Schritt vor sich auf den Boden. Er findet die Stelle, die er sucht. Nur noch eine Silhouette von eingedrückter Erde zeugt von dem Körper, der hier gelegen hat.

„Ich will mir etwas ansehen. Du schaust, dass wir nicht überrascht werden", weist Reavaer der Kleinen eine Aufgabe zu. „Na gut, aber beeil dich. Ich mag es nicht, rumzustehen." Sie ist nicht begeistert, doch dreht sie sich um und schaut in die Ferne.

Reavaer kniet sich zu der Silhouette hinunter und fühlt die Erde mit der Hand. Er sieht sich die Form genau an, um zu ermitteln, wie der Körper dort gelegen hat. Dann schaut er zu der Wand und hinauf zu den Wachen. Er steht auf und misst, wie weit der Körper von der Stadtmauer weg war. Dazu setzt er einen Fuß vor den anderen und geht so fünf Fußlängen zur Mauer. Er fühlt die Wand mit der Hand. Sie besteht aus vielen Felsbrocken, die mittels großer Hitze miteinander verschmolzen wurden. Dementsprechend glatt ist die Stadtmauer und weist keine Spuren von frischen Beschädigungen auf. Schließlich geht er zurück zum Abdruck in der Erde. Er dreht sich zur Stadtmauer, um langsam alle Besonderheiten aus dieser Position erfassen zu können.

„Nun gut, ich bin hier erstmal fertig. Wir gehen zurück", meint er nur kurz und knapp und geht dann ohne Umschweife wieder zum Stadttor zurück. Firin läuft ihm verwirrt nach. „Moment, du sagtest doch, hier draußen gäbe es etwas Aufregendes", lamentiert sie, als sie neben ihm hergeht. „Da habe ich mich wohl geirrt, tut mir leid. Wir finden einen anderen interessanten Ort. Aber diese Wache da vorne könnte eine interessante Geschichte haben. Wollen wir sie ansprechen?" Ihre Enttäuschung weicht, als sie den Vorschlag von Reavaer hört. Diesmal läuft sie selbst vor und spricht die Wache am Stadttor an. „Hallo, wie ist es so als Torwächter? Ist es spannend?" Ungeduldig stellt sie mehrere Fragen auf einmal, ihre Augen sind groß vor Neugier.

Der Mago in einem engen, braunen Lederwams schaut verwundert zu Firin hinunter, er ist es wohl nicht gewohnt, bei der Arbeit so direkt angesprochen zu werden. „Guten Tag, junge Maga, aufregend ist es nur, wenn es einen Angriff von Tieren oder Magrennar gibt. Die meiste Zeit jedoch passiert nichts. Aber man muss immer auf der Hut sein", antwortet der Wächter geschmeichelt von dem Interesse an seiner Tätigkeit. Inzwischen ist Reavaer auch bei der Wache angekommen. „Verzeiht die Störung, wir sind neu in der Stadt. Wie ist es, als Wächter für den Schutz so vieler Maginar verantwortlich zu sein?" Der Wache schwillt die Brust vor Stolz an, als Reavaer seine Frage stellt. „Die Verantwortung ist erdrückend. Die Bewohner vertrauen uns Wachen schließlich ihre Gesundheit und Sicherheit an." Reavaer nickt anerkennend, während Firin gebannt zuhört. „Wird die Stadt denn oft angegriffen?", möchte Reavaer noch beiläufig wissen. „Normalerweise unregelmäßig. Die Magrennar machen kaum Probleme. Die lernen nach einem Angriff, dass sie hier nicht reinkommen. Die Tiere jedoch sind unbelehrbar. Diese versuchen immer wieder, an die Vorräte zu kommen. In letzter Zeit haben sie regelmäßig angegriffen, schon sechsmal in den letzten Tagen", erzählt der Wächter unbekümmert. Reavaers Augenbrauen zucken kurz. „Haben die Tiere in den letzten Tagen zu bestimmten Zeiten angegriffen?", hakt er noch mal nach. Die Wache denkt kurz nach. „Nun ja, meistens vor Sonnenuntergang. Ich hatte die Sonne meistens in den Augen, als sie angestürmt kamen." Die beiden bedanken sich bei dem Wächter für die Auskünfte. Nachdem sie einige Schritte in die Stadt gemacht haben, bleibt Reavaer stehen. Er blickt zurück zum Tor und hinauf zur Sonne, um ihren Stand zu ermitteln. „Hm, es ist noch zu früh", murmelt er vor sich hin. „Die Tiere werden heute wieder angreifen. Wollen wir hier warten und schauen, wie sie vertrieben werden?" Firin schaut skeptisch zu ihm hinauf. „Bist du sicher? Du hast heute schon einmal mit einem interessanten Ort falsch gelegen." Sie klingt sarkastisch. „Was hast du denn zu verlieren? Oder gibt es einen Ort, an dem du lieber wärst?" Gegen die Logik von Reavaer kommt die Kleine nicht an. Sie hat keine Ahnung, wo sie sonst hingehen sollte. „Aber das wird dauern, bis die Tiere kommen, oder?", jammert sie wieder, dass ihr langweilig zu werden droht. „Richtig, die Sonne steht momentan zu hoch. Es wird noch ein wenig dauern." Von Firin kommt ein langer, angestrengter Seufzer.

„In der Zwischenzeit würde ich gerne mit unseren Freunden, den Lösern, sprechen. Wollen wir sie suchen?" Die Kleine nickt halbherzig als Reaktion auf den Vorschlag. „Besser als rumzustehen oder rumzusitzen." Beide setzen sich in Bewegung in Richtung der Unlebenwacht.

An der Unlebenwacht angekommen, sehen die beiden, wie die Löser gerade noch eine Lösung durchführen. Bürgermeister Hadien steht etwas abseits des Löserhofs, um nicht im Weg zu stehen. Firin geht Reavaer hinterher, als dieser zu Hadien geht und sich neben ihn stellt. „Grüße, ist etwas passiert? Die Löser waren heute Früh mit den Unlebenden von letzter Nacht fertig", fragt Reavaer unvermittelt, als er neben Hadien den Lösern bei der Arbeit zusieht. „Ja, leider hat es eine Gruppe Reisender erwischt. Jäger haben sie nahe einem Weg zu der Stadt gefunden." Der Bürgermeister seufzt schwer. „Ach, es ist immer traurig, wenn Maginar zu unserer Stadt reisen und dabei verunglücken. Es gibt so viele Gefahren durch Pflanzen, Tiere oder Magrennar. Leider weiß ich nicht, wie man die Wege sicherer machen könnte." Die Trauer über den Verlust von Leben ist in seiner Stimme deutlich zu hören.

Firin beobachtet währenddessen die Löser bei der Arbeit und sieht, wie die Seelen die Körper verlassen und fortgeschwemmt werden. Reavaer spart sich jeden weiteren Kommentar, denn nichts, was er sagt, würde es besser machen. Still stehen die Drei am Rande das Löserhofs und warten, bis die letzte Lösung durchgeführt wurde.

Sobald die Zwillingsbrüder die Türe der Unlebenwacht abgeschlossen haben, geht Hadien auf sie zu. „Gute Arbeit, die Sonne ist schon am Untergehen. Lasst uns zusammen etwas trinken gehen." Die Einladung des Bürgermeisters nehmen die Löser gerne an. Reavaer schaut noch mal schnell nach dem Sonnenstand. „Dürfte ich das Westhaus vorschlagen?" Reavaer möchte sie gleich in die Nähe des Westtores bringen. Auf dem Weg zur Taverne erzählen die Löser, wie sie sich auf Reisen vor Tieren und Magrennar schützen. Auch berichten sie von ihren Tricks, um gefährlichen Pflanzen auszuweichen.

Die kleine Firin ist wieder die Erste an der Türe und betritt die Taverne gefolgt von den vier Magonar. Bürgermeister Hadien wählt einen Tisch aus, an dem alle Platz haben. Schon kommt eine Bedienung an den Tisch. Hadien und die Zwillinge bestellen sich gleich etwas Alkoholisches zu trinken. Die Magonar machen es sich in ihren Stühlen gemütlich. Firin kann dem aber nichts abgewinnen. „Ich möchte lieber wieder tanzen.", schlägt sie schon wieder zappelnd vor. „Gute Idee, mach hier mal ein wenig Stimmung." Auf Reavaers Bestätigung springt die Kleine auf und geht weiter in den Schankraum. Sie fordert die Anwesenden gleich auf, ihre neu erlernten Schritte mitzutanzen. Reavaer wendet sich zurück an die Löser und den Bürgermeister. „Die werten Löser berichteten mir, Ihr wärt heute auf der Spur eines seelenlosen Körpers gewesen, an den Ihr Euch erinnert, doch sonst keiner. Was hat es damit auf sich?", richtet Hadien gleich seine erste Frage an Reavaer. „In der Tat, es war sehr seltsam, dass ein Körper, an dem noch keine Lösung durchgeführt wurde, der jedoch bereits seelenlos war, in der Unlebenwacht aufgetaucht ist. Auch, dass sich niemand an das Gesicht dieses Körpers erinnerte, denn ich weiß genau, dass Ihr dieses Gesicht schon gesehen habt", berichtet er den Anwesenden, die dem jedoch aus ihren Erinnerungen nicht zustimmen können. Inzwischen kommen auch die Getränke, jeder, der was bestellt hat, bekommt einen Becher.

Es wird mit den Bechern angestoßen und schon mal ein tiefer Zug genommen, während Reavaer anfängt zu berichten.

„Meine Nachforschungen haben ergeben, dass der seelenlose Körper wahrscheinlich Firins Mutter war." Mit diesem Ergebnis haben die Anwesenden nicht gerechnet. Während sich Hadien am Getränk verschluckt und husten muss, zerstäuben Erwin und Edwin ihren Mundinhalt vor sich in die Luft. Die Drei sind so überrascht, dass ihre Getränke nicht dort ankommen, wo sie sollen. Sie müssen sich erst mal wieder fangen. „Verzeiht, der Zeitpunkt, um mein Ergebnis zu verkünden, war wohl schlecht gewählt", muss Reavaer kleinlaut zugeben.

„Was? Die Mutter der Kleinen dort, die aus einer Art Ei geschlüpft ist? Wie kommt Ihr ausgerechnet darauf?" Diesmal ist es Edwin, der es genau wissen will. „Das ist im Grunde nur eine Theorie, jedoch weist sehr viel darauf hin, dass die Maga, an die Ihr Euch nicht erinnert, Firins Mutter oder zumindest ihre Erzeugerin war." Es werden skeptische Blicke ausgetauscht. „Was genau weist denn alles darauf hin? Das scheint eine spannende Geschichte zu werden." Reavaer wird von den anderen konzentriert angeschaut, als Edwin ihn auffordert, weiter zu erzählen.

„Der deutlichste Beweise dafür sind die besonderen Umstände der beiden. Firin ist, wie Ihr sagtet, aus einem Ei geschlüpft. Ich nehme an, das passiert nicht sonderlich oft. Dann ist da die Tänzerin Ruru, die ich von gestern kenne. Ihr hattet gestern auch mit ihr zu tun, jedoch erinnert ihr Euch nicht an sie. Trotz alledem habt Ihr heute Morgen eine Lösung an ihr durchgeführt, das ist unbestreitbar." Die drei Zuhörer atmen tief durch. Alles, was er sagt, stimmt, weil sie sich aber nicht erinnern können, sind die Umstände für sie unlogisch. „Kann das nicht auch mit Euch zu tun haben anstatt mit Firin? Eure Umstände sind mindestens genauso seltsam", hakt Edwin weiter nach. Der sonst so stille Elementarist möchte es ganz genau wissen. „Das kann ich nicht bestreiten, vielleicht hat es mit uns beiden zu tun, aber mit Firin auf jeden Fall." Reavaer lehnt sich vor auf die Tischplatte. Seine Unterarme legt er auf Tischplatte. Die Hände faltet er vor sich. „Vielleicht habt Ihr es nicht bemerkt, doch ihre Persönlichkeit hat sich verändert, seit sie gestern hierhergekommen ist. Seid sie in der Höhle geschlüpft ist, bis sie gestern angefangen hat, zu tanzen, war sie ruhig, desinteressiert und unsozial. Das kam daher, dass ich meine Gefühle mit ihr geteilt habe. Nachdem sie aber vom Tanzen zurück kam, war sie voller Energie, sie war auch sehr sozial und neugierig. Ich vermute, dass das durch die Berührung mit der Tänzerin Ruru geschah. Gleichzeitig hat sie es auch fertiggebracht, die Erinnerungen von Firin und jedem anderen, den sie berührt hat, zu verändern, sodass sich jetzt niemand mehr an sie erinnert. Die Tänzerin hat gestern Abend jeden im Schankraum beim Tanzen berührt, bis auf mich, denn bevor sie meine Hände nehmen konnte, bin ich gestolpert." Reavaer macht eine Pause, um seine Worte sacken zu lassen. „Ihr meint, sie wollte von allen vergessen werden? Warum sollte sie das wollen?" Reavaer zuckt mit den Schultern. „Wahrscheinlich wollte sie nur nach Firin sehen, ihr eine ausgewachsene Persönlichkeit geben und wieder unbemerkt verschwinden, ohne Aufsehen zu erregen." Die anderen erinnern sich nicht an die Tänzerin, deshalb müssen sie sich auf die Ausführungen von Reavaer verlassen. Der einzige Hinweis, der Reavaer recht gibt, ist der seelenlose Körper von heute Morgen.

„Firins Mutter hatte eine komische Eigenart. Sie war wie besessen von der Zahl Sieben." Die Anwesenden wundern sich. „Warum die Sieben?", kommt es extrem verwundert von Edwin. „Diese Zahl, oder besser gesagt, die Stückzahl tauchte immer wieder in ihrem Umfeld auf. Ihr Tanzkleid hatte sieben Schleifen, der Tanz, den sie aufgeführt und womöglich erfunden hat, hatte sieben Schritte. Die Gauklertruppe besteht aus sechs Mitgliedern, das heißt, sie wäre das siebte Mitglied gewesen. Das Nächste ist nur eine Vermutung, doch es spricht alles dafür, dass sie seit sieben Stationen bei der Gauklertruppe war, das konnte mir der Anführer der Unterhalter jedoch nicht genau beantworten. Außerdem war ich an dem Ort, als ihre Seele den Körper verlies. Von dem Fleck aus sieht man sieben Wachen an dem Tor und auf den Stadtmauern. Es gab bestimmt noch mehr Hinweise auf die Zahl Sieben, das waren jedoch die, die ich bemerkt habe. Jetzt komme ich zu dem Punkt, an dem ich meine Behauptungen auch beweisen kann, zumindest halbwegs. In den letzten sechs Tagen haben Tiere immer wieder am Westtor angegriffen. Wenn die Sonne so tief steht, dass sie in die Augen scheint, werden heute noch einmal Tiere angreifen. Danach wird das aufhören, da es das siebte Mal sein wird", berichtet Reavaer, ohne auch nur einmal Luft zu holen. „Dann sollte ich gleich die Wachen warnen, wenn Ihr recht habt, müssen sie sich heute noch vorbereiten. Morgen werden wir sehen, ob Ihr recht habt", kommt es von Hadien, der sogleich aufsteht, um die Taverne zu verlassen und den Wachen Bescheid zu geben. Reavaer sieht dem Bürgermeister nachdenklich hinterher. Als er sich wieder zurückdreht und die Zwillinge mit ihm am Tisch sitzen, schaut er plötzlich erschrocken drein. „Moment … da stimmt etwas nicht. Erinnert Ihr Euch noch an den Orb in der Höhle? Wenn Firins Mutter diesen dort hinterlassen hat, dann hätten wir nur erfolgreich sein können, wenn dort irgendetwas mit der Zahl Sieben zu tun gehabt hätte. Mein Gedächtnis ist sehr ausgeprägt, doch ich kann mich an nichts erinnern, das mit der Zahl Sieben zu tun hat. Dort wart Ihr zwei, die Seelen Jockaru und Salmin, ich und später dann

Firin, das sind sechs. Das hätte niemals funktionieren dürfen."
Reavaer sieht mit einem glasigen Blick in die Leere. Er sucht
in seinen Erinnerungen nach etwas, das mit der Zahl Sieben
zu tun hat. „Ich erinnere mich an sieben Gesteinsschichten im
Tunnel zum Kugel-Raum. Der Raum selbst ... Ja, die Höhe
könnte gut sieben Ellen betragen. Das bedeutet, dass die Lösung des Rätsels auch irgendetwas mit der Sieben zu tun haben muss", spricht Reavaer immer noch eifrig in seinen Erinnerungen suchend. Die Zwillingsbrüder sehen sich gegenseitig
an. Als sie sich wieder zu Reavaer wenden, ergreift Erwin das
Wort. „Ihr könnt es nicht wissen, doch ich trage außer Jockaru
und Salmin noch eine Seele bei mir." Reavaer kommt aus seinen Gedanken zurück. „Meine Güte, ich hatte schon Angst, ich
hätte etwas übersehen oder vergessen." Reavaer klingt erleichtert. Es dauert jedoch nicht lange, schon schaut er neugierig zu
Erwin. „Was hat es mit dieser Seele auf sich? Ihr habt sie, seitdem ich dabei bin, nicht herausgelassen, nicht mal in der Höhle,
als die Situation gefährlich schien." Edwin nimmt noch einen
Schluck aus seinem Becher, während Erwin seufzend erklärt.
„Sie ist etwas ... schwierig. Ich kannte sie zu Lebzeiten nicht,
doch seit ich eine Lösung bei ihr durchgeführt habe, ist sie immer niedergeschlagen, sagt kaum etwas und zieht die Laune
aller mit hinunter, wenn sie beschworen wird. Und bevor Ihr
fragt, entweder sie kann oder will nicht in das Arkane Netzwerk übergehen. Ich habe sie auch schon mal von ihrem Riaberan getrennt, aber sie geht nicht ins Arkane Netzwerk über."
Reavaer wird immer faszinierter von der Seele, als Erwin über
sie erzählt. Er möchte gerade fragen, ob Erwin sie beschwören
könnte, als sie draußen Krach und Explosionen hören. „Sieht
aus, als ob ich recht hätte", kommt es trocken von Reavaer, als
auch schon Firin angerannt kommt. „Was ist da draußen los?"
Sie klingt aufgeregt. „Du erinnerst dich doch noch, als die Wache uns erklärt hat, dass immer wieder Tiere angreifen. Heute
sind sie wohl wieder da." Die Kleine bekommt bei der Erklärung große Augen und hopst auf der Stelle. „Denkst du, wir
können uns das ansehen?" Bei den Worten will sie fast schon

zur Tür laufen. „Das wäre etwas gefährlich, aber wenn wir genügend Abstand halten, sollte es möglich sein, zuzusehen." Sie huscht bereits zur Tür. „Ist das nicht zu riskant? Sie ist noch so jung", ruft Edwin noch vorwurfsvoll zu Reavaer, als dieser zum Ausgang geht. „Ja, ganz recht, die Tiere wissen gar nicht, worauf sie sich einlassen." Die Zwillinge schauen sich fragend an.

Fähigkeiten

Draußen hört man den Krach noch besser. Reavaer und Firin gehen Hand in Hand Richtung Westtor. Bereits aus der Ferne sind explosive Feuerschwaden zu sehen, Steine fliegen über der Mauer hinweg. Die beiden erspähen den Bürgermeister in einigem Abstand zur Mauer stehend. Er beobachtet das Geschehen aus einer sicheren Entfernung. „Wie schlagen sich die Wächter?", fragt Reavaer den Bürgermeister, als sich die beiden neben ihn stellen. „Die Wächter waren bereits auf einen Angriff eingestellt, da das die letzten Tage auch passiert ist. Deshalb standen auch schon Jäger bereit." Firin möchte näher heran und geht zwei Schritte weiter. Sie zieht Reavaer auffordernd an der Hand. „Gut, dass die Mitbürger darauf vorbereitet sind. Wir werden wohl näher herangehen." Reavaer lässt sich mitziehen. „Geht nicht näher, das ist doch gefährlich", ruft Bürgermeister Hadien noch hinterher. „Richtig, doch das haben sich die Tiere selbst zuzuschreiben", kommt es von Reavaer zurück. Der Bürgermeister ist verwirrt. Für ihn klingt es so, als ob die beiden keine Angst vor den Angriffen der Tiere haben. Er hofft nur, dass sie ihren Übermut nicht teuer bezahlen werden.

Der Bereich gleich hinter der Mauer ist magoleer. Sie steigen die eingearbeiteten Treppen an der Mauer hinauf. Vom Gang der Mauer selbst sehen sie das Spektakel. Vor der Stadt sind Widder und Ziegen, die mit ihren Hörnern anstürmen. Die Wächter und Jäger wehren den Aufprall der Hörner ab, indem sie Wände aus Erde und Wasser vom Boden aufsteigen lassen. Diese Wände fangen die Explosionen, Feuerschwaden und Steinschläge, die von den Tieren ausgehen, ab. Die Strategie der Wächter und Jäger ist es, die Tiere zu ermüden, so dass sie sich entweder zurückziehen oder die Jäger eine Tierlösung durchführen können. Im letzteren Fall würden die seelenlosen Tierkörper als Fleischlieferant dienen. Unter die angreifenden Tiere sind auch einige Hirsche gemischt. Diese schleudern die Spitzen ihres Geweihs als Geschosse auf die Magonar. Diese Geschosse lassen sich neben den Erd- und Wasserwänden auch durch einen Luftgegenstoß abwehren. Aber das macht die Geschosse dann auch zu Querschlägern, denen die Magonar zusätzlich ausweichen müssen. Firin schaut gebannt auf das Geschehen hinunter. Reavaer bemerkt in der Ferne zwei anstürmende Stiere, die auch die Stadt stürmen wollen. Sie sind noch weit entfernt und es sind genügend Verteidiger vor der Mauer, um diese abzufangen. Jedoch beschleunigen sie schnell, indem sie sich selbst Rückenwind herzaubern. Die zwei Stiere haben kein Interesse an den Verteidigern, sie halten direkt auf die Mauer zu. Beide Stiere stoßen ein Brüllen aus, woraufhin rund 30 Schritte vor der Mauer schlagartig große Felsen aus dem Boden aufsteigen. Die Felsen sind etwas höher als die Stiere selbst. Die Verteidiger sind von den Felsen und dem schnellen Ansturm der Stiere so überrumpelt, dass sie diese nicht aufhalten können. Sie nutzen die Felsen mit einem weiten Sprung darauf als erhöhtes Sprungbrett. Mit einem noch mächtigeren Sprung vom Felsen und einer kräftigen Windböe, die sie zusätzlich herbeizaubern, haben sie genug Auftrieb, um direkt auf die Mauer zu gelangen. Der erste Stier droht direkt in Firin hineinzuspringen. Die Kleine macht aber keine Anstalten, zu flüchten oder ausweichen zu wollen. Stattdessen grinst sie vor sich hin, schwingt ihren Arm nach hinten und holt mächtig aus. Als der Stier in Reichweite ist, schwingt sie die Hand wieder nach vorne und gibt dem Stier eine saftige Ohrfeige. Alle, die diese Szene mit ansehen, trauen ihren Augen nicht, was als nächstes passiert. Der Bulle wird durch die Klatsche von Firin wild rotierend zurückgestoßen. Er landet gut 10 Schritte vor der Mauer. Benommen von dem Schlag und den unkontrollierten Drehungen liegt der Stier noch einen Moment da. Diesen Augenblick nutzt ein Jäger aus, um eine Lösung durchzuführen. Dieser Stier stellt keine Gefahr mehr dar. Gleichzeitig landet der zweite Stier drei Schritte von Reavaer entfernt. Gleich greift der Bulle Reavaer an, da er am nächsten dran ist. Dieser hat Probleme, auszuweichen, denn die Mauer ist nicht sonderlich breit. Ihm bleibt nur die Flucht nach hinten. Doch er bekommt einen Kopfstoß ab, der ihn aus dem Gleichgewicht bringt. Ein Horn erwischt ihn bei einem Kopfschwenker des Stieres und schickt ihn nach oben in die Luft. Reavaer dreht sich schwerelos, als er wieder nach unten fällt, dreht ihm der Stier den Rücken zu und tritt ihn mit beiden Hufen von der Mauer in die Stadt zurück. Firin sieht Reavaer nur noch wegfliegen und unsanft auf dem Boden aufschlagen. „Waaahh! Oh nein!", schreit sie auf, als sie die Mauertreppe hinunterläuft. Den Bullen, der gleich neben ihr die Mauer hinuntergesprungen kommt, ignoriert sie völlig. Der Stier möchte weiter in die Stadt laufen, um zu randalieren. Ein Wächter und ein Jäger kommen ihm jedoch in die Quere. Der Wächter beschwört so viel Wasser aus dem Boden, wie er kann. In dem zwischen den Glanzsteinen aufsteigenden Wasser kann er den Stiel einhüllen. Es kommt genug zusammen, damit der Wächter den Bullen komplett in einer Wasserblase strampeln lassen kann. Der Stier jedoch gibt nicht auf, er zaubert mit Hilfe von Luftmagie von seiner Haut ausgehende Druckwellen, um das Wasser loszuwerden. Das Wasser schließt sich jedoch genauso schnell wieder um ihn. Der Jäger nutzt den hilflosen, schwerelosen Zustand des Bullen aus, um eine Lösung durchzuführen. Als der Jäger fertig ist, macht der Stier keinen Mucks mehr und das Wasser zieht sich in den Boden zurück.

Beim auf dem Bauch liegenden Reavaer angekommen, legt Firin ihm kniend ihre Hände auf. Sie fühlt die Hufabdrücke auf seinem oberen Rücken. Die Knochen zwischen und unterhalb der Schultern sind alle stark beschädigt. Beide Schultern sind nicht mehr in den Fassungen. Die Kleine kniet schluchzend über ihm, sie weiß nicht, was sie tun soll. Der Bürgermeister sowie zwei Heiler kommen angelaufen. Sie wollen Reavaer auf eine Trage heben, um ihn in Sicherheit zu bringen. Doch in dem Moment, als sie ihn an Oberkörper und Füßen aufheben wollen, zerfällt dieser zu Schneeflocken. Seine Kleidung fällt zusammen. Der Schnee, der vorher Reavaers Körper war, wird in alle Richtungen verweht und verschwindet. Die Maginar, die dieses Schauspiel beobachtet haben, weichen zurück, denn sie haben so etwas noch nie gesehen. Auch Firin weiß nichts mit diesen Umständen anzufangen und sitzt nur noch mit ihren weit aufgerissenen Augen da. Der Boden wird langsam kühl. Nah am Boden bilden sich eisig kalte Nebelschwaden. Die Nebelschwaden bewegen sich auf einen Punkt zu und sammeln sich an der Stelle, an der Reavaer vorher gelegen hat. Sie nehmen Form an, verändern ihre Konsistenz. Es bildet sich ein neuer Körper in den leeren Kleidern und derselben Position wie Reavaer vorher, jedoch unverletzt. Sogleich setzt sich Reavaer auf, als wäre nichts gewesen. Er schaut um sich in die erschrockenen Gesichter. „Mir geht es gut, danke sehr", bedankt er sich trocken, denn er weiß selbst nicht, wie er mit dieser Situation umgehen soll. Nachdem er kurz die Arme ausgestreckt hat, steht Reavaer auf. „Du hast mich furchtbar erschreckt!", quengelt die Kleine, als sie seinen Arm hält und vorwurfsvoll daran zieht. „Wieso hast du dich erschreckt? Du müsstest ganz genau wissen, was passieren würde." Die beiden sind schließlich aus demselben Ei entstanden. Sie müssten eigentlich alles übereinander wissen. „Ich habe es vergessen, schließlich habe ich mich erschrocken!", grummelt sie ihn wieder an. „Für mich war es auch kein Genuss. Das hat ziemlich geschmerzt. Auf noch so eine Erfahrung kann ich verzichten", erzählt Reavaer über seine Erfahrungen, als die beiden wieder zurück in die Stadt gehen. Der Angriff der Tiere scheint inzwischen abgewehrt zu sein. Sie kommen wieder am Bürgermeister vorbei, der sie stumm ansieht. „Ein heftiger Angriff, aber das sollte der letzte dieser Art gewesen sein", spricht Reavaer zu Hadien, als er an ihm vorbei wieder Richtung Taverne geht. Der Bürgermeister seufzt kopfschüttelnd. „Nun los, kommt zu Euch und helft den Verletzten." Die Maginar, die das Spektakel um Reavaer mit angesehen haben, stehen immer noch ungläubig da und flüstern untereinander, bis sie von Bürgermeister Hadien Anweisungen bekommen. Dann setzen sie sich in Bewegung, um den Wächtern und Jägern zu helfen.

Firin betritt wieder als Erste die Taverne Westhaus, gleich gefolgt von Reavaer. Drinnen sehen sie die Löser-Zwillinge immer noch am selben Tisch sitzen. Die Brüder essen einen Eintopf und lauschen dabei der Musik der Gauklertruppe. „Wie ist das Essen hier?“, werden die Zwillinge von Reavaer gefragt, als er und Firin sich wieder zu ihnen setzen. „Meist schmecken die Gerichte der verschiedenen Gasthäuser nicht besser oder schlechter, sondern nur anders. Das ist einer der Reize am Reisen, man probiert alle möglichen Rezepte desselben Gerichtes.“ Erwin klingt euphorisch, als er von der kulinarischen Vielfalt auf seinen Reisen berichtet. Danach schaut er den Mago und die kleine Maga'a genauer an. „Was ist denn mit Euch passiert? Ihr seht aus, als wärt Ihr mitten auf der Straße herumgerutscht und du, Kleines … hast du geweint?“ Er schaut Firin direkt in die Augen. „Ja … ich habe mich erschreckt, weil er zu Boden geworfen wurde.“ Sie sitzt genervt da, weil man ihr immer noch ansieht, dass sie geheult hat. „Wir waren einfach etwas zu nahe dran, das hat sich gerächt, kein großes Drama.“ Reavaer tätschelt ihr den Kopf. „Frag doch mal den Wirt, ob du dir das Gesicht waschen kannst. Sonst fragen dich immer wieder Leute, warum du geweint hast.“ Sie schaut auf, als er in Richtung des Tresens zeigt. Nach einem kurzen Nicken geht sie zum Wirt, um ihn nach einer Waschgelegenheit zu fragen.

In dem Moment geht die Eingangstür zur Taverne auf. Hadien betritt den Schankraum mit einem ernsten Blick. Reavaer erspähend geht er gleich zu ihm. Er setzt sich ebenfalls wieder an den Tisch mit den Lösern und Reavaer. „Sagt, was ist da draußen passiert? Was war das?“, will er von Reavaer wissen. „Ihr meint, wie ich meinen Unfall überstanden habe?“ Die Frage von Reavaer wäre unnötig gewesen, da Hadien nichts anderes meinen konnte. Die Brüder schauen fragend, da sie nicht wissen, was passiert ist. „Natürlich, was nach dem Tierangriff passiert ist. In dem Augenblick, als Ihr ins Unleben verfallen wärt, hat sich Euer Körper in Schnee und Nebel verwandelt. Er ist vor den Augen aller einfach zerfallen. Als dann nur noch Eure Kleider dagelegen sind, hat sich Euer Körper aus Nebel neugeformt“, gibt Hadien seine Sicht der Dinge wieder. „Er formte sich aus Nebel, sagt Ihr? In der Höhle, kurz, nachdem der Orb aufgebrochen war, ist dasselbe passiert. Der kalte Nebel sammelte sich an einer Stelle und veränderte sich zu Fleisch", berichtet auch Edwin über seine erste Erfahrung mit Reavaer. Edwin nickt nur bestätigend. „Nun ja, ich würde Euch gerne sagen, was es mit dieser Regeneration auf sich hat. Nur weiß ich es selbst nicht genau. Dieser Orb war wie eine andere Welt. Dort war es hell, Lichter haben um einen geschwirrt. Dort sah ich einen kleinen unförmigen Seelenklumpen, den Ihr jetzt Firin nennt. Dort hatte nichts eine feste Form. Die Lichter waren zersplitterte Seelenfragmente, so etwas wie Eigenschaften oder Fähigkeiten. Jedenfalls habe ich diese Lichter so lange zwischen mir und Firin hin und her geschoben, bis eine halbwegs funktionierende Seele entstanden ist. Ich musste sogar Teile meiner Seele aus mir herausziehen, weil nicht genügend Gefühle vorhanden waren. Als dann die Kugel aufgebrochen ist, war es wie ein Sprung in eisig kaltes Wasser. Sogar als Seele habe ich so etwas wie Krämpfe und Schmerz gespürt. Es fühlte sich einen Augenblick so an, als würde ich zerrissen und zerdrückt zugleich werden. Dann war es vorbei, ich konnte auf dem Boden spazieren. Erst hat mich niemand gesehen, dann formte sich der Körper." Die Anwesenden versuchen, sich die Umschreibungen von Reavaer bildlich vorzustellen. Sie blicken in die Ferne, wild fantasierend, was er damals erlebt haben könnte. „War die Regeneration nach dem Unleben eine der Fähigkeiten, die Ihr aus der Kugel mitgenommen habt?" Edwin fragt wieder genau nach, weil Reavaer nichts davon erwähnt hat. Reavaer schüttelt sachte den Kopf. „Diese Fähigkeit, so wie manch anderes, war nicht in dem Orb vorhanden. Dieses unwohle Gefühl beim Verlassen der Kugel war, glaube ich, eine Weiterentwicklung. Die Natur oder vielleicht auch das Arkane Netzwerk hat uns anhand der Eigenschaften, die wir aus der Kugel mitgenommen haben, vervollständigt und vielleicht auch aufgewertet, soweit es im natürlichen Rahmen möglich war." Die drei Zuhörer lehnen sich in ihren Stühlen zurück, sie müssen die Geschichte erst verdauen. „Das Nächste, das ich Euch erzählen will, ist jedoch noch interessanter. Ich möchte, dass Ihr wisst, dass ich als Seele in den Orb hineingegangen bin und sich das im Grunde nicht verändert hat. Ich bin eine unlebende Seele mit einer Mago-Hülle. Ich muss weder essen noch schlafen." Den Zwillingen sowie dem Bürgermeister hängen die Kinnladen herunter. „Bei Firin ist es in etwa dasselbe. Wobei ich das nicht sicher sagen kann, weil ich ihren Ursprung nicht kenne", spricht Reavaer unbeirrt weiter, da er weiß, dass die Anwesenden so schnell nichts rausbekommen werden, bis sie begriffen haben, was er gerade gesagt hat.

Inzwischen kommt Firin wieder zurück vom Wirt. Sie sieht frisch und sauber aus, sogar ihre Haare sind gekämmt. „Was ist denn mit denen los?" Die Zwillinge und der Bürgermeister sitzen immer noch halb nachdenklich und halb schockiert auf ihren Plätzen. „Ihnen liegt wohl etwas schwer im Magen", gibt Reavaer mit gewohnt ausdrucksloser Miene zurück. „Wahrscheinlich sind es die Eintöpfe, he he." Sie scherzt über die Eintöpfe, da sie sich den Zustand der Anwesenden nicht anders erklären kann. Dabei merkt sie nicht, dass der Bürgermeister gar kein Essen vor sich stehen hat, aber ebenso nachdenklich zu Reavaer schaut. „Aber ich hörte, dass unser werter Seelensammler noch jemand Interessanten dabeihat, den wir kennenlernen könnten." Reavaer erinnert sich an die deprimierte Seele, die Erwin erwähnte. „Oh, wer ist es denn?" Reavaer zuckt mit den Schultern und klopft dann auf den Tisch vor Erwin, damit dieser aus seinem erschrockenen Zustand erwacht. Das Klopfen bewirkt, dass alle wieder zu Sinnen kommen. „Könnt Ihr uns bitte die deprimierte Seele vorstellen, von der Ihr vorher gesprochen habt?" Erwin atmet tief durch. Er will der Bitte gleich nachkommen, er hat nichts zu verlieren. Der Seelensammler nimmt einen Riaberan gleich vorne von seinem Gürtel. Diesen stellt er auf den Tisch und legt seine Finger in gewohnter Dreiecksform an das kleine Gefäß. Der typische geisterhafte Nebel entweicht dem Riaberan. Der Nebel steigt auf und formt die Büste eines Magi. „Nein, ich möchte nicht raus. Ich bin nicht bereit." Es dauert keinen Moment, dass die Seele fertig beschworen wurde, und schon beschwert sie sich. Reavaer schaut zu der Seele hinauf, sagt jedoch kein Wort. Überall um ihn herum bricht Gejammer aus. Sämtliche Gäste in der Taverne, die vorher gespannt zur Beschwörung schauten, da sie eine Geschichte erwarteten, sind jetzt am Boden zerstört. „Meine magische Fähigkeit ist zu schwach für meinen Beruf, deshalb werde ich immer ausgeschimpft!", kommt es von einer Seite des Raumes. „Niemand mag mich! Die Leute reden nur mit mir, weil ich gut handeln kann und viele Luxon habe!", klagt jemand anders im Schankraum. Selbst Bürgermeister Hadien beklagt sich. „Meine Lichtmagie könnte viel stärker sein, wenn mich das Bürgermeister-Amt nicht so in Anspruch nehmen würde!" Die Löser-Zwillinge können sich dem Drang, zu heulen, gerade so erwehren. Sie haben mit der Seele öfter zu tun gehabt, so ist der Einfluss dieser nicht so überraschend für sie. Firin und Reavaer bleiben hingegen absolut unbeeindruckt von der allgemeinen Stimmung. „Hmm, ich verstehe", flüstert Reavaer vor sich hin, als er sich umsieht und den Maginar im Schankraum zuhört. Er möchte die Seele an der Schulter greife, gleitet jedoch hindurch. „Ach, richtig, das geht so nicht", murmelt er einsichtig. Er sieht runter zu Firin. „Hilfst du mir bitte, mit der Seele in Kontakt zu kommen?", Firin grinst und nickt kurz bei Reavaers Frage. Dann nimmt sie seine rechte Hand. Daraufhin taumelt er etwas beim Stehen. Er schließt die Augen und macht einen gequälten Gesichtsausdruck, während seine Haut bleich wird. Ihm ist sichtlich unwohl, aber nach einer Weile kommt er zurecht. Dann schaut er wieder zur Seele hinauf, greift mit seiner freien linken Hand nach ihr und diesmal greift er sie wie eine richtige Person. Er zieht sie zu sich nach unten. „Was willst du von mir?", jammert die geisterhafte Geschalt, nicht wissend, was er mit ihr vorhat. Reavaer antwortet allerdings nicht. Er nimmt die Hand von der Seele und formt Zeige-, Mittel- und Ringfinger wieder zu einer Dreiecksform. Mit einer schnellen Bewegung legt er der Seele die Finger an die Stirn. Plötzlich fangen die Augäpfel von Reavaer an, gelb zu leuchten. Er stößt einen unterdrückten Schrei aus. Seine Stimme klingt seltsam, sie hallt und klingt, als ob er weit entfernt wäre. Langsam beruhigt er sich. Sein Gesichtsausdruck wird entspannt. Er schaut vor sich hin, wirkt abwesend. Seine Position bleibt jedoch dieselbe. Die Finger der linken Hand bleiben an der Stirn der Seele und die rechte Hand hält sich an Firin fest. Die Kleine scheint sich auch konzentrieren zu müssen. Den Lösern geht das Geheule im Schankraum auf die Nerven. Sie gehen zum Tresen, an dem der Wirt genauso seine ganzen Schwächen aufzählt wie seine Gäste. Zögerlich holen sich die Brüder selbst etwas zu trinken, da der Wirt dazu nicht in der Lage ist, und lassen ihm die Luxon dafür gleich auf der Theke liegen. Da sie nicht weg können, weil die Seele an Erwins Riaberan hängt und Reavaer wiederum an der Seele, warten die beiden ab. Zweimal schenken sie sich neu in ihre Becher ein, während Reavaer sein unbekanntes Ritual durchführt.

Schließlich passiert etwas mit der Seele. Eine perlengroße lilafarbene Sphäre schwebt aus ihrem Mund. Daraufhin nimmt das gelbe Leuchten von Reavaers Augen ab, bis sie ihre gewöhnlichen Farben wiederhaben. Gleichzeitig nimmt er auch die Finger von der Stirn der Seele. Kurz prüft er die lila Sphäre, die vor ihm schwebt, und schnappt mit dem Mund nach ihr. Schon hat er sich diese einverleibt, gefolgt von einem erschauderten Schütteln. „Danke, Firin, das reicht", gibt er der Kleinen mit seiner hallenden Stimme zu verstehen, woraufhin seine Haut wieder eine normale Farbe annimmt. „Gut gemacht, das hätte niemand besser machen können", lobt Reavaer die kleine Firin. Während er ihren Kopf tätschelt, erwachen Bürgermeister Hadien, der Wirt und seine Gäste aus ihrem jammervollen Zustand. Die Kleine grinst zufrieden vor sich hin, beide setzen sich. Die Seele hingegen wirkt normal. Sie findet keinen Grund mehr, sich zu beklagen. Die Zwillingsbrüder, die alles beobachtet haben, sind nun neugierig. „Was genau habt Ihr getan?", eröffnet Erwin das Wort. „Ich habe mich mit der Seele verbunden und das Zweifelsfeld herausgepresst." Erwin leert auf Reavaers Antwort seinen Trinkbecher. „Das war ehrlich gesagt ziemlich offensichtlich, mich würde interessieren, wie. Das sah aus wie Lichtmagie gekreuzt mit Lösermagie." Reavaer nickt eifrig. „Das habt Ihr gut erkannt. Ich kann die beiden Magie-Arten nur begrenzt und stümperhaft einsetzen. Allerdings bin ich sehr anpassungsfähig, so auch meine Fähigkeiten." Es schwingt fast schon Aufregung in Reavaers Stimme bei dem Interesse an seinen Fähigkeiten. „Ihr wirkt anders als vorher, ist mit Euch etwas passiert?" Edwin bemerkt den Anflug von Aufregung in Reavaers Antwort. Reavaer wird kurz nachdenklich, er selbst hatte es nicht gemerkt. „Ihr habt recht, es fühlt sich ein wenig anders an. Na ja, ich habe auch ein Zweifelsfeld aufgenommen. Es war mir nicht möglich, dieses zu entkräften, also war das die einzige Möglichkeit, es loszuwerden, die mir eingefallen ist", gesteht er sich und den anderen am Tisch ein. „Es ist bemerkenswert und erschreckend, welche Fähigkeiten Ihr seit Eurer Lösung erlangt habt. Die Frage ist, welche Fähigkeiten Ihr noch erlernen könnt, wie sich das auf Euch auswirkt und was Ihr damit alles anstellen könntet. Von der anderen Seite gesehen ist jede Fähigkeit weder gut oder schlecht, es kommt immer auf den Anwender an. Bei Euch habe ich jedoch keine Bedenken", mischt sich Hadien mit ein. Reavaer wiederum verneigt sich für das entgegengebrachte Vertrauen dankend. „Es gibt unendlich viele Dinge, die man lernen und sich aneignen kann. Ich folge dem Leitsatz: Die Seele ist dazu in der Lage, was sich der Verstand vorstellen kann." Der Spruch beeindruckt die Zwillinge und den Bürgermeister. „Wo wir gerade dabei sind, was hatte sie mit dem Schauspiel zu tun?" Edwin deutet auf Firin, die nun neugierig aufschaut, da sie erwähnt wird. „Oh, nur sie kann die Bindungskraft in Lebewesen kontrollieren." Reavaer enthüllt die besondere Magie-Art von Firin nur zögerlich. „Ach so, weil der Großteil ihrer Seele aus Bindungskraft besteht?", vermutet Erwin gleich. „Ja, schon irgendwie. Ursprünglich war ihr ganzes Wesen in der Kugel nur die Bindungskraft, darin war ein kleiner Teil Seele, der diese kontrollieren und zusammenhalten konnte. Der Rest an Seele, den sie damals erhalten hat, war von mir." Er erzählt einfach drauf los. Firin selbst kümmert es nicht, was erzählt wird, sie mag es nur, wieder im Mittelpunkt zu stehen. „Konnte sie so einen anstürmenden Stier wegstoßen?" Dieses Mal fragt Hadien, er war der Einzige, der beim Kampf gegen die Tiere dabei war. Die Zwillinge schauen sich gegenseitig fragend an, sie waren nicht dabei und können sich nicht vorstellen, wie Firin einen Stier abgewehrt haben könnte. Der Bürgermeister erzählt die ganze Geschichte, wie Firin einen Stier mitten im Anflug mit einer einfachen Ohrfeige wieder zurück vor die Mauer befördert hat, aus seiner Perspektive. Die Brüder hören gespannt zu, für sie klingt das wie eine spannende Abenteuer-Geschichte, die sonst nur Seelen erzählen. „Zu ihrer Kontrolle gehören auch die Schwächung und Verdichtung der Bindungskraft. Wenn sie die Bindungskraft eines Magi zu sehr verstärkt, wird es für diesen schwer oder unmöglich, Magie zu benutzen, weil Körper und Seele nicht im Einklang sind. In meinem Fall vorhin hat sie die Bindungskraft aber so weit geschwächt, dass meine Seele in den Vordergrund getreten ist. So konnte ich die körperlose Seele berühren." Für die Magonar am Tisch klingt das zwar nicht nachvollziehbar, aber logisch. „Na, da hast du ein großes Talent, du solltest es immer gewissenhaft einsetzen." Bürgermeister Hadien fürchtet ein wenig, die Kleine könnte ihre Fähigkeit wahllos einsetzen. „Natürlich, ich darf es nur machen, um Leuten zu helfen oder Tiere weg zu klatschen." Es gibt lautes Gelächter von den Zwillingen, dem Bürgermeister und auch von Firin selbst auf ihre unbekümmert ehrliche Antwort. „Der Seele wurde ein Gefühlsfeld ausgetrieben. Warum habt Ihr dieses nicht schon lange von einem Lichtmagi entkräften lassen?", möchte Hadien von den Lösern wissen. „Wir tragen sie schon lange mit uns herum. Anfangs ließen wir Lichtmagi noch versuchen, das Gefühlsfeld zu entkräften. Die ersten Versuche waren erfolglos, so gaben wir es auf. Bei einer unserer Reisen gerieten wir in einen heftigen Angriff von Tieren. Aus Panik habe ich eine Seele beschworen. Zufällig war sie es, das rettet uns das Leben, denn sie hat die Tiere so deprimiert, dass wir entkommen konnten. Seitdem war sie unsere Trumpfkarte in engen Kampfsituationen." Hadien schaut die Löser verurteilend an. Auch Reavaer hebt überrascht die Augenbrauen bei der Aussage. „Ist das nicht etwas grausam, eine Seele so verweilen zu lassen und ihr Elend auszunutzen?" Die Zwillinge verlieren ihre Ruhe nicht angesichts dieser Anschuldigung. „Das sieht vielleicht so aus, doch die Geschichte mit ihr ist sehr lang. Wir haben unzählige Male versucht, das Gefühlsfeld zu entkräften. Wir hatten sogar versucht, sie gewaltsam in das Arkane Netzwerk zurückkehren zu lassen. Es half alles nichts, sie wollte aus irgendeinem Grund unbedingt so bleiben, wie sie war. Das Einzige, was wir tun konnten, war das Anpassen des Riaberan, um zu verhindern, dass das Gefühlsfeld nach draußen dringt, und um uns gegen dieses spezielle Feld unempfindlich zu machen." Hadien und Reavaer verstehen den Standpunkt der Brüder. „Das Verzweiflungsfeld hat auch seltsam ausgesehen. Es war geradezu winzig dafür, dass es auf den ganzen Raum gewirkt hat", merkt Hadien noch an, da seine Erfahrung mit Gefühlsfeldern nicht mit dem Gesehenen übereinstimmt. „Das Feld war sehr konzentriert, vermutlich wegen des langen Aufenthalts im Riaberan. Kann auch sein, dass es wegen des Alters oder der Bindung an eine Seele so zusammengepresst wurde, wer weiß. Außerdem war das genau genommen ein Zweifelsfeld. Es entstand aus Selbstzweifeln. Deshalb hat auch jeder über seine eigenen Unzulänglichkeiten gesprochen." Reavaer möchte alle genau darüber informieren, worum es sich gehandelt hat. „Was ist mit Euch? Jetzt, da Ihr Euch dieses Gefühlsfeld einverleibt habt? Ihr sagtet vorher, es fühle sich anders an", hakt Hadien noch einmal nach. „Die anfängliche Stimmung ist abgeklungen. Kurz nach der Bindung des Feldes an mich hatte ich eine Art Hochgefühl, aber das war nur ein Energieschub durch die Gefühlsmagie." Jetzt wurde Edwins Neugier geweckt. „Dann seid Ihr wirklich ein Gefühlsmagi. Wie ist das? Man sagt, dass die Gefühlsfelder, von denen Ihr Eure Kraft zieht, sehr vereinnahmend sind." Edwin lehnt sich gespannt auf seine Ellenbogen. „Wie es sich auf andere Gefühlsmagi auswirkt, kann ich nicht sagen, ich bin noch keinem begegnet. Für mich jedenfalls sind die Felder nur eine Energiequelle. Ich fühle mich weder künstlich zweifelnd noch zornig." Edwin sieht nicht sonderlich überrascht aus. „Das merkt man. Ihr seid genauso gefühlsneutral wie immer. Doch fühlt Ihr absolut keine Auswirkungen der Felder auf Euer Gemüt? Nicht einmal ein bisschen?" Reavaer schüttelt schulterzuckend den Kopf. „Überhaupt nicht. Das Einzige, das ich spüre, ist, wie die Energie von meinem Inneren ausgeht. Das Beste, wie ich es beschreiben kann, wäre … Wenn Ihr Brot esst, denkt Ihr auch nicht dauernd an Brot, nur weil es in Eurem Magen liegt, oder? Ihr spürt nur die Kraft, die Ihr dadurch gewinnt, und Ihr spürt, wenn Euer Magen leer ist." Jetzt können es sich die anderen am Tisch auch vorstellen. Sie nicken allesamt, als sie sich seine Worte bildlich vorstellen. „Bei allen Gefühlsmagi konnten wir beobachten, dass sich ihre Laune fast die ganze Zeit nach ihrem Gefühlsfeld gerichtet hat. Sie sind die Besten darin, Gefühlsfelder zu entkräften, und sind je nach Feld auch sehr nützlich bei Tierangriffen, denn sie können selbst kontrollieren, ob und wie viel von dem Feld nach außen dringt. Aber sie mussten sich immer anstrengen, andere Gefühle in sich aufkeimen zu lassen. Ich kann mir gar nicht vorstellen, wie anstrengend und nervenraubend das ist, so zu leben." Die Erfahrungen mit Gefühlsmagi scheinen Edwin sehr stark im Gedächtnis geblieben zu sein. „Dann habt Ihr, wie es scheint, alle Vorteile eines Gefühlsmagi erhalten, die Nachteile jedoch nicht", merkt Edwin noch an. Reavaer kann nur zustimmen.

Bei der langen Konversation, bei der Firin nicht mitreden kann, wird sie langsam unruhig. Sie wippt heftig mit den Füßen, während sie auf ihrem Stuhl sitzt. Sie möchte die Unterhaltung wohl nicht unterbrechen. Aber durch ihr Gezappel, das Fußwippen und ein leichtes Klopfen auf den Tisch wird sehr wohl klar, dass sie keine Geduld mehr für die Konversation der anderen hat. Nach kurzer Überlegung wendet sich Reavaer zu Hadien. „Bürgermeister, Eure Stadt ist groß und eindrucksvoll", beginnt er mit einem unerwarteten Lob für die Stadt. „Nicht wahr?", wendet sich Reavaer dann zu Firin, um ihr eine Bestätigung abzuknöpfen. Firin wiederum schaut erst zu Reavaer, dann zu Hadien und nickt großzügig. „Leider haben wir den Großteil der Stadt bereits gesehen. Wisst Ihr vielleicht noch ein interessantes Plätzchen, welches wir besuchen könnten?" Hadien begreift, was das plötzliche Lob für die Stadt soll. Reavaer möchte Firin bei Laune halten, weiß jedoch nicht, was er mit ihr noch unternehmen soll. Da beide weder schlafen noch essen müssen, haben sie sehr viel Zeit und Energie. So denkt Hadien scharf nach, um Reavaers Aufgabe zu erleichtern. „Ja, ich denke, mir ist etwas eingefallen, was Euch gefallen könnte. Dazu müsst Ihr zum Südtor, die Stadt verlassen und dem Weg einige Zeit folgen. Der Weg zu dem Ort, den ich im Sinn habe, wäre für normale Maginar gefährlich. Da das für Euch aber kein Problem ist, habe ich keine Bedenken. Außerdem ist der Ort bei Nacht noch beeindruckender. Ich werde nicht sagen, was dort ist, es soll eine Überraschung sein." Hadien grinst bei seiner mysteriösen Beschreibung. Die Neugierde von Firin und auch von Reavaer ist geweckt. Selbst die Zwillinge würden sich das gerne ansehen. Deren Müdigkeit hält sie allerdings zurück. „Dann werden wir uns das gleich ansehen, vielen Dank", entgegnet Reavaer, von Firin kommt ein kurzes „Vielen Dank". Beide stehen auf, um die Taverne zu verlassen. Firin winkt noch mal zum Abschied, als die zwei durch die Tür gehen.

Landwirtschaft

Draußen ist es bereits dunkel. An den Straßenrändern sind in Abständen massive Rialit-Fackeln aufgestellt, die die verschiedenen Straßen beleuchten sollen. So finden die beiden den Weg zum Südtor spielend. Die Wachen schauen verwundert, als Reavaer und Firin die Stadt mitten in der Nacht verlassen. Zu so einer Zeit wollen die Leute lieber in die sichere Stadt hinein. Außerhalb der Stadt gibt es bis auf den Mond keine Lichtquelle. Die Augen gewöhnen sich langsam an die Dunkelheit, so wird es einfacher, dem Weg vor sich zu folgen. Es dauert nicht lange, da sehen die zwei ein Leuchten in der Ferne. Je näher sie dem Leuchten kommen, umso deutlicher wird ein Flammeninferno sichtbar. Es sieht aus, als ob ein Feld mit Bäumen lichterloh in Flammen steht. Die beiden gehen so nahe an die Bäume heran, wie sie können, ohne dass die Hitze unerträglich wird. Der Bereich um die brennenden Bäume ist steinern umzäunt, als wäre das ein landwirtschaftliches Feld. Bei näherer Betrachtung wird klar, dass die Bäume in dem Feuer nicht verbrennen.

„Huuii, sieh dir das an. Das Feuer kommt aus den Bäumen! Die Flammen sehen aus wie große Blätter. Und schau da! Die haben sogar Früchte, siehst du?" Firin beschreibt begeistert alles, was sie von dem Steinzaun aus sieht. „Ja, das ist beeindruckend. Der Bürgermeister hat nicht zu viel versprochen." Nachdem Reavaer die Bäume bewundert hat, sucht er auf dem Feld nach Maginar, die sie ansprechen können. „Da hinten ist jemand. Komm! Wir fragen, ob wir eine Rundführung bekommen." Die beiden marschieren am Rande der hüfthohen Mauer auf die Gestalt zu. Der Lichtschein, der von den Bäumen ausgeht, lässt mehr von der Gestalt erkennen. Es handelt sich um einen älteren Mago, der auf das Feld schaut und mehreren Leuten auf dem Feld bei der Arbeit zusieht. „Seid gegrüßt, arbeitet Ihr hier?", Reavaer spricht den grauhaarigen, leicht gebückt gehenden Mago an, als er vor ihm steht. „Oh, Besucher zu dieser späten Stunde? Seid ebenfalls gegrüßt. Ich bin der Besitzer dieses Gutshofs. Norwen, mein Name." Erst wundert er sich, doch dann stellt er sich den beiden vor. „Sehr erfreut, ich bin Reavaer und das …" Erst stellt sich Reavaer vor, doch bevor er weiterreden kann, wird er unterbrochen. „Ich bin Firin, hallo." Sie stellt sich lieber selbst vor. „Hoho, na, du bist ja aufgeweckt. Was kann ich für Euch tun?" Norwen schaut lächelnd zwischen den beiden hin und her. „Bürgermeister Hadien schickt uns, wir fragten ihn, was es Spannendes in der Stadt zu sehen gibt. Er schickte uns hierher. Es ist zwar nicht direkt in der Stadt, aber trotzdem sehenswert. Was sind das für Bäume? Solche habe ich noch nie gesehen." Auf Reavaers Frage hin wird das Grinsen von Norwen noch breiter. „Das, meine Lieben, sind Feuerbäume. Beheimatet sind sie in der Nähe von Vulkanen. Diese Bäume bohren ihre Wurzeln durch festes Gestein. Dort nehmen sie die Feuerenergie der glühenden Felsen in der Tiefe auf." Firin und Reavaer schauen sich verwundert an, dann wieder zurück zu Norwen. „Fließt denn geschmolzener Stein tief unter der Erde? Ist die Stadt denn auf einem Vulkan erbaut?", möchte Reavaer gleich genau wissen. Seine Augen sind weit aufgerissen in der Erwartung, neue Dinge zu lernen. „Das könnte man annehmen, wenn man die Vorlieben dieser Bäume kennt. Nun, ob sich dort unten wirklich ein Vulkan befindet oder nicht, kann niemand sagen. Denn keiner kann so tief in den Boden sehen, geschweige denn graben. Ich persönlich aber glaube, dass sich die Bäume daran gewöhnt haben, jede mögliche magische Kraft aus der Erde aufzunehmen und diese unabhängig vom Ursprungselement in Feuer umzuwandeln." Reavaer nickt nachdenklich und schaut die Bäume an. Firin hingegen ist schon ganz ungeduldig. „Können wir sie aus der Nähe sehen? Ich will mich direkt unter einen stellen." Norwen führt die beide zu einem Eingang, der durch die Mauer in das Feld mit den brennenden Bäumen führt. „Ich zeige Euch einige Bäume, die wir gerade ernten. Nachts ernten wir die Früchte, da sieht man sie besser, denn sie brennen eigenständig. Aber fasst die Bäume bitte nicht an, sie sind zwar für die Landwirtschaft kultiviert, aber immer noch Bäume." Der Hofbesitzer führt die zwei langsam an einer Baumreihe entlang. „Mich beschäftigt die Landwirtschaft seit einer Weile. Pflanzen sind meist gefährlich, wie schafft Ihr es, diese unbeschadet abzuernten?" Reavaer schaut den Arbeitern zu, was sie tun, aber kann es nicht einordnen. „Das ist kein Geheimnis. Transfusionsmagie, das nutzen alle Landwirte. Diese Magie-Art braucht man, um den Pflanzen ihre magische Kraft zu entziehen." Norwen bleibt am fünften Baum, an dem sie vorbeigehen, stehen. „Hier könnt Ihr das gerade beobachten. Ein Transfusionsmagi entzieht dem Baum am unteren Stamm die magische Kraft, die von seinen Wurzeln gewonnen wird. Das Feuer in der Baumkrone wird etwas schwächer. Das ist unser Zeichen dafür, dass der Baum sozusagen betäubt ist. Dann kann ein zweiter Arbeiter die Früchte pflücken. Das sollte in diesem Fall ein Feuermagi sein, denn die Früchte brennen und man braucht einen ausreichend starken Feuerschutz." Nach der Lektion werden sie zwei Bäume weitergeführt. Diesem Baum werden gerade einige Äste abgesägt. „Warum sägt Ihr ihm die Äste ab?", fragt Firin mitleidsvoll. „Keine Sorge, das macht sie stärker. In gewisser Weise. Indem wir die Äste unten stutzen, erhält die Baumspitze mehr magische Kraft. Sie brennen oben heißer und geben mehr Frucht. Außerdem können sie sich besser gegen Vögel verteidigen, die an ihre Feuerfrüchte wollen. Eigentlich wollen die Vögel an das Fruchtfleisch, das ist sehr lecker. Aber sie beschädigen dadurch manchmal auch die Samen darin. Dagegen wehren sich die Bäume. Die Vögel erwarten so eine starke Reaktion der Bäume nicht und verlieren. Das ist auch eine Ausbeute für uns, wir bekommen immer mal wieder frisch gegrilltes Geflügel. Norwen lächelt verschmitzt. „Ihr helft Euch also gegenseitig? Und die Bäume machen da mit?" Firin schaut verdutzt über dieses Zusammenspiel von Maginar und Natur. „Warum sollten sie nicht? Wir haben beide einen Nutzen davon. Bäume sind recht vorhersehbar. Es ist ihr Verteidigungsdrang, der so gefährlich ist. Wenn man diesen besänftigt, ist das kein Problem. Durch die beschnittenen Äste sind die Bäume unten wehrlos gegen Schädlinge. Deshalb achten wir Maginar darauf, dass sie nicht von Insekten befallen werden. Gegen Gefahren vom Himmel können sich die Bäume selbst wehren. Wir bekommen im Gegenzug die Früchte, sprich Fruchtfleisch und Samen, sowie ab und an gegrillte Vögel. Ihr seht, jeder gewinnt." Die beiden nicken anerkennend. Mehrere Arbeiter sägen an den Ästen, während eine Maga die magische Kraft mittels Transfusion abzieht. Dabei fällt ein Arbeiter besonders auf. Er sägt schneller als alle anderen und summt sogar eine Melodie dabei. „Na, der hat ja einen Spaß bei der Arbeit." Die Kleine amüsiert sich über den gut gelaunten Arbeiter. „Ah, das ist Foleras, unser eifrigster Arbeiter. He Foleras, mach mal eine Pause und bring unseren Gästen hier eine Feuerfrucht", ruft Norwen dem kräftigen, schwarz gelockten Arbeiter zu. Dieser hört auf zu sägen, geht zur Rialit-Sammelschüssel und nimmt eine der brennenden Früchte mit der Hand. Norwen nimmt ihm die Frucht ebenfalls mit bloßer Hand ab und zeigt diese den beiden. „Schaut, der Samen ist so groß wie eine Faust, rund und spiegelglatt. Er brennt auch durchgängig, außer dort, wo das Fruchtfleisch darüber gewachsen ist." Sie sehen sich die Frucht an, der schwarz glänzende Samen wird von einer fingerbreiten, hellbraunen Masse umschlossen. Die Masse hat vereinzelt Löcher, durch die der Samen durchschaut und auch das Feuer nach oben herausbrennt. „Oh, das ist sehr heiß, ich bin kein Feuermagi, mein Feuerschutz ist nicht sehr ausgeprägt", muss Reavaer gestehen und geht ein wenig zurück. Firin ist da weniger empfindlich und geht sogar näher ran. Norwen schält gekonnt das Fruchtfleisch runter. Den blanken Samen gibt er Foleras, der den Kern dann in eine andere Rialit-Sammelschüssel legt. Firin und Reavaer sehen sich das Fruchtfleisch näher an und riechen daran. „Das riecht wie Fleisch?", verwundert schaut Firin zu dem Hofbesitzer. „Ganz richtig, es ist aber kein echtes Fleisch. Die Überreste der Vögel, also das, was wir nicht essen, werfen wir zu den Wurzeln der Bäume. Die nehmen die Nährstoffe daraus auf und bilden so die essbare Hülle um die Samen. Damit locken sie wiederum neue Vögel an." Reavaer drängt sich eine Frage auf. „Was macht Ihr eigentlich mit den Samen?" Bevor Norwen antwortet, gibt er das Fruchtfleisch an Foleras weiter, der es wiederum in eine dritte Rialit-Sammelschüssel legt. „Die Samen sind nicht genießbar. Einige pflanzen wir ein, um das Feld zu erweitern. Manchmal kommt es vor, dass wir einen altersschwachen Baum ersetzen müssen, dann wird auch ein Samen an der frei gewordenen Stelle eingepflanzt. Was übrig bleibt, kann man als Licht- oder Wärmequellen nutzen, bevor ihre gespeicherte magische Kraft aufgebraucht ist." Als Norwen fertig erzählt hat, wird er von einem Mago an einem anderen Baum gerufen. „Verzeiht, meine Aufmerksamkeit wird woanders gebraucht. Foleras, führst du sie noch ein wenig herum?" Norwen macht sich auf, seine Arbeiter zu unterweisen. Die beiden bleiben mit Foleras zurück. „Was wollt Ihr Euch noch ansehen? Soll ich Euch alle unsere Bäume zeigen?" Er wirkt sehr übereifrig, fast schon ruhelos sucht er eine neue Aufgabe, die er erfüllen soll. „Jeden einzelnen Baum müssen wir uns nicht ansehen, aber es wäre interessant zu erfahren, wie Ihr das Fruchtfleisch verarbeitet", schlägt Reavaer vor. „Sicherlich, folgt mir." Foleras geht voraus zu einem von mehreren Gebäuden, die allesamt ganz aus Stein gebaut wurden. Sie passieren ein geschmücktes Haus, das offenbar als Wohnhaus dient. Schließlich bleiben sie vor einem kleineren Gebäude stehen. Es ist schmucklos und dient wohl als Handwerkshaus. Vor dem Haus steht eine Sammelschüssel mit brennenden Feuersamen. Foleras nimmt einen aus der Schüssel und hält diesen vor sich als Lichtquelle. Dann geht er zur Tür des kleinen Hauses. Der Arbeiter öffnet die Tür für die beiden. Erst geht Firin hinein, danach Reavaer und dann Foleras, der die Tür hinter sich schließt. Es ist dunkel, da das Haus nur zwei kleine Fenster hat. Die einzige Lichtquelle ist der Feuersamen in der Hand des Arbeiters. Er beginnt dann, die beiden im Inneren herumzuführen. „Hier an dem Tisch wird das Fruchtfleisch in Portionen geschnitten und gestapelt. Der Stapel wird dann in ein Tuch gebunden und hier gelagert. Das macht die Maga des Besitzers selbst." Im Regal neben dem Tisch sind drei eingewickelte Fruchtfleisch-Stapel. „Muss man das Fruchtfleisch noch weiterverarbeiten oder ist es lange haltbar?", fragt

Reavaer noch und Foleras wendet sich den beiden zu. „Nein, es ist sofort verzehrbar und schmeckt frisch abgeschält am besten. Haltbar ist es höchstens zwei Tage, danach ist es überhaupt nicht mehr genießbar. Der Vorrat im Regal ist von gestern. Diese werden nicht mehr verkauft, sondern von den Hofbewohnern selbst gegessen. Sonst gibt es hier nichts zu sehen." Foleras führt Firin und Reavaer wieder zur Tür. „Dann könnt Ihr gar nicht alles verkaufen, was Euch die Bäume einbringen?", fragt nun Firin, als sie das Verarbeitungs- und Lagerhaus verlassen. „Das kann man so sagen. Wir ernten zwar nicht jeden Tag, meist alle drei Tage. Doch wenn wir ernten, dann haben wir reichlich. Auf dem Markt verkaufen wir eine ganze Menge, denn das Fruchtfleisch ist sehr beliebt." Die beiden werden wieder zum Feld vor die Mauer geführt. „Mehr gibt es zu Ernte und Verarbeitung nicht zu sagen. Habt Ihr noch Fragen?" Reavaer schaut dem Arbeiter direkt ins Gesicht. „Ja, ich würde gerne wissen, wie lange Ihr bereits auf diesem Hof arbeitet?" Foleras wundert sich im ersten Moment über die persönliche Frage, aber antwortet dann. „Das dürften fast zwei Mondzyklen gewesen sein." Reavaer wird für einen Moment nachdenklich. „Also weniger als zwei Monde … Das ist nicht sehr lange. Was habt Ihr vorher gemacht?", hakt Reavaer noch mal nach. „Für mich ist das eine Ewigkeit. Ich konzentriere mich immer auf meine Aufgabe, da bin ich sehr leidenschaftlich. Wenn ich eine Arbeit jedoch zu lange mache, langweilt sie mich und ich ziehe weiter, um Neues zu lernen." Firin kichert auf die Aussage. „Mir geht es genauso. Ich will immer neue Sachen sehen und mache ihm das Leben schwer." Sie zeigt auf Reavaer, dieser zuckt nur mit den Schultern. „Also werdet Ihr auf Reisen gehen, wenn Ihr alles in der Gegend gesehen habt?" Foleras fragt hastig nach und schaut beide erwartungsvoll an. „Wenn es hier nichts mehr zu lernen gibt, werden wir wohl auf Reisen gehen", bestätigt Reavaer, woraufhin Foleras noch aufgeregter wird. „Kann ich dann mit Euch reisen? Mit einer Gruppe ist die Reise viel aufregender und man kann auch voneinander lernen." Reavaer schaut hinunter zu Firin und sie wiederum schaut zu Reavaer hinauf. Beide haben nichts einzuwenden. „Sicher, wir können gemeinsam reisen. Wisst Ihr denn schon, wohin Ihr als nächstes wollt?" Reavaer ist neugierig, wohin es gehen würde. Firin schaut auch erwartungsvoll. „Tatsächlich wollte ich mir schon immer dichte Wälder ansehen. Hier habe ich Erfahrungen mit Bäumen gesammelt, das sollte mir helfen, unbeschadet durch zu kommen. Euch kann ich das bestimmt auch beibringen." Firin hüpft freudig. „Jaa, Bäume werden ganz zahm und wir werden zu Baumschmusern!" Foleras muss grinsen. „Ganz so harmlos werden sie auch nicht", muss er die Vorfreude der Kleinen etwas dämpfen. Für Reavaer aber ergibt es keinen richtigen Sinn, einfach so in einen Wald zu wollen. „Aber warum ausgerechnet in die Wälder? Wollt Ihr Euch etwas beweisen oder gibt es einen anderen Grund?" Foleras nickt auf die Frage von Reavaer. „Ihr vermutet richtig, ich will wegen der Magrennar dort hin. Ich bin neugierig, wie die leben", offenbart Foleras seine Absichten. Reavaer bekommt wieder große Augen. „Bei dem Thema kenne ich mich ein wenig aus. Ich hatte einen interessanten Austausch mit dem Magrennar-Erforscher Jockaru." Diesmal ist Foleras derjenige mit den großen Augen. „Ihr konntet Euch mit DEM Jockaru unterhalten, der Magrennar über Jahrzehnte erforscht hat?" Reavaer nickt nur kurz. „Ich bin ein großer Bewunderer seiner Arbeit und habe alle seine Aufzeichnungen gelesen, die ich finden konnte. Seine Hingabe und seine leidenschaftliche Ausdauer haben mich sehr beeindruckt." Foleras hat schon fast ein begeistertes Quietschen in der Stimme. „Er hat mir sämtliche seiner Geschichten und Erfahrungen erzählt, die er gesammelt hat. Ich habe diese quasi aus erster Hand erfahren." Reavaer ist beim Erzählen so gefühlsneutral wie immer, ganz im Gegensatz zu Foleras, der sich vor Aufregung kaum zurückhalten kann. „Dann könnte das Unterfangen noch viel informativer und spannender werden als gedacht. Am liebsten würde ich gleich aufbrechen." Foleras' Körper zuckt und zittert nervös, als würde er sofort loslaufen wollen. Es hat auch den Anschein, dass sein Körper anschwillt. „Jaa! Spannung und Abenteuer!" Firin teilt die Aufregung von Foleras. „Gut, doch bevor wir auf eine Reise aufbrechen, sollten wir hier alle Dinge erledigen. Ihr müsst hier noch Eure Ernte erledigen. Ich würde gerne mehr über Transfusions-Magie lernen. Falls Ihr Hilfe braucht, würden wir für den einen oder anderen Luxon auch helfen." Reavaer hat nachgedacht und geplant, während sich die anderen zwei schon ihre Reise ausgemalt haben. Foleras, der eigentlich immer noch Arbeiter auf dem Feuerbaum-Hof ist, denkt kurz nach. „Ihr habt recht, ich kann nicht einfach mitten in der Arbeit weggehen. Erst muss die heutige Ernte erledigt werden, dann kann ich dem Besitzer sagen, dass ich weiterziehen werde." Foleras' Anspannung lässt nach. Seine Atmung wird ruhig und gleichmäßig. Gleichzeitig scheint auch seine Statur wieder zurück zu schwellen. „Da wir ab jetzt zusammen reisen werden, sollten wir uns auch richtig vorstellen. Mein Name ist Reavaer." Reavaer streckt seine Hand zum Schütteln aus. „Ich bin Firin, auch die Schatzmeisterin genannt." Die Kleine macht es Reavaer nach, streckt die Hand aus und grinst über das ganze Gesicht. „Ah, eine gute Idee. Wir werden immerhin sehr viel Zeit miteinander verbringen. Also ich bin Foleras, sehr erfreut." Folares schüttelt beiden die Hand. Zusammen gehen sie dann zum Feuerbaumfeld zurück. Die beiden bekommen ebenfalls Aufgaben zugeteilt. Firin darf beim Sortieren der Früchte helfen. Reavaer hingegen möchte der Transfusionsmaga zur Hand gehen. Während Firin sich schnell in die Arbeit eingliedern kann und Spaß mit den neuen Bekanntschaften hat, steht Reavaer vor einem großen Problem bezüglich der Transfusions-Magie. Er spürt den Baum vor sich, kann seine Energie aber nicht greifen. Er befolgt die Anweisungen und Lehren der Maga, erzielt aber so gut wie keine Fortschritte. Als ein Baum fertig geerntet wird und sie etwas Zeit haben, spricht Reavaer die Maga an. „Es fällt mir schwerer, diese Magie zu verstehen, als gedacht. Ihre Lektionen sind sehr ausführlich, aber wenn sie erlauben, würde ich gerne eine Seelensammler-Verbindungfertigkeit nutzen. Damit kann ich die Grundkenntnisse leichter in meinen begriffsstutzigen Schädel bekommen." Die Transfusions-Expertin ist nicht begeistert von Reavaers Idee, eine Art Abkürzung für das Erlernen der Magie-Art zu nehmen. Sie hat jedoch auch keine Zeit, ihn noch genauer zu unterweisen. „Na gut, wenn es eine Seelensammler-Fertigkeit ist, dann nehme ich an, ist sie auch ungefährlich", stimmt sie widerwillig zu. „Natürlich, es wird Euch kein bisschen schaden." Reavaer hebt seine linke Hand, formt seine Finger wieder zu einem Dreieck und legt diese an die Stirn der Maga. Sie folgt seinen Fingern mit ihren Augen, bis diese ihre Stirn berühren. Reavaer beginnt, in die Leere zu starren.

So steht er nun eine ganze Weile mit den Fingern an der Stirn der Maga. Sein Blick ist die ganze Zeit über leer und nicht zielgerichtet. Seine Hand folgt allerdings ihren Kopfbewegungen, um in Verbindung zu bleiben. Die Maga spürt gar nichts, sie kann in der Zwischenzeit sogar etwas essen. Doch die Leute wollen wieder an die Arbeit, obwohl Reavaer sich noch nicht gefangen hat. Die Gruppe von Arbeitern, die auf die Transfusionsmaga angewiesen sind, um weiter zu arbeiten, werden langsam ungeduldig. Bevor die Stimmung jedoch zu negativ wird, kommt Reavaer wieder zu sich. Er entschuldigt sich demütigst bei den Arbeitern. Als alle wieder in Position sind, kann Reavaer tatsächlich Transfusions-Magie einsetzen. Die magische Kraft, die er dem Baum entziehen kann, ist noch gering. Doch er lernt schnell, seine Fähigkeit auszubauen. Er probiert beispielsweise neue Körperhaltungen aus, bewegt sich zum Fluss der Kraft und lässt sich weitere Maßnahmen einfallen, um die magische Kraft besser kontrollieren zu können. Die Expertin lässt sich davon nicht beirren, merkt aber, dass ihr Arbeit abgenommen wird. Ihre Missgunst gegen Reavaer wegen des Aufhaltens des Betriebs vergeht somit schnell wieder.

Schließlich ist die Arbeit beendet. Alle reifen Feuerfrüchte sind geerntet und werden zur weiteren Verarbeitung zum Handwerkshaus gebracht. Nachdem alles transportiert worden ist, gehen die Arbeiter in ein Gebäude, das gleich außerhalb der Mauer des Feuerbaumfeldes steht. Gleichzeitig kommen aus dem Wohnhaus drei Leute, die in das Handwerkshaus gehen. Reavaer spricht Foleras an. „Was passiert nun?", fragt er, als er den Leuten aus dem Herrenhaus nachschaut. „Das ist die Familie des Besitzers. Sie schälen die Früchte selbst. Die Arbeiter sind fertig für heute, sie gehen nun schlafen. Ich selbst werde mich auch im Arbeiterhaus hinlegen." Folares verabschiedet sich von den beiden. Reavaer und Firin gehen zum Besitzer Norwen, bevor dieser auch ins Bett geht. „Verzeiht, wir haben ein wenig mitgeholfen. Mir braucht Ihr dafür nichts zu geben, ich war keine große Hilfe, aber Firin würde sich über eine kleine Aufmerksamkeit freuen." Firin grinst zum Besitzer hinauf in Erwartung eines Lobs. Norwen wiederum schaut gut gelaunt zu der Kleinen hinunter. „So ein fleißiger Einsatz muss natürlich belohnt werden." Er greift in seine Tasche und nimmt eine Handvoll Luxon heraus. Diese lässt er in die ausgestreckten Hände der kleinen Maga'a fallen, die freudig kichert. „Und außerdem möchte ich dir auch noch meinen Dank aussprechen." Der alte Mago verbeugt sich leicht. „He he he … Äh, ich meine, ich nehme die Bezahlung und Euren Dank gerne an." Erst schaut sie auf die Luxon in ihrer Hand, dann fängt sie sich und versucht, die Würde von Norwen zu imitieren. „Möchtet Ihr Euch auch im Arbeiterhaus ausruhen? Es ist genug Platz vorhanden", schlägt Norwen den beiden vor. „Danke, das ist nicht notwendig. Wir waren vollkommen ausgeruht, als wir hergekommen sind. Nun möchten wir Euch auch nicht mehr von Euren Pflichten abhalten. Danke für Eure Gastfreundschaft", verabschiedet sich Reavaer. „Danke für die Gastfreundschaft", wiederholt Firin fröhlich, nachdem sie ihr Geld weggesteckt hat. „Keine Ursache, auf Wiedersehen", entgegnet Norwen, bevor er sich umdreht und zum Arbeiterhaus geht. Reavaer und Firin machen sich auf in Richtung Stadt. Als sie losgehen, merken sie, wie die Morgendämmerung anbricht. „Wir waren fast die ganze Nacht auf dem Hof", stellt Reavaer fest. „Die Feuerbäume waren auch toll. Aber du hättest beinahe alle gegen dich aufgebracht. Warst du so fasziniert von der Maga? He he." Firin versucht, ihn mit Sarkasmus zu ärgern. „Fasziniert? Kein Stück, im Gegenteil. Auf der Suche nach ihren Erfahrungen mit Transfusions-Magie musste ich einem Sturm an Gedanken und Erinnerungen ausweichen und diese ignorieren. In ihrem Kopf war so ein Chaos. Wenn ich mir einfach alles angesehen hätte, was mir entgegengesprungen ist, hätte ich ihre halbe Lebensgeschichte gesehen. Daran hatte ich kein Interesse, also habe ich vorsichtig gesucht." Reavaer erzählt sein Erlebnis bei der Verbindung detailliert, aber man hört an seiner Stimme, wie unangenehm die Erfahrung war. „Oje, hat es sich wenigstens gelohnt? Du hast sogar auf Bezahlung verzichtet." Nun klingt Firin sogar mitleidig. „Allerdings, ich habe etwas bekommen, das mit Geld nicht aufzuwiegen ist." Firin schaut neugierig zu Reavaer hinauf. „Was hast du denn so Wertvolles bekommen? Zeig es mir!" Sie zieht Reavaer am Ärmel, um ihrer Frage Nachdruck zu verleihen. „Noch ist es ein Geheimnis, du wirst es sehen, wenn die Zeit gekommen ist." Firin schaut enttäuscht drein. „Hmm, du veralberst mich doch nur. In Wirklichkeit ist es gar nicht so toll." Beleidigt schaut sie starr gerade aus. „Na gut, ich werde dir eine Kostprobe dessen geben, was ich jetzt kann ..." Firin wundert sich und möchte sich schon umdrehen. Da steht Reavaer schon hinter ihr und beginnt, sie von hinten am Hals und an den Seiten zu kitzeln. „Ich habe die Fähigkeit, dir auf die Nerven zu gehen!" Sie beginnt laut quietschend zu lachen und windet sich in seinen Fingern. Firin läuft weg und Reavaer hinterher. Die beiden spielen auf dem Weg zurück in die Stadt Fangen. Reavaer kann zwar seine Freude in dem Moment nicht in seinem Gesicht ausdrücken, doch die Kleine spürt seine Zuneigung ihr gegenüber deutlich.

Reisevorbereitungen

Zurück in der Stadt sind die Straßen noch ruhig. Die Maginar stehen gerade erst aus ihren Betten auf. Es ist ein nebliger Morgen. Hand in Hand gehen Reavaer und Firin auf dem Weg Richtung Marktplatz. Von allen Seiten hören sie, wie Fenster geöffnet werden, um Frischluft ins Haus zu lassen. Der Marktplatz ist bei ihrer Ankunft noch leer. Die Sonne ist gerade dabei aufzugehen, doch der Nebel hält die Sonnenstrahlen anfangs noch auf. Gerade, als sich die beiden fragen, was sie tun sollen, kommt auch schon die ältere Maga, der sie gestern schon geholfen haben, auf einem Karren angefahren. Sie bieten gleich wieder ihre Hilfe an. Zusammen bauen sie ihren Stand auf und platzieren das Gemüse darauf. Es kommen immer mehr Händler mit ihren Karren, diese nehmen die Hilfe von Reavaer und Firin ebenfalls gerne an. Für das Assistieren beim Aufbau lassen sie sich von jedem Händler entlohnen. Beim Verkauf helfen sie jedoch wieder der älteren Maga von gestern. So verbringt Firin ihren frühen Vormittag damit, das Gemüse auf dem Stand zu bewerben, und Reavaer hilft beim Verkauf.

Als die Sonne schon auf dem besten Wege zum Mittag ist, sieht Reavaer aus dem Augenwinkel die beiden Löser-Zwillinge zum Amtshaus des Bürgermeisters gehen. Sie betreten dieses, ohne sich erst auf dem Marktplatz umzusehen. Die Löser brauchen nicht lange, bis sie offensichtlich gut gelaunt wieder aus dem Amtshaus kommen. Entspannt schlendern sie zum Marktplatz. Dann bemerken sie, dass Firin und Reavaer dort erneut arbeiten. „Hallo, Ihr seid wieder fleißig. Das Klimpern der Schatzmeisterin muss ja auch erhalten bleiben", scherzt Erwin zu Reavaer und Firin. „Es klimpert wie eh und je." Firin demonstriert den gefüllten Geldbeutel mit einem Hüftwackler. „Euch beiden scheint es auch gut zu gehen, Ihr seht so gut gelaunt aus", gibt

Reavaer zurück. „Ganz genau, wir haben erfahren, dass heute der neue Löser ankommen wird. Wir brauchen nicht auf diesen zu warten und können jederzeit abreisen." Die Vorfreude ist den Brüdern anzusehen. „Ihr scheint wirklich Fernweh zu haben. Wisst Ihr schon, wohin Ihr weiterreisen wollt?", fragt Reavaer noch einmal nach, da er auch bald die Stadt verlassen will. Die Zwillinge sehen sich gegenseitig an, dann wieder zu Reavaer. „Wir sind schon seit einer Weile hier im Süden. Es zieht uns erst einmal wieder zurück in den Norden. Ihr wisst schon, alte Freunde besuchen und dergleichen." Die Brüder machen kein Geheimnis aus ihren Plänen. „Habt Ihr denn eine Karte? Könnt Ihr uns Euren Weg zeigen?" Reavaer klingt plötzlich energisch. „Sicherlich, wir können uns in ein Gasthaus setzen, dann zeigen wir Euch den Reiseplan." Reavaer nickt und sagt dann zu der älteren Maga, dass Firin und er jetzt wegmüssen. Die Maga dankt den beiden für ihre bisherige Hilfe und gibt ihnen einige Luxon als Belohnung.

Die Gruppe spaziert zu dem nächsten Gasthaus, um sich in Ruhe zu beraten. Das besagte Gasthaus ist die Herberge „Halt des Rastlosen", in dem die Zwillinge immer übernachtet haben. Zu dieser Tageszeit haben sie freie Sitzplatzwahl. Edwin führt alle zu einem der längeren Tische. Anschließend holt er zwei zusammengefaltete Karten aus seiner Reisetasche. Er breitet beide Karten auf dem Tisch aus. Die eine zeigt die Stadt Oradi im Detail. Auf der anderen Karte ist ein großer Teil des Südens von Rialar abgebildet. Darauf ist Oradi nur ein kleiner Punkt. Firin steigt auf einen Stuhl, um die Karte von oben besser zu sehen. Dann schauen sie und Reavaer sich die Karten ganz genau an. Reavaer interessiert die Stadtkarte weniger. Dafür studiert er die Umgebungskarte umso mehr. „Die Stadt ist im Mittelpunkt der Karte. Habt Ihr sie hier gekauft?", fragt Reavaer, ohne seinen Blick von der Karte abzuwenden. „Richtig, wir haben einen Schreiber entdeckt, der auch Karten anfertigt. Wenn Ihr auch eine wollt, sein Geschäft war hier." Edwin zeigt auf der Stadtkarte den Standort des Schreibers. „Verstehe, in diesem Stadtteil waren wir noch nicht. Ich hätte mich gleich um eine Karte bemühen sollen, dann wäre vieles einfacher gewesen. Eine Lektion, die ich mir zu Herzen nehme." Die Zwillinge nicken zustimmend. „Wohin möchtet Ihr nun weiterreisen?" Reavaer schaut auf zu den Brüdern. „Wie gesagt, wir reisen zurück in den Norden. Hergekommen sind wir aus nordöstlicher Richtung." Erwin fährt mit dem Finger die Wege auf der Karte ab, auf denen sie zur Stadt gereist sind. Firin und Reavaer sehen sich die Wege und Orte an, durch die die Löser gereist sind. „Zurück gehen wir einen anderen Weg. Wir verlassen die Stadt zwar im Norden, doch nehmen diesen Weg Richtung Nordwesten. So kommen wir an neuen Dörfern und Ortschaften vorbei. Außerdem können wir von dieser Straße aus die Wyrmberge sehen. Man sagt, den Gipfel des höchsten Berges, die sogenannte „Spitze", kann man von unten gar nicht sehen, weil dieser über den Wolken liegt", erzählt Erwin, als er mit dem Finger den Weg abfährt. Er umkreist mit dem Finger den Punkt, von dem aus man das Gebirge am deutlichsten sehen kann. „Das sieht nach einer angenehmen Wanderung aus. Freie Felder und kaum Wälder in der Nähe, aus denen Magrennar oder Tiere springen können, wobei Tiere leider unvorhersehbar sind und überall plötzlich auftauchen können. Ihr solltet immer auf der Hut sein", kommentiert Reavaer den Reiseweg der Zwillinge. „Wir sind erfahrene Wanderer, an Tieren kommen wir schon vorbei", erwidert Erwin mit einem Lächeln. „Verstehe, doch ich habe noch eine Frage zu den Magrennar. Wisst Ihr, wo man diese unverhofft antreffen könnte? Damit wir gewarnt sind, wenn wir beide beschließen, auf Reisen zu gehen", fragt Reavaer die Brüder nebenbei. Firin weiß, worauf er hinaus will, und schaut zwischen den Brüdern und ihm hin und her. „Das können wir nicht genau sagen. So oft hatten wir mit Magrennar nicht zu tun. Doch wir sitzen ja direkt an der Quelle. Fragen wir Jockaru." Daraufhin holt Erwin den passenden Riaberan hervor und beschwört die Seele Jockaru. Der Seele wird dieselbe Frage über die Magrennar gestellt. „Magrennar sind meistens in Wäldern zu finden. Es gibt zwar auch welche, die das Leben auf offenem Feld bevorzugen, aber das ist selten. Es kommt auch immer auf das Volk an, in dem sie leben. Denn die Magrennar, die im Wald leben, werden nicht von Bäumen angegriffen. Selbst für mich ist dieser Umstand schwer zu verstehen. Außerdem wohnen die meisten Magrennar-Völker in primitiven Häusern oder Unterschlupfen. Sie beziehen die Bäume in diese Bauten ein. Die Magrennar kennen ihre Heimat sehr gut, sie würden Eindringlinge schnell bemerken und angreifen." Jockaru redet wie ein Wasserfall begeistert und detailliert über das Verhalten der Magrennar. „Sieh dir bitte die Karte an, wo würde man am wahrscheinlichsten Magrennar begegnen?", fordert Reavaer die Seele auf. Jockaru schwebt daraufhin über die Karte. „Der Wald, in dem sich Magrennar niederlassen, müsste etwas größer sein. Hier unweit der Stadt ist zwar ein Wald, aber der ist zu klein. Die Bäume dort sind zu dünn und zu nahe beieinander. Es sollte ein Wald mit alten, großen und kräftigen Bäumen sein. Ach ja, und passt auf Lichtungen auf, dort sind sie auch gerne." Alle schauen auf die Karte, während Jockaru beliebte Aufenthaltsorte der Magrennar aufzählt. „Was ist mit diesem Wald hier, südöstlich der Stadt? Der ist zwar ungefähr einen Zwei-Tages-Marsch entfernt, aber groß genug sollte er sein, oder?" Reavaer zeigt auf einen Punkt auf der Karte, wo ein großer Wald liegen sollte. „Dieser Wald, wenn er wirklich so groß ist, wie er dargestellt wird, wäre er groß genug für mehrere Magrennar-Völker", bestätigt Jockaru. „Gut, dann weiß ich schon mal, worauf wir aufpassen müssen, falls wir uns entschließen, zu reisen, vielen Dank." Trotz der schemenhaften Gestalt von Jockaru kann man deutlich seine Freude darüber sehen, sein Wissen weitergegeben zu haben. Da keine Fragen mehr offen sind, zieht sich Jockaru in sein Riaberan zurück. „Haben wir Eure Fragen so weit beantwortet? Denn dann würden wir noch ein Bad nehmen und anschließend aufbrechen", macht Erwin klar, dass es so langsam Zeit wird, sich vorzubereiten. „Sicher, danke für Eure Zeit, wir wollen Euch gar nicht weiter aufhalten", gibt Reavaer zurück, während Edwin die Karte wieder einpackt. „Für den Fall, dass wir euch vor Eurer Abreise nicht mehr sehen sollten, wünsche ich Euch schon jetzt eine gute Reise", verabschiedet sich Reavaer von den Zwillingen, auch Firin wünscht ihnen eine gute Reise. Zusammen verlassen sie das Gasthaus, gehen aber draußen in verschiedene Richtungen. Die Brüder gehen in Richtung Marktplatz, wo auch das Badehaus steht. Reavaer und Firin jedoch gehen zu dem Stadtteil, in dem der Schreiber Karten verkauft. Unterwegs fällt Reavaer ein anderes Geschäft ins Auge. Er sieht einen Schneider, der in seiner Auslade auch Taschen verkauft. „Sieh mal, dort gibt es Taschen, wie die Löser sie haben. Wir brauchen so etwas bestimmt auch für Karten und dergleichen, wenn wir auf Reisen gehen", schlägt Reavaer Firin vor. Sie schaut natürlich sofort aufgeregt zum Geschäft. Kaum entdeckt läuft sie auch schon hinüber und sieht sich die verschiedenen Modelle an. „Welche gefällt dir am besten?", fragt Reavaer, als er bei ihr ankommt, während sie sich bereits eine von der Auslade nimmt und umhängt. „Hast du schon etwas gefunden, was dir gefällt?" Reavaer kniet sich zu ihr hinunter. „Wie sieht das aus? Trägt man das so?" Firin weiß nicht recht, wie die Tasche zu tragen ist. Reavaer legt Hand an und positioniert den Gurt sowie die Tasche selbst weiter nach hinten. „Der Gurt darf an deiner Schulter nicht drücken, außerdem kommt der Behälter der Tasche an deinen Rücken über den Po.". erklärt ihr Reavaer, als der Verkäufer aus dem Geschäft herauskommt, um seine Kunden zu begrüßen. „Mahlzeit, kann ich Euch helfen oder habt Ihr schon etwas Passendes gefunden?", werden die beiden von dem Verkäufer angesprochen. Firin dreht sich daraufhin mit der Seite zu dem Verkäufer. „Soll das so sein?" Sie ist unsicher, ob sie die Tasche richtig trägt, etwas stört sie. „Der Gurt ist etwas zu lang für dich. Und die Tasche ist mehr für Magonar geeignet. Maganar bevorzugen längliche Taschen, die an der Seite getragen werden." Der Verkäufer gibt den beiden Hinweise, nach denen sie sich die richtigen Taschen aussuchen sollten. „Wir brauchen Taschen, um auf Reisen zu gehen, sie sollten genug Platz haben für alles, was man auf langen Strecken benötigt", erklärt Reavaer dem Verkäufer. Dieser schaut kurz nachdenklich und bittet die beiden dann in sein Geschäft hinein. Drinnen nimmt der Verkäufer gezielt eine Tasche vom Regal. „Diese sollte dir besser passen, probiere sie mal." Der Verkäufer nimmt ihr die Tasche, die sie gerade trägt, ab und hängt ihr die neue über. „Sieht viel besser aus. Der Gurt flach auf der Schulter und der Behälter so an der Seite." Firin wird demonstriert, wie die Tasche richtig sitzt. „Aber diese ist kleiner als die erste." Firin beschwert sich wegen der Befürchtung, dass sie weniger in die Tasche einpacken kann. „Das täuscht, schau mal. Die Tasche ist dünner und länger. Das heißt, sie kann sich zu den Seiten ausbreiten. Außerdem soll man Taschen ohnehin nicht zu voll machen, da der Gurt sonst auf Dauer in die Schulter schneidet. Das ist aber bei allen Taschen so." Firin ist mit der Erklärung zufrieden und nickt zustimmend. Reavaer bekommt auch eine Tasche für seine Größe. „Braucht Ihr vielleicht noch Kleidung für die Reise? Ich habe Mäntel und Hüte für schlechtes Wetter oder Kleidung zum Wechseln." Firin weiß nicht recht, sie schaut zu Reavaer hoch. Dieser schaut sich nachdenklich im Geschäft um. „Wir sind vorher noch nicht gereist. Später treffen wir uns mit jemandem Erfahrenen. Wenn wir feststellen, dass wir noch etwas brauchen, kommen wir wieder." Mehr wird der Schneider momentan nicht an die beiden verkaufen können. Die Taschen werden bezahlt. Dann führt sie der Weg weiter Richtung Schreiber. Sein Haus ist schnell gefunden, Reavaer hat sich den Standort ganz genau gemerkt. Das Haus des Schreibers sieht von außen wie ein normales Wohnhaus aus. Nur ein Schild über der Tür in Form eines Pergamentes kennzeichnet es als Schreiberstube. Die beiden gehen zu der geschlossenen Tür. Reavaer klopft an für den Fall, dass es kein richtiges Geschäft, sondern ein Wohnhaus ist. „Nur herein!", hören sie von drinnen rufen. Firin öffnet vorsichtig die Türe. Langsam tritt sie hinein. Reavaer folgt ihr, beide schauen sich in dem Raum um. Es stehen Fächer für Pergamentrollen und Bücherregale an allen Wänden bis unter die Decke. Mitten im Raum stehen mehrere Tische, auf denen Schriftrollen gestapelt sind. An einem Tisch, der als Schreibtisch dient, sitzt der Schreiber. Er hat gerade an einem Schriftstück gearbeitet, bevor er Kundschaft bekommen hat. Nun steht er auf und geht auf die beiden zu. „Willkommen, welche Art von Wissen sucht Ihr?" Der Schreiber kommt mit ausgebreiteten Armen auf die beiden zu. Man sieht verschiedene Tintenspritzer auf seinen Händen und Ärmeln. „Am liebsten hätte ich all das Wissen, das sich in diesem Raum befindet. Für den Moment muss jedoch eine Karte des Umlandes ausreichen." Der Schreiber lächelt erheitert. „Das Wissen hier läuft Euch nicht davon. Karten habe ich auch genügend da." Er führt sie zu einem Stapel gefalteter Blätter und nimmt ein Blatt. „Hier bitte, eine Karte des Umlandes von Oradi." Reavaer nimmt dem Schreiber die Karte ab. Er faltet die Karte auf und betrachtet diese. Es ist dieselbe Karte wie jene, die die Zwillinge in ihrem Besitz haben. „Verkauft Ihr noch weitere Karten? Außer diese und den Stadtplan?", fragt Reavaer weiter, als er die Karte wieder zusammenfaltet. „Welches Gebiet braucht Ihr denn?" Der Schreiber schaut auf verschiedene Stapel, um den richtigen herauszusuchen. „Alle Himmelsrichtungen, die Ihr anbieten könnt." Der verdutzte Schreiber schaut Reavaer an. Firin muss kichern bei der Reaktion des Schreibers. „Ihr wisst wohl nicht, wo Ihr hinwollt, was?", gibt der Schreiber zum Besten. Reavaer zuckt nur mit den Schultern. Der Schreiber nimmt vier gefaltete Papiere von verschiedenen Stapeln. „Bitte, Karten für alle vier Himmelsrichtungen. Die Karten reichen weit, aber überschneiden sich an den Seiten etwas." Reavaer nimmt eine Karte nach der anderen und klappt diese auf. Er sieht sich die Qualität und den dargestellten Detailreichtum an. „Die gefallen mir, wir nehmen alle." Im ersten Moment breitet sich ein Lächeln auf dem Gesicht des Schreibers aus. Gleich darauf schaut er aber neugierig und auch besorgt. „Ihr seid vorher noch nicht gereist, richtig? Es kann sehr gefährlich werden, wenn man unvorbereitet die Stadt verlässt." Während Firin die Luxon aus ihrem Beutel zählt, um die Karten zu bezahlen, ergreift Reavaer das Wort. „Das stimmt, wir verlassen die Stadt das erste Mal, um zu reisen. Aber wir sind auf alles Vorhersehbare vorbereitet. Außerdem kommt ein Bekannter mit, der schon etwas Reiseerfahrung hat." Der Schreiber lächelt wieder und lässt sich die Luxon für die Karten von Firin überreichen. „Dann bin ich beruhigt. Mögen Euch die Karten gut leiten. Darf es denn noch was sein?" Reavaer schüttelt den Kopf auf die Frage des Schreibers. „Sofern ich mich erinnere, haben wir ohnehin nicht mehr genug Luxon, um noch etwas kaufen zu können." Reavaer blickt zu Firin, die mit dem Kopf nickt und den durchhängenden Geldbeutel schüttelt. „Dürfen wir uns aber noch etwas umsehen? Für spätere Einkäufe?" Der Schreiber macht sich zurück an seinen Arbeitstisch. „Das ist kein Verleih oder Lesesaal, aber Ihr könnt die Schriftstücke mal überfliegen." Nachdem der Schreiber dies klargemacht hat, widmet er sich wieder seinem Pergament vor ihm. Reavaer geht zu den gebundenen Büchern. Firin tapst hinterher, ist aber nicht wirklich an den Büchern interessiert. Reavaer nimmt einige Bücher aus dem Regal heraus, sieht sich aber nur die Titel dieser an. Dabei stößt er auf ein Sachbuch von Jockaru. Er nimmt dieses heraus und blättert es vorsichtig durch. „Es ist schade, dass man für spezielles Wissen so tief in die Tasche greifen muss", murmelt Reavaer melancholisch vor sich hin. „Es ist eben schwer, das Wissen nach Hause und auf Papier zu bringen. Wenn das jeder tun könnte, wäre es sehr viel günstiger", erwidert der Schreiber, während er arbeitet. „Ja, die Belohnung muss den Aufwand aufwiegen. Es wäre jedoch viel sicherer für alle Maginar, wenn alle diese Informationen hätten. Immerhin ist Unwissen der Erzfeind der Sicherheit", redet Reavaer weiter vor sich hin und schiebt das Buch wieder zurück in das Regal. Der Schreiber schaut nachdenklich von seinem Papier auf. Reavaer und Firin verabschieden sich und verlassen die Schreiberstube. Doch auch nachdem sie schon weg sind, schaut dieser ihnen mit einem verträumt nachdenklichen Blick hinterher.

Nach dem Einkauf beim Schreiber gehen die beiden zum Nordtor. Firin kommt es vor, als würde Reavaer hetzen, um schnellstmöglich dorthin zu kommen. Dort angekommen ist aber niemand da. Reavaer geht zum Tor und schaut hinaus. „Warum so nervös? Wen suchst du?" Firin sieht Reavaer nicht oft so unsicher. „Ich wollte die Löser verabschieden, aber wir könnten sie verpasst haben." Er schaut, ob sie schon auf dem Feldweg stadtauswärts wandern, sieht sie aber nicht und geht deshalb wieder zurück in die Stadt. „Ich weiß auch nicht, wo genau wir uns mit Foleras treffen sollen", brummelt Reavaer vor sich hin. Er ärgert sich über sich selbst, weil er nicht vorher an diese Dinge gedacht hat. „Oje, ich mag es zwar nicht, zu warten, doch wenn es dir so wichtig ist, mache ich eine Ausnahme. Hoffen wir mal, dass wir nicht u … Uih, sieh mal, da sind sie ja, hihihi." Firin zeigt auf die Löser-Zwillinge, die gerade auf dem Weg zum Nordtor sind. Reavaer dreht sich in die Richtung, in die Firin zeigt. Erleichtert wartet er, bis die Löser am Tor angekommen sind. „Seid Ihr wegen uns hier?" Erwin wundert sich über die wiederholte Begegnung mit Reavaer und Firin. „Das ist richtig. Ich wollte Euch noch verabschieden, bevor Ihr endgültig abreist. Auch wollte ich Euch für meine sowie für Firins Befreiung danken." Die Zwillinge lächeln erheitert. „Es mussten schon viele Umstände zusammentreffen, damit wir Euch helfen konnten. Zum einen unsere Kombination aus Seelensammler und Elementarist sowie die Tatsache, dass wir die Seele Salmin dabeihatten, die uns erzählen konnte, was es mit dem Zornesfeld auf sich hatte. Die Wahrscheinlichkeit für diese Gegebenheiten ist sehr gering, deshalb hat es auch gedauert, bis Ihr dort herausgekommen seid. Und im Fall unserer Kleinen hier hatten wir Glück, dass wir Euch als Seele dabeihatten. Sonst wäre sie wohl jetzt nicht hier." Erwin erzählt die Geschehnisse ihrer Zusammenkunft noch mal nach. Erst nickt Reavaer zustimmend, danach auch Firin. „Nichtsdestotrotz danken wir Euch für Euren Einsatz." Reavaer verbeugt sich leicht. Als Firin das sieht, macht sie es ihm spielerisch nach. „Es war uns ein Vergnügen." Die Brüder verbeugen sich gleichermaßen. Die Zwillinge nehmen ihre rechten Fäuste hoch, die Finger sind auf Reavaer und Firin gerichtet. „Jetzt wird es wohl Zeit, Abschied zu nehmen, seid be …", bevor die Zwillinge ihre Hände für eine endgültige Verabschiedung öffnen können, werden sie von Reavaer unterbrochen. „Wartet, ich möchte nicht, dass dies ein endgültiger Abschied ist. Ich wünsche Euch eine gute Reise." Die Brüder grinsen über beide Ohren. Sie hätten Reavaer nicht so rührselig eingeschätzt. „Wir wünschen Euch dasselbe und passt auf Euch auf." Somit setzen die Zwillinge ihren Weg zum Tor fort und gehen hinaus. Reavaer und Firin sehen ihnen noch hinterher. Die kleine Maga winkt ihnen zum Abschied, bis sie hinter dem ersten Hügel verschwunden sind.

„Nun sind sie weg. Uns hält hier auch nichts mehr. Suchen wir Foleras, dann reisen wir auch ab." Reavaer hält ihr die Hand hin, die sie in ihre Hand nimmt. So gehen die beiden Hand in Hand Richtung Süden. Dabei kommen sie am Marktplatz vorbei. Dort sehen sie Foleras an einem Marktstand arbeiten. Es herrscht hoher Andrang am Stand mit dem Feuerfrucht-Fleisch. Er und zwei Kollegen sind eifrig am Verkaufen. Firin und Reavaer müssen nicht lange warten, bis Foleras fertig ist, denn die Ware geht stapelweise weg. Schließlich bleibt noch ein kleiner Rest des Fruchtfleisches übrig. Die zwei Kollegen von Foleras packen dieses wieder ein. Foleras verabschiedet sich von seinen Kollegen, die gleich zurück zum Feuerbaum-Hof gehen. Er allerdings wirft einen Beutel über die Schulter, den er unter dem Stand versteckt hatte. Er will den Marktplatz ebenfalls verlassen, weiß aber nicht so recht, wohin. Da bemerkt er auch schon die ihm zuwinkende Firin mit Reavaer an der Hand. Die Drei treffen sich am Rande des Marktplatzes. „Seid Ihr bereit, um aufzubrechen? Ich habe am Hof bereits verkündet, dass ich nicht mehr wiederkomme." Foleras lächelt die beiden heiter an. „Ja, wir sind bereit. Wir haben uns sogar Gedanken gemacht, wohin wir gehen sollten." Reavaer nimmt eine Karte aus seiner Tasche und klappt diese halb auf. „Hier in der Nähe gibt es keine Wälder mit Magrennar. Hier weiter im Südosten ist jedoch ein großer Wald. Dort leben sicher welche." Bei dem Bericht von Reavaer schaut Foleras sowohl verwundert als auch erheitert drein. „Ihr habt Euch aber fleißig informiert. Ich hätte ja gedacht, dass wir uns noch beraten und die Reise planen müssten. Aber Ihr habt ja schon ein Ziel gewählt, also können wir alsbald aufbrechen." Foleras wirft einen Blick auf die Karte. „Wenn man wirklich von der Größe ausgeht, die ein Wald haben sollte, dann ist dieser vielversprechend. Dieser Wald ist aber mindestens eine Tagesreise entfernt, wenn wir uns Zeit lassen, sogar zwei Tage. Ich kenne die Wälder in den anderen Himmelsrichtungen nicht, ist das wirklich der am nächsten zur Stadt gelegene Wald?" Foleras klingt ungläubig, dass es näher zur Stadt keine passenden Wälder geben soll. „Wälder gibt es viele, allerdings sehen diese auf der Karte sehr klein aus. Wenn wir uns einen kleineren, näheren Wald vornehmen, kann es sein, dass dort keine Magrennar leben. Dann würden wir Zeit und Material verschwenden. Der Wald im Südosten ist jedoch eine sichere Sache." Reavaer gibt seine Rechtfertigung ab und Foleras nickt überzeugt. „Dagegen kann man kaum argumentieren. Ich besorge uns dann noch Proviant und Vorräte. Habt Ihr Vorlieben, was Essen angeht, oder mögt Ihr etwas Bestimmtes nicht?", erkundigt sich Foleras. Reavaer sieht notgedrungen zu Firin hinunter. Diese schaut ahnungslos zurück. „Ähm nein, wir sind anspruchslos Lebensmitteln gegenüber", kommt es kurz und knapp von Reavaer. „Gut, dann hole ich etwas, das sich lange hält." Foleras trottet los zurück zum Markt. Dort kauft er gepökeltes Fleisch, trockenes Brot und Gemüse. Firin folgt ihm beim Einkaufen und Reavaer geht gleich hinterher. Dabei schauen die beiden zu, was er kauft, doch im Grunde interessiert sie das nicht wirklich, da sie nicht essen müssen. Nach dem Proviant kauft er jedoch weiter ein. Er geht zu einem Stand mit Stoffen und kauft Lederstreifen sowie Stofftücher. Die beiden werden neugierig, aber sind noch still, weil Foleras weiter einkauft. Er geht zu den Metallwaren. Dort erwirbt er zwei armlange Stäbe aus Rialit, die mit Feuermagie aufgeladen sind. Das alles verstaut er in seinem Beutel. Danach sieht er die fragenden Gesichter von Firin und Reavaer. „Ihr seht aus, als ob ich Euch eine Erklärung schuldig wäre. Ich nehme an, es ist wegen der Materialien …" Foleras macht eine Pause im Satz, da er selbst nicht glauben kann, dass die beiden nicht wissen, wofür die Tücher, Lederstreifen und Stäbe sein sollen. Aber die beiden nicken nur ahnungslos. Seufzend spricht Foleras weiter. „Das ist Verbandsmaterial, wenn wir Verletzungen oder Knochenbrüche behandeln müssen. Falls wir selbst nicht verletzt werden sollten, dann könnten wir auf andere Reisende treffen, die Hilfe benötigen." Nach der Erklärung kommt von beiden ein langes. „Aaaahh." Daran hatten sie absolut nicht gedacht, weil sie nie wirklich eine Behandlung benötigt haben. „Ihr seid wohl wirklich noch nie allein gereist. Habt Ihr überhaupt einen Wasserschlauch? Man findet schließlich nicht überall gleich Wasser." Auf Foleras' Frage schaut Reavaer kurz nachdenklich. „Na gut, ich will ehrlich sein. Es klingt vielleicht ungewöhnlich, aber wir beide brauchen keine Nahrung oder Schlaf. Zwar nicht aus demselben Grund, doch es ist so", gesteht Reavaer, woraufhin Foleras ungläubig dreinblickt. „Was meinst du mit *nicht aus demselben Grund?* Seid Ihr beide nicht verwandt?" Foleras schaut zwischen den beiden hin und her. „Im Großen und Ganzen sind wir nicht verwandt. Wir teilen zwar ein Schicksal und passen aufeinander auf, aber wir haben nicht dieselbe Herkunft." Reavaer gibt nur so weit Auskunft, soweit es notwendig ist. Firin sieht peinlich berührt aus, wegen des Umstands, dass sie ihr Geheimnis nicht länger verbergen konnten. Sie nimmt die Hände hinter den Rücken, schaut zu Boden und stampft ein wenig mit dem Fuß. Derweil seufzt Foleras immer noch ungläubig. „Ob du uns glaubst oder nicht, ist unwichtig. Da wir auf der Reise mehr Zeit miteinander verbringen, wirst du schon sehen, ob ich die Wahrheit sage oder nicht. Es wäre zu anstrengend und sinnlos, eine Täuschung aufrecht erhalten zu wollen", enthüllt Reavaer den Grund dafür, dass er sein und Firins Geheimnis verraten hat. „Ganz recht, wir werden sehen, wie viel hinter Euren Worten steckt. Ich nehme an, Ihr wollt wirklich keinen Proviant für Euch mitnehmen?", fragt Foleras noch mal energisch an die beiden gewandt. „Ja, wirklich, keine Sorge, wir werden uns nicht an Euren Lebensmitteln zu schaffen machen. Egal, was kommt", bestätigt Reavaer noch einmal. „Dann soll es so sein. Wir können gleich aufbrechen. Meinen Wasserschlauch habe ich auf dem Weg in die Stadt gefüllt, Proviant und Vorräte habe ich. Wenn Ihr sonst nichts braucht, dann können wir los." Die Skepsis in Foleras' Gesicht weicht der Vorfreude auf die Reise. „Du willst jetzt noch aufbrechen? Die Sonne ist bereits am Untergehen. Viel vom Tag bleibt uns daher nicht." Reavaer wirft ein, sie würden nicht viel von der Strecke schaffen, wenn sich

Foleras nachts ausruhen muss. „Das macht nichts, ich bin zuletzt auch erst am Morgen schlafen gegangen. Ich bin ausgeruht, wir können ruhig die halbe Nacht durchwandern. Dann rasten wir ein Weilchen. So genau kann man das ohnehin nicht planen, es wird sich alles auf dem Weg ergeben", entgegnet Foleras. Auch Firin will endlich los und zieht Reavaer am Arm. „Er hat gesagt, wir können los, komm, es wird aufregend." Reavaer soll es recht sein. Er schlägt die Richtung zum Osttor ein, seine Begleiter folgen ihm an seiner Seite. Am Osttor werfen Reavaer und Firin noch einmal einen Blick zurück. Diese Stadt war bisher die einzige Welt, die sie kannten. Schließlich verlässt die Gruppe die Stadt und folgt dem Weg Richtung Osten.

Begegnungen

Anfangs ist es noch ruhig zwischen den Dreien. Sie gehen schweigend den Weg entlang. Besonders Firin und Reavaer nehmen sich Zeit, um die Landschaft zu bewundern. Auf dem Weg halten sie sich bei Gabelungen rechts, um nicht nur nach Osten zu gehen, sondern mehr in den Südosten zu kommen. Glücklicherweise gibt es viele Wege, die immer wieder abzweigen oder zusammenführen, damit man zu allen möglichen Orten kommt. Über Wiesen geht kein Magi, wenn dieser nicht dazu gezwungen wird. Das ist das Gebiet von Tieren und Magrennar. Sie gehen stur den Weg entlang und unterhalten sich nach einer Weile. Dabei hat Foleras mehr zu erzählen als Firin und Reavaer. Die beiden können nur ihre Erfahrungen aus der Stadt teilen. Dafür kann Foleras umso mehr erzählen und tut es auch. Mit jeder neuen Geschichte, die er von sich gibt, wird seine Laune besser. Kurz vor der Dämmerung treffen sie auf andere Reisende. Der Weg einer Wandergruppe läuft mit ihrem Weg zusammen. Beim Zusammentreffen halten alle an, grüßen sich und stellen sich vor. Firin und Reavaer wissen nicht so recht, wie man sich in dieser Situation benimmt. Dabei halten sie sich an Foleras, der schon öfter gereist ist. Sie staunen, dass er einfach mit der Gruppe bestehend aus drei Magonar und zwei Maganar mitgeht, als ob sie schon die ganze Zeit dabei wären. Foleras unterhält sich ausgelassen mit der Wandergruppe. „Wir sind auf dem Weg zum Meer im Süden. Wir wollten schon immer das Meer sehen. Dafür müssen wir aber auch durch die Wüste-am-Meer. Wir hörten, das könnte beschwerlich werden, da es an so einem Ort sehr heiß ist und es dort kaum Leben gibt. Wir sind aus dem Norden und wollten diese Orte unbedingt selbst sehen", verrät einer der Wanderer. „Ihr seid so weit gereist, hattet Ihr denn keine Probleme mit Magrennar und Tieren?", fragt Folares verwundert. „Den einen oder anderen An-griff gab es schon, aber nichts, womit wir nicht fertig wurden. Wir hatten wohl einfach Glück", äußert sich ein Wanderer etwas naiv dazu. Daraufhin wechselt Foleras das Thema und fragt die Wanderer nach Geschichten von ihren Wanderschaften. So er-zählen sie munter drauf los, welche Orte sie gesehen haben und welchen Leuten sie begegnet sind. Während Firin und Reavaer neugierig zuhören, wie Foleras und die Wanderer sich gegen-seitig Geschichten erzählen, wird es langsam stockdunkel. Auch der Mond spendet nicht genug Licht, um den Weg vor sich er-kennen zu können. Zwei der Magonar und auch Foleras holen jeweils einen Stab aus Rialit-Metall aus ihrem Gepäcke hervor. Es sind dreimal dieselben, gewöhnlichen, acht-eckig geschmie-deten, ellenlangen Stäbe. Bei allen passiert dasselbe. Sie halten die Stäbe an einem Ende und langsam beginnt das andere, of-fene Ende des Stabes zu glühen. So wird ihre Umgebung we-nigstens etwas erhellt, um nicht vom Weg abzukommen. Mit gerade genug Licht, um die einigermaßen geraden Wege zu er-kennen, wandert die Gruppe durch die Nacht. Mit gedämpf-ten Stimmen tauschen sie immer noch ihre Geschichten aus, aber gerade einmal laut genug, damit sie sich gegenseitig hören. Sie wollen keine schlafenden Tiere wecken, die dann angrei-fen könnten. Firin und Reavaer können nicht viel erzählen. Bis auf ihren Besuch beim Feuerbaum-Hof wären ihre Geschich-ten sowieso mehr unglaubwürdig als interessant. Baldig treffen sie auf eine Abzweigung, die direkt in Richtung Süden führt. Die Wanderer schauen auf den Boden der abgehenden Straße. In den ersten Steinen der Straße sind die Namen der nächsten Orte eingraviert. Ein Wanderer holte seine Karte heraus und vergleicht im Schein des glühenden Stabes ihren Standpunkt. „Hm, hier sind die Dörfer, die auf den Steinen stehen. Die-se liegen auf dem Weg nach Süden zur Wüste-am-Meer. Gut, wir werden diese Abzweigung nehmen", beschließt der Wan-derer mit der Karte. Reavaer sieht sich die Karte ebenfalls an. „Dann müssen wir weiter dem Weg folgen. Wir wollen un-gefähr hierher." Reavaer zeigt auf den Wald, zu dem die Drei wollen. Dieser liegt viel weiter östlich. „Na, dann trennen sich hier unserer Wege wieder." Die Wanderer verabschieden sich alle mit den Worten „Seid befreit." Sie denken wohl nicht, dass sie sich auf dieser großen, weiten Welt wiedersehen werden. Foleras tut es ihnen gleich und verabschiedet sich inklusive der Handbewegung von den Wanderern. Reavaer und Firin jedoch wünschen der Wandergruppe eine „Gute Reise". Die Drei gehen weiter ihren Weg im glühenden Schein von Foleras' Stab. Gesprochen haben sie vorher genug, nun gehen sie schweigend weiter. Firin und Foleras schauen vor sich und auf den Rand der Straße. Einzig Reavaer sieht sich links und rechts in der Landschaft um. Der Mond hat seinen Höchststand schon lange hinter sich, als Foleras zu seinen Begleitern spricht. „Gut, der Tag ist nicht mehr fern. Machen wir eine Pause. Ich gehe schlafen und bin wieder erholt, gleich nachdem die Sonne aufgegangen ist." Somit geht er vorsichtig abseits des Weges. Dieser Bereich besteht aus Erde, die von Gras freigehalten wird, damit man dort rasten kann. Er zieht aus seinem Beutel eine Decke hervor, die er vorsichtig auf die Erde legt. „Wenn Ihr beiden keinen Schlaf benötigt, könnt Ihr ja Wache halten, damit wir sicher durch die Nacht kommen", schlägt Foleras vor. Er möchte Reavaer und Firin testen, ob sie es ernst meinen, nicht schlafen zu müssen. „Natürlich, das können wir machen", bestätigt Reavaer nur kurz. „Oh ja, Wache halten." Firin klingt noch begeistert, denkt dann aber weiter. „Moment, was machen wir beim Wachehalten genau?", fragt sie nichtsahnend. „Ihr sollt ruhig sitzen und aufpassen, dass wir nicht angegriffen werden. Wenn das passiert, müsst Ihr mich wecken und uns schnell verteidigen", wird Firin von Foleras aufgeklärt. „Was? Wir sitzen hier nur rum und müssen warten, bis etwas passiert?" Das ist langweilig!" Sie protestiert und kann jetzt schon nicht mehr stillsitzen. „Sieh es als Übung für deine Wahrnehmung an. Wenn du hier so lange wachsamen Auges sitzen und schnell reagieren kannst, bist du für ähnliche Situationen gut vorbereitet", versucht Reavaer, sie zu überzeugen. Doch Firin grummelt vor sich hin. Reavaer redet noch weiter leise auf Firin ein, um ihren Unmut etwas zu beschwichtigen. Schließlich zuckt Foleras nur mit den Schultern, legt sich auf seine Decke, steckt den glühenden Stab in die Erde und schließt die Augen.

Foleras' Schlaf war erholsam dafür, dass er das erste Mal seit langer Zeit wieder draußen geschlafen hat. Die Sonne ist eben erst vollständig aufgegangen. Er setzt sich auf und streckt sich erstmal. Dann sucht er seine Begleiter. Diese sitzen nun etwas weiter entfernt mit dem Rücken zu ihm. Sie unterhalten sich scheinbar miteinander. Bevor er den beiden zuruft, dass er wach ist, bemerkt er um sich herum mehrere Tierkörper, die herumliegen. Es sind einige Vögel und auch Stiere, die am Boden liegen. „Sagt mal Ihr beiden. Was ist denn hier passiert?", fragt Foleras schließlich erschrocken, als er von seiner Decke aufsteht. Reavaer und Firin drehen sich zu ihm und stehen dann ebenfalls auf. „Wir wurden angegriffen und haben uns gewehrt", gibt es von Reavaer als Antwort. „Das sehe ich. Was mich aber am meisten interessiert: Wie habt Ihr Euch hier verteidigt, ohne dass ich aufgewacht bin? Normalerweise sind Angriffe von Tieren sehr laut und willkürlich", hakt Foleras noch mal nach. „Wir hatten genug Zeit, uns Strategien auszudenken, wie wir uns und deinen Schlaf schützen können. Wie genau wir das gemacht haben, ist unwichtig. Es war unser Ziel, dass du ausgeruht bist und von selbst aufwachst, damit wir weiterkönnen. Außerdem sind die Tiere nicht im Unleben. Sie sind nur bewusstlos und schlafen den Schlaf der Besiegten." Foleras schreckt auf und packt alles wieder in seinen Beutel. Er will nicht länger an einem Platz umzingelt von Tieren bleiben, die jederzeit wieder aufwachen könnten. „Los, gehen wir, bevor sie zu sich kommen." Foleras will nur weg von dort. Schnellen Schrittes geht er den Weg weiter. Die beiden müssen ihm beinahe schon hinterherlaufen. „Wie habt Ihr all die Tiere besiegt und wart Ihr wirklich die ganze Zeit wach, als ich geschlafen habe?", fragt Foleras, sobald die beiden ihn eingeholt haben. „Ich beantworte die zweite Frage mal zuerst, ja. Wir waren die ganze Nacht wach. Und nun zu deiner ersten Frage. Firin hat die meisten Tiere besiegt. Meine Aufgabe war es, ihr den Rücken freizuhalten und Ausreißer von dir fernzuhalten." Foleras schaut ungläubig drein. „Ihr wollt mir sagen, dass die kleine Firin hier fast all die Tiere besiegt hat? Und so wie Ihr das erzählt, sogar noch spielerisch? Wisst Ihr, wie verrückt das klingt?" Nach der Kritik an Reavaers Aussage sehen sich die beiden gegenseitig an. „Nicht für uns. Man muss es vielleicht selbst beobachten, um es zu glauben, aber es ist wahr." Reavaer bestätigt noch einmal seine Aussagen. Dann springt Firin nach vorne. „JA! Die Tiere umzuhauen, war kein Problem. Aber mich zurückzuhalten, damit die nicht ins Unleben geraten oder du aufgeweckt wirst, war eine Herausforderung. Reavaer sagt aber, es würde sich lohnen, das würde mein Sängerwitzengebrüll trainieren", berichtet sie fröhlich und vorlaut, ohne auf die Skepsis von Foleras einzugehen. „Das heißt Fingerspitzengefühl. So hast du daran gearbeitet, dir mehr Gedanken im Kampf wegen der Gegner und deiner Verbündeten zu machen, anstatt einfach alles wegzuklatschen", wird Firin über die Übung von Reavaer belehrt. Die Kleine nickt nur und geht wieder neben den zwei her. Foleras kommt sich veralbert vor und seufzt. „Warum war es Euch eigentlich so wichtig, dass die Tiere nicht ins Unleben geraten?", fällt Foleras auf, als er sich noch mal zurückerinnert. „Weil wir keinen Bedarf für die Körper der Tiere haben. Normalerweise wird an Tieren, nachdem sie in das Unleben befördert wurden, eine Lösung durchgeführt und die Körper dann zu Nahrung verarbeitet. Wir können das hier nicht tun, also wäre es eine Verschwendung an Leben." Über Reavaers analytische Aussage muss Foleras amüsiert grinsen. „Warum so zurückhaltend? Die Tiere würden auch nicht zögern, Euch ins Unleben zu schicken", fragt er süffisant. „Weil ich es besser weiß als die Tiere. Ich habe die Möglichkeit, mir über die Folgen meines Handelns klar zu sein. Deshalb ergibt sich für mich eine intellektuelle Verantwortung für die Lebewesen um mich herum." Reavaer äußert nicht oft eine emotionale Regung in Gesicht und Ton. Doch jetzt sieht er Foleras mit ernstem Blick an und klingt schon fast tadelnd. Das Grinsen in Foleras' Gesicht weicht einem nachdenklichen Blick.

Eine Weile gehen die Drei still nebeneinander her. Doch es dauert nicht lange, bis sie eine Explosion in der Ferne vor ihnen hören. Danach hört man aus derselben Richtung noch mehr Explosionen, die dicht aufeinander folgen. Die Gruppe beschließt, den Weg weiterzulaufen, um schnell an dem Platz anzukommen, an dem offenbar gekämpft wird. Es ist immer mehr Kampfgeschehen zu hören und einige Explosionen später sehen sie auch schon, was dort vor sich geht: drei Magonar, die von einer Horde Tiere angegriffen werden. Einer der Magonar versteckt sich hinter einer offenen, großen Kiste, während die anderen beiden die Tiere abwehren. Die beiden in Leder gekleideten Magonar wehren besonnen und koordiniert die Angriffe der Tiere ab. Einer schleudert Projektile aus Feuer und macht Flammenwände. Der andere irritiert die Tiere mit Flächen-Windmagie. An dem Überfall sind verschiedene Tierarten beteiligt. Die Gruppe sieht Steinböcke, Ziegen, Schafe, Rinder und auch einige Vögel auf die Magonar losgehen. Nun sprinten die Drei los, um schnell bei den verteidigenden Magonar anzukommen und Hilfe zu leisten. „Ich habe eine gute Abwehr und kann die Tiere im Nahkampf vertreiben, Ihr beschützt die Magonar!", gibt Foleras den anderen Anweisungen, während sie sprinten. „Nein ich werde die Tiere auch mit den Händen wegklatschen! Nur Reavaer soll sie beschützen!", ruft Firin zurück. Reavaer erwidert nichts darauf und überlässt den beiden den Nahkampf. Als sie nahe genug sind, springen Foleras und Firin die Tiere auch schon furchtlos an. Foleras packt einen Steinbock bei dem Hörnen und schleudert ihn im hohen Bogen davon. Firin holt mit ihrer flachen Hand aus und verteilt Backpfeifen. Die Tiere werden durch die Klatschen ebenfalls zurück auf die Wiese geschleudert. Als Reavaer bei der Kiste und dem versteckenden Mago ankommt, haben Firin und Foleras bereits die Aufmerksamkeit der Tiere auf sich gezogen. Sie geben den Feuer und Wind nutzenden Magonar genug Platz, um sie aus der Ferne zu unterstützen. Reavaer streckt seine Hand mit der offenen Handfläche vor sich aus. Vor ihnen bildet sich eine durchsichtige, aber ungleichmäßige Wand. Die Wand ist ungefähr drei Schritte hoch und trennt die Straße von dem Feld, auf dem der Kampf stattfindet. Nun bleiben noch die Vögel, die die Wand überwinden können. Sie greifen die hölzerne Kiste sowie die Decke, die über den oberen, offenen Teil gespannt ist, an. Der Mago hinter der Kiste wehrt sich mit wenig Erfolg mit Hilfe von Wassermagie, indem er Projektile bildet, die er nach oben auf die Vögel schießt. Die Flieger sind allerdings zu schnell und wendig. Kaum ein Projektil trifft. Reavaer hingegen verfolgt die Vögel mit den Augen. Er nimmt sie sich einzeln hintereinander vor. Er richtet einen Zeigefinger auf einen Vogel nach dem anderen. Die Vögel, auf die er zeigt, fallen vom Himmel. Sie bewegen sich noch, aber machen den Anschein, dass sie zu schwer sind, um zu fliegen. Sie können die Flügel nicht heben und hüpfen nur verwirrt herum. Der Mago ist genauso verwirrt, was mit den Vögeln passiert, wie die Vögel selbst. Alle Vögel sind auf dem Boden angekommen. Inzwischen ist auch Firin zur Stelle und gibt jedem der nicht mehr fliegenden Vögel einen Tritt in Richtung Wiese auf die Seite, wo keine Mauer ist. Die Vögel werden dadurch nicht verletzt, hüpfen aber panisch krächzend von der Straße und den Maginar weg. Nun, da die Vögel keine Gefahr mehr darstellen, schnauft der Mago an der Kiste durch. Reavaer geht zum Rand seiner selbst errichteten Mauer und beobachtet Foleras bei der Abwehr der Tiere. Er ringt mit ihnen und wirft sie zu Boden oder schleudert sie weg. Er muss selbst den einen oder anderen Treffer einstecken und wird auch mal weggeschleudert. Doch er weist keine Verletzungen auf. Ganz im Gegenteil. Es scheint, als würden seine Muskeln anwachsen, umso mehr er einsteckt oder austeilt. Außerdem hat er die ganze Zeit ein amüsiertes Lächeln auf den Lippen, als würde er den Schlagabtausch genießen.

Schließlich sind die Tiere besiegt und ziehen sich zurück. Nun können die zwei Magonar in Lederkleidung und Foleras durchatmen. Einzig Firin ist noch voller Energie und läuft weiter herum. Aufgeregt sucht sie nach mehr Gegnern, doch als sie keine mehr findet, bleibt sie stehen. „Das war fabelhaft!", ruft sie und reißt die Arme hoch. Da die Mauer nicht mehr notwendig ist, um die große Kiste zu schützen, macht Reavaer eine wischende

Handbewegung in Richtung der Mauer. Diese zerfällt wieder spurlos. Alle versammeln sich bei der großen Holzkiste. „Seid gegrüßt und vielen Dank für die Hilfe mit den Tieren. Eure Unterstützung kam uns sehr gelegen." Der Mago, welcher sich bei der Kiste versteckt hatte, ergreift das Wort. „Ich bin reisender Händler, Palozo mein Name und das sind Wächter, die ich zu meinem Schutz angeheuert habe", spricht er weiter und zeigt auf die in Leder gekleideten Magonar. Die Wachen schauen grimmig drein. „Die Hilfe wäre nicht notwendig gewesen. Wir hatten alles unter Kontrolle", kommentiert einer der beiden. „Natürlich hattet Ihr das, aber wir haben Zeit und Verletzungen gespart. Keine Sorge, Ihr bekommt Euren vereinbarten Lohn." Der letzte Satz von Palozo lässt die Gesichter der Wächter etwas aufhellen. Dann teilen sie sich auf. Einer geht nach vorn, der andere nach hinten. Sie halten wieder Ausschau nach Gefahren. „Ihr seid also Händler. Dann sind Eure Waren wohl in diesem … ähm Behälter?" Während Reavaer neugierig nachfragt, schauen sich er und auch Firin die mit Rialit verstärkte Holzkiste genauer an. „Ihr vermutet ganz recht. Auch wenn dieser Behälter nicht so aussieht, ist das mein Waren-Beförderungsmittel für weite Strecken. Ich habe es selbst erfunden und bauen lassen. Ihr müsst wissen, ich verkaufe Werkzeug aller Art, kann selbst aber nicht so gut damit umgehen", erzählt der Händler wie aus dem Nähkäschen. „Wie funktioniert dieses Beförderungsmittel?", erwidert Reavaer, Firin steht schon neben ihm und nickt zustimmend zu Palozo. „Na, dann schaut mal her. Hier unten am Boden schauen rund um die Kiste Rinnen aus Metall heraus. Da müssen wir zunächst Wasser hineinfüllen." Der Händler zieht die Tuch-Abdeckung teilweise herunter. Man sieht nun viele verschiedene Werkzeuge an den Wänden der Kiste hängen, lehnen und liegen. Im hinteren Teil der Kiste sind aber zwei Eimer, einer mit Wasser, der andere leer. Der Händler nutzt seine Wasser-Magie, um das Wasser in dem vollen Eimer wie eine Schlange hinaufzuziehen. Das Wasser legt sich wie ein weicher, wabbelnder Ball um seine Hand. Damit geht er nun hinunter zu den Rinnen und lässt das Wasser in diese hineinlaufen. Dann verhält sich das Wasser auch wieder normal flüssig. „So, das Wasser wird später so etwas wie mein Wagenrad." Auf diese Aussage hin bekommen Foleras, Reavaer und Firin große Augen und einen fragenden Gesichtsausdruck. „Seht her, die Rinnen sind mit den metallenen Beschlägen an den Kanten verbunden bis hierhin an die Stirnseite der Kiste. Das ist die Vorder- oder Hinterseite, je nachdem, ob man ziehen oder schieben will. So, nun brauche ich meine Zugstange." Palozo klappt eine Stange aus, die sich über die ganze Stirnseite der Kiste erstreckt. „Wah! Da war ja eine Stange in der Kiste eingebaut!", ruft Firin sichtlich überrascht von dieser Handwerkskunst. „Ganz genau und es ist wichtig, dass die Stange, die Beschläge und die Rinnen alle miteinander verbunden sind. Denn das Rialit ist mit Wasser-Magie durchzogen und verstärkt meine Wasser-Kontrolle", erzählt er weiter, positioniert sich zwischen Stange und Kiste, hält die Stange mit beiden Händen und konzentriert sich. Dann verhält sich das Wasser in den Rinnen wieder unnatürlich. Als ob er es kontrollieren würde, bewegt es sich am Metall nach außen über den Rand der Rinnen. Es tropft dann aber nicht hinunter, sondern bewegt sich direkt unter die Kiste. Man sieht, wie sich das ganze Wasser aus den Rinnen unter der Kiste sammelt und diese wie ein Kissen anhebt. Nun drückt Palozo die Stange samt Kiste nach vorne, um diese in Bewegung zu setzen. Die Kiste bewegt sich vorwärts in einer leicht schaukelnden Bewegung wie ein Boot auf dem Wasser. Die Gruppe setzt sich allgemein in Bewegung. Firin geht neben der schwimmenden Kiste her und schaut hinunter, wie sich das Wasser verhält. „Das sieht aus wie eine riesige Schnecke, nur dass die Schleimspur fehlt", ist ihre Einschätzung. „Ja, die Beschreibung passt so in etwa, aber das Wasser verhält sich wie eine Mischung aus Kissen und Rad. Eine gewiefte Art des Transports", fügt Reavaer noch hinzu. „Vielen Dank. Leider wissen das die Tiere nicht zu schätzen. Wir reisenden Großhändler werden viel häufiger angegriffen als Händler mit leichtem Gepäck oder Wandergruppen. Deshalb müssen wir auch immer Wachen anheuern. Sonst könnten wir gar nicht entkommen, weil wir zum einen öfter angegriffen werden, aber zum anderen auch, weil wir nicht fliehen können, ohne unsere Waren zurückzulassen", erklärt der Händler melancholisch. So wandert die neu zusammengekommene Gruppe den Weg entlang. Wieder werden Geschichten ausgetauscht, auf einer Wanderung kann man auch nicht viel anderes machen, wenn man neue Leute trifft. Foleras, Reavaer und Firin sind zwar nicht so schnell, als wenn sie alleine wandern würden, trotzdem bleiben sie bei dem Händler. Sie kommen an einem Bach vorbei, über den eine Brücke führt. „Hier sollten wir unser Wasser auffüllen. Besonders ich, denn ich brauche es dringend für meine Transportkiste", schlägt Palozo vor und stellt sogleich seine Kiste ab. Das Wasser darunter fließt zurück nach oben in die Rinnen. Alle zusammen gehen an den Bach. Wasserschläuche werden aufgefüllt, sie machen sich frisch und der Händler füllt seine Eimer für die Transportkiste wieder auf. Sogar Firin und Reavaer waschen sich die Hände und das Gesicht, hauptsächlich, um keine lästigen Fragen beantworten zu müssen. „Ist die Kontrolle des Wassers über so eine lange Zeit nicht sehr anstrengend?", fragt Reavaer interessiert, als alle am Wasser sind. „Nicht so sehr, wie es aussieht. Das Rialit, mit dem die Kiste beschlagen wurde, ist mit Wasser-Magie durchzogen. Es verstärkt meine Magie, so kann ich Kraft sparen. Außerdem habe ich viel Übung darin und kann es fast den ganzen Tag ziehen. Nur ist der Wasserverbrauch recht hoch. Denn wenn ich es nicht gerade kontrolliere, ist es sehr flüchtig und schwappt gerne aus den Rinnen", erzählt Palozo wieder freimütig. „Der Transporter hat mich beeindruckt. Euer Einfallsreichtum für die Planung und den Bau der Transportkiste hat Euch bestimmt einen Vorteil den anderen reisenden Händlern gegenüber beschert. Ihr könnt mehr und schwerere Waren befördern als Händler mit Rucksäcken oder Karren mit Rädern." Reavaer vermutet, dass sich die Erfindungsgabe des Händlers Palozo auszahlt. „Da habt Ihr recht. Ich kann bedeutend mehr Umsatz machen als manch andere Händler. Ich habe Werkzeuge dabei, die manche Dörfer gar nicht zu Gesicht bekommen, weil sie nur in Städten erhältlich sind. Ich kann diese gut verkaufen und andere Waren wiederum günstig kaufen.

Das bleibt ein stetiger Kreislauf. Allerdings muss ich auch mehr für Wächter ausgeben. Irgendwie mögen Tiere wohl das Händlerhandwerk nicht. Je mehr Waren man befördert, desto aggressiver sind diese", erklärt Palozo, woraufhin Reavaer ins Grübeln kommt. Er ist von einem Augenblick auf den anderen so tief in Gedanken versunken, dass er nichts mehr wahrnimmt. Vor dem Bach sitzend starrt Reavaer vor sich hin, bis er den Stubser eines Ellenbogens in der Seite spürt. Die kleine Firin sitzt neben ihm und schaut zu ihm hinauf. „Können wir weiter? Du sitzt schon eine Weile nur rum und sagst nichts", quengelt sie schon ganz ungeduldig. „Natürlich, ich wollte niemanden aufhalten", antwortet er nur knapp und steht auf. Alle anderen sind bereits beim Wagen und fertig für die Weiterreise. So setzt die Gruppe ihren Weg fort. „Habt Ihr der Transportkiste denn einen Namen gegeben?", fragt Reavaer nebenbei, als sich die Transportkiste wieder in Bewegung setzt. „Einen Namen? Ihr meint, als würde ich ein Magi'i benennen?" Palozo weiß nicht recht, was gemeint ist. „Nein, keinen Namen für eine Person, sondern eine passende Bezeichnung. Etwas Griffiges, bei dem man sofort an Euer Gefährt denkt, wenn man es einmal gesehen hat", beschreibt Reavaer weiter. „Darüber habe ich noch nicht nachgedacht. Bisher war das immer meine Transportkiste." Der Händler scheint sich darüber keine Gedanken zu machen. Firin horcht auf und redet gleich mit. „Das könnte ich machen, ich bin eine tolle Namensgeberin. Wie wäre es denn mit Schneckenkarren? Das passt, aber es klingt etwas eklig. Hm, was haltet Ihr von Schlurfie?", schlägt sie aufgeregt vor. „Du bist sicher eine gute Namensgeberin, aber bitte nicht Schlurfie", antwortet Palozo. Firin lässt sich nicht entmutigen und überlegt weiter. „He he, Zugzwang wäre ein lustiger Name. Ihr wisst schon, weil man es ziehen muss. Aber normale Karren mit Rädern muss man ja auch ziehen, deshalb war das nur ein Scherz … Ah, ich hab's! Elemenkarr. Das ist eine Kombination aus Elementar und Karren, was denkt Ihr?" Selbst die grimmigen Wächter zeigen eine Reaktion bei Firins Vorschlägen und müssen beim ersten Vorschlag lachen. Von Reavaer kommt keine äußerliche Reaktion, aber Firin weiß genau, dass es ihn amüsiert hat. Der Händler denkt kurz nach. „Ihr habt recht. Indem ich der Kiste eine besondere Bezeichnung gebe wie zum Beispiel Elemenkarr, könnte ich mit dieser genauso handeln wie mit den Werkzeugen selbst und Luxon damit verdienen. Dass ich nicht früher daran gedacht habe." Palozo denkt nun laut nach. Seine Gedankengänge werden jedoch unterbrochen, als die Gruppe aus der Ferne wildes Getrampel hört. Dann sehen sie auch schon die Ursache. Schon wieder stürmt eine wilde Horde Tiere auf die reisende Gruppe zu. Mit wütenden Gesichtsausdrücken und Gebrüll rennen sie Richtung Straße, wo sich die Gruppe gerade befindet. „Bleibt zurück, wir wehren sie ab!", ruft einer der Wächter. Schon stellen sich die kampferprobten Beschützer zwischen die Tiere und die Gruppe. Einzig der Händler geht hinter seiner Kiste in Deckung. Firin, Foleras und Reavaer sind wenig beeindruckt von dem Ansturm. Trotzdem hört man ein erschrockenes, kurzes Jaulen von Firin. Als Foleras zu ihr hinüberschaut, sieht er nur, wie sie mit verwundertem Ausdruck im Gesicht auf Reavaers Gesicht starrt. Als er selbst den Blick zu Reavaer wendet, wird ihm ebenfalls etwas mulmig. Reavaers Augen machen einen genervten Ausdruck. Die inneren Spitzen seiner Augenbrauen sind nach unten gezogen. So einen Ausdruck hat vorher nie jemand bei ihm gesehen. Kurz wendet Reavaer seinen Blick zu Firin, dann zu Foleras und zurück zu den heranstürmenden Tieren. „Es muss schwer sein, so zu reisen, wenn man mehrmals täglich mit Tierangriffen rechnen muss. Momentan habe ich jedoch keine Geduld, denn ich will an unserem Ziel ankommen." Nach diesen Worten streckt Reavaer beide Hände in Richtung der Tiere aus. Die Luft vor den Wächtern wird fest und bricht das Licht wie vorher, als er das erste Mal in einen Kampf eingegriffen hat. Diesmal jedoch schwebt diese durchsichtige Wand in der Luft. Die Mauer ist hoch und breit genug, um keine Tiere durchzulassen. Im nächsten Moment schwebt die Wand jedoch mit hoher Geschwindigkeit auf die Tiere zu. Immer noch senkrecht stehend kracht die Mauer frontal auf die Tierhorde. Die Tiere werden von dem Aufprall nach hinten geschleudert, verursachen aber vorher noch große Explosionen an der Wand. Die Wand zersplittert und zerbricht in viele kleine und größere Brocken. Diese fallen aber nicht zu Boden, sondern bleiben in der Luft stehen. Die Tiere richten sich wieder auf und wollen einen weiteren Ansturm wagen. Nun macht Reavaer mit seinen Händen kreisende Bewegungen. Die Brocken in der Luft fangen an, wie ein Wirbelwind zu kreisen und fegen durch die wieder anlaufenden Tiere. Die Tiere haben keine Chance und werden von den Trümmern getroffen und wieder weggeschleudert. Einen dritten Ansturm wagt die Tierhorde nicht mehr, sie läuft davon. Der Gesichtsausdruck von Reavaer wird wieder gewohnt neutral. Er nimmt die Hände hinunter und gleichzeitig lösen sich die schwebenden Brocken in Luft auf. Die Wächter entspannen sich und nehmen ihre gewohnten Begleitpositionen ein. Palozo schaut neugierig zu Reavaer. „Sagt, was ist das für ein Element, das Ihr nutzt?", will er wissen. „Das ist nur Eis", antwortet Reavaer nur kurz und hält die Handfläche der linken Hand nach oben. Kurz darauf kristallisiert sich ein Eisbrocken über der Handfläche, der kreisend auf der Stelle schwebt. Der Händler Palozo bekommt große Augen, während die Wächter und Foleras hellhörig werden. Firin hingegen grinst nur breit. „Ach, das war es also, was du heute Nacht benutzt hast. Ich fragte mich schon, was die ganzen Tiere auf deiner Seite weggehauen hat", kommentiert sie ausgelassen. „Eis zu kontrollieren, ist aber nicht alltäglich. Ihr müsst ein Experte der Elementar-Magie sein. Man muss schließlich mindestens zwei Elemente meisterhaft beherrschen. Zum einen muss man Wasser beherrschen können und mit Windmagie das Wasser so weit abkühlen, bis es gefriert. Das können nur wenige Elementaristen, habe ich gehört", berichtet Palozo. Für alle außer Reavaer und Firin sind diese Tatsachen selbstverständlich. Doch die beiden wusste nicht, dass dies etwas Besonderes ist. „Ich bin kein Meister der Elementar-Magie. Im Gegenteil, mir fehlt die Fähigkeit, Wasser, Feuer, Luft und Erde einzeln zu kontrollieren, komplett. Ich konnte von Anfang an nur aus zwei Elementen kombinierte Materialien erschaffen und kontrollieren. Eis ist das praktischste Material, weil es leicht zu formen, fest und nahezu unsichtbar ist. Bevor Ihr fragt, ich war schon immer sonderbar, also kann ich Euch nicht sagen, warum es so ist. Das ist eben mein Talent", erklärt Reavaer der Gruppe. Die meisten schauen verwundert, aber da es nicht unmöglich ist, zucken sie nur mit den Schultern. Nachdem das Problem mit den Tieren vorerst abgewendet wurde, wandert die Gruppe weiter. „Na und du, Kleine? Du hast deine Stärke voll im Griff", spricht Händler Palozo nun Firin an. Diese schaut zu ihm hinauf. „Na sicher, ich nehme es mit jedem Gegner auf", entgegnet sie selbstsicher und haut mit ihrer Faust in ihre flache Hand. Reavaer wird neugierig. Er hat sich schon lange gefragt, warum niemand wegen der Kampfkraft von Firin stutzig wird. Er hatte die Hintergründe nur den Löser-Zwillingen und Bürgermeister Hadien erzählt, da diese über ihre Herkunft Bescheid wissen. Sonst wollte bisher niemand eine Erklärung zu ihrer Stärke. „Ist so eine Stärke, wie Firin sie hat, normal?" Palozo und Foleras sehen sich gegenseitig an. „Firin ist zwar sehr talentiert, aber alle Maginar haben im Magi'i-Alter eine höhere magische Kontrolle. Im Alter nimmt diese Macht ab. Leider weiß niemand, warum. Manche behaupten, es sei durch angesammeltes Wissen, das die magische Kraft verdrängt. Andere behaupten, es sei durch die Erziehung, dass einem beigebracht wird, zurückhaltend und vernünftig zu sein. Im hohen Alter jedoch nimmt die Macht wieder zu. Es ist reine Ironie, dass ein Maginar in der Blüte seines Lebens die geringste magische Kraft hat", erklärt der Händler amüsiert. Auf die Aussage des Händlers hin sieht sich Reavaer die beiden Wachen noch mal genauer an. In der Tat sind sie nicht mehr die Jüngsten. Geschätzt wären sie genau wie die Löser älter als 50 Jahre. Händler Palozo ist hingegen viel jünger und nicht gut in Form. Als jemand, der seinen Lebensunterhalt mit Handel verdient, gönnt er sich wohl gerne eine Extra-Portion der Köstlichkeiten in den Städten, die er bereist. „Müssten Euch denn Foleras' und meine Fähigkeiten dann nicht wundern?", fragt Reavaer noch einmal nach. „Im Grunde schon, doch Ihr habt mir geholfen und ich möchte nicht unhöflich wirken. Ihr habt sicherlich Begabungen, die Euch diese starke Kontrolle in Eurem Alter ermöglichen. Diese Erklärung reicht mir." Reavaer nickt ihm zu und versinkt in Gedanken. Für eine Weile geht die Reise auch ruhig voran, was ihm zugutekommt. Bis Foleras plötzlich stehen bleibt. „Moment, hier müssen wir abbiegen", verkündet er und zeigt links weg von der Straße. „Das ist ein Wald. Seid Ihr sicher?", fragt Palozo irritiert. „Ja ganz recht, wir wollen in den Wald. Haben wir das nicht erwähnt? Wir sind auf einer Expeditionsreise und sind extra hierhergekommen, um den größten Wald in der Gegend zu erkunden." Palozo schüttelt ungläubig den Kopf. „Ihr seid doch verrückt. Aber wenn ich an unsere erste Begegnung denke, wird mir klar, dass Ihr wohl die Gefahr sucht", erinnert sich der Händler an den Kampf, als sie ihm zur Hilfe kamen. „Dann wäre wohl ein „Seid befreit" angebracht. Doch ich hoffen, dass Euch nichts passiert und wir uns irgendwann wiedersehen, damit Ihr mir erzählen könnt, was Ihr in diesem Wald erlebt habt." Mit diesen Worten verabschiedet sich Palozo mit einem Lächeln. „Ich verabschiede mich auch nur sehr ungern endgültig. Solange man noch keine Lösung hatte, besteht immer die Möglichkeit, sich wiederzusehen." Reavaer hofft auch, sich wiederzusehen. Die zwei Gruppen trennen sich. Der Händler und seine Wachen gehen weiter den Weg entlang. Foleras, Reavaer und Firin betreten vorsichtig das Gras. Firin winkt Palozo noch mal hinterher. „Mach's gut, Schlurfie", ruft sie noch hinterher, woraufhin ein lautes Lachen aus der Richtung zu vernehmen ist.

Entdeckungen

Unter der Anleitung von Foleras geht die Gruppe über das Gras. Es sieht seltsam aus, wie die Drei über das Gras waten. Sie machen zwar normale Schritte, aber achten darauf, immer senkrecht auf die Gräser zu steigen. Das machen sie so lange, bis am Waldrand kein Gras mehr wächst und sie auf Erde stehen. „Warum genau müssen wir so seltsame Schritte machen, dass wir immer senkrecht auf das Gras treten?", fragt Reavaer, als sie vor dem Wald ankommen. „Wenn man normal geht, besteht die Gefahr, dass man die Erde unter dem Gras aufwühlt, und das mag das Gras gar nicht. Das Drauftreten selbst macht dem Gras komischerweise nichts aus. Ach ja, und noch ein Hinweis am Rande: Steht dem Gras nicht zu lange in der Sonne, sonst wird es messerscharf. Deshalb gibt es hier auch keine anderen Pflanzen. Wenn sie etwas überragt, werden die Gräser scharf wie Klingen und bei einem Windstoß wird die konkurrierende Pflanze abgeschnitten. Das passiert aber bei Maginar kaum, denn es dauert mindestens einen Tag, bis sie vom Schatten gestört werden", erklärt Foleras ausführlich. „Seid besonders vorsichtig bei unscheinbaren Gewächsen im Wald. Moos zum Beispiel verhält sich genau gegenteilig zum Gras. Wenn Ihr einmal unachtsam seid und eine kleine Pflanze Euch aus dem Gleichgewicht bringt, stolpert Ihr in eine andere Pflanze und letzten Endes könntet Ihr eingewickelt von Wurzeln enden oder hochkantig mittels eines Windstoßes aus dem Wald direkt in das Unleben geschleudert werden", warnt er die beiden weiter vor den Gefahren des Waldes. Reavaer und Firin nicken nur stumm zurück. „Hm, da fällt mir ein: Wir kommen nicht drum herum, das eine oder andere Mal einen Baum anzufassen. Das könnte gefährlich werden. Ich sollte Euch beibringen, wie man das relativ gefahrlos macht", fällt Foleras ein, bevor er den Wald endgültig betreten will. Froh darüber, sich noch rechtzeitig erinnert zu haben, geht er zum nächstbesten Baum. „Man kann die Reaktion von so gut wie allen Bäumen vorhersehen. Bei anderen Gewächsen ist es nicht so offensichtlich, aber das nur am Rande. Also das hier ist ein Laubbaum. Das heißt, er wird Euch mit Wind oder Wurzeln abwehren. Ein Nadelbaum wird Euch mit seinen Nadeln beschießen. Wenn Ihr Euch wirklich an dem Baum abstützen müsst, dann versucht, ihn nicht zu klatschen oder zu schlagen. Seine Reaktion wird heftig sein. Legt die Hand langsam an den Baum. Wenn Ihr das richtig macht, kommt keine Reaktion." Foleras macht es vor und legt seine Hand ganz langsam flach auf den Baumstamm. „Ich benutze immer ein wenig Transfusions-Magie, wenn ich mit Pflanzen zu tun habe. Das muss man etwas üben, aber dann kommt man einigermaßen sicher durch einen Wald." Dann nimmt er die Hand vom Baum und lässt die anderen probieren. Reavaer tritt als Erster vor, er macht es genauso wie Foleras. Bei ihm klappt es jedoch nicht so reibungslos. Er wird mit einem Windstoß vom Baumstamm weggeschleudert. Er landet einen Schritt weit entfernt auf seinem Hintern. Firin kichert, als Reavaer niedergeworfen dasitzt. „Für das erste Mal war das nicht so schlecht. Das war eine harmlose Reaktion. Die einzige Gefahr, die daraus entstehen könnte, wäre, wenn du dadurch unkontrolliert in einen anderen Baum oder eine sonstige Pflanze fallen oder stolpern würdest", warnt Foleras weiter, während sich Reavaer wieder aufrappelt. Danach tritt Firin vor den Baum. Sie legt ihre Hand genauso wie Foleras auf den Stamm. Es scheint, als ob dieser gar nicht auf sie reagiert. „Au weia!", jammert sie laut auf. Bevor die zwei Magonar fragen können, was los ist, treffen Firin drei Explosionen. Reavaer und Foleras halten sich die Arme vor den Kopf, um diesen zu schützen. Die Wucht der Explosionen lässt sie zurück straucheln. Sie geraten aus dem Gleichgewicht und humpeln vier Schritt zurück. Sie fangen sich gerade noch vor der Grenze, an der das Gras anfängt. Reavaer nimmt die Arme hinunter und schaut hastig zum Baum zurück. Firin steht nicht mehr da, stattdessen hört man sie von oben laut kreischen. Er schaut hoch und sieht, wie sie dabei ist, wieder zu Boden zu fallen. Reavaer streckt seine Hand nach vorne aus. Firin schwebt daraufhin liegend in der Luft. Reavaer entspannt sich wieder. Firin kommt in der Position, in der sie gerade in der Luft liegt, zurück zu den beiden geschwebt. Nun schaut sich auch Foleras um und sieht, wie sich Firin durch die Luft bewegt. Als sie direkt vor Reavaer zum Halten kommt, sieht er, dass sie auf einer unregelmäßigen Eisplatte liegt. Reavaer sieht sich sofort den Zustand der Kleinen an. Er untersucht Arme, Beine und Gesicht auf Verbrennungen. „Scheint alles in Ordnung zu sein, keine Spuren von Verletzungen", berichtet er, woraufhin Foleras erleichtert aufatmet. „Ooh, mir ist schwindelig, ich habe mich so oft gedreht", quietscht sie liegend. Reavaer hebt sie von der Plattform herunter auf die Beine. Die Eisplatte zerfällt und verschwindet daraufhin wieder. „Was ist passiert?", fragt Reavaer vor ihr kniend. „He he, na ja, der Baum hatte mich kaum wahrgenommen. Dann wollte ich mich aber mit ihm verbinden, um Freundschaft zu schließen. Das wollte er wohl nicht ...", berichtet die Kleine peinlich berührt. „Aber du kannst dafür sorgen, dass die Bäume nicht auf dich reagieren?", will Reavaer noch einmal genau wissen. Firin nickt, geht zum Baum zurück und legt ihre Hand wieder auf den Stamm. „Seht Ihr? Keine Reaktion." Dann nimmt sie die Hand wieder weg. Foleras seufzt erleichtert. „Wie auch immer du dich mit dem Baum anfreunden wolltest, das solltest du üben, wenn wir wieder sicher aus dem Wald gekommen sind. Ansonsten wären wir bereit, den Wald zu betreten", macht Foleras der Kleinen deutlich. Dann sucht sich die Gruppe einen möglichst geeigneten Eingang zu dem Wald. Sie suchen eine Stelle am Waldrand, an der die Bäume möglichst weit auseinander stehen. Dort gehen sie langsamen Schrittes hinein. Sie gehen hintereinander, wobei Foleras die Führung übernimmt. Die Augen gewöhnen sich langsam an die dunklere Umgebung. Fasziniert sehen sich Reavaer und Firin um. Foleras konzentriert sich mehr auf den Weg in den Wald. „Seid vorsichtig, nicht auf Wurzeln treten, die aus der Erde ragen", warnt er, als er eine Baumwurzel, die aus dem Erdboden entspringt, wegtritt. Brav gehen die beiden ihm hinterher. Firin geht hinter Foleras her und Reavaer folgt als letzter in der Reihe. Die Abstände zwischen den Bäumen werden immer enger, je weiter die Drei in den Wald gehen. Damit kein Unfall geschieht, treten die zwei in Foleras' Fußstapfen. Es geht nur langsam voran, weil die Bäume breiter werden und folglich der Abstand zwischen ihnen geringer. Außerdem müssen sie auf einzelne Pflanzen achten und diese umgehen. Die Bäume werden höher, moosiger und von Kletterpflanzen behangen. Die Luft wird feuchter und es wird allgemein heißer, je weiter sie in den Wald gehen. Es wird immer schwieriger, sich einen Weg in den Wald zu bahnen. Foleras muss Transfusions-Magie benutzen, um Pflanzen zu betäuben, damit man diese aus dem Weg drücken kann, um vorwärts zu kommen. Moos muss mit der Schuhspitze weggeschoben werden, damit man eine Auflagefläche für den Fuß hat. Plötzlich hält Foleras an und bleibt in der Bewegung erstarrt stehen. Nach einem Augenblick, in dem er konzentriert in eine Richtung starrt, zeigt er mit der Hand in diese Richtung. Firin und Reavaer schauen zu der Stelle, auf die Foleras zeigt. Man kann es nicht genau erkennen, doch es bewegt sich etwas zwischen den Bäumen. „Ich kann …", spricht Firin laut los. Foleras legt ihr blitzschnell eine Hand auf den Mund, um sie am Weitersprechen zu hindern. „Hier nur noch flüstern", gibt er ihr mit gedämpfter Stimme direkt ins Ohr zu verstehen. Sie nickt und Foleras nimmt seine Hand wieder von ihrem Mund. „Ich konnte nichts sehen", gibt sie diesmal im Flüsterton zu verstehen. „Ich habe auch nur eine Bewegung gesehen. Wir müssen langsam und vor allem leise sein. Wir wollen die Bewohner des Waldes beobachten. Aber leider flüchten diese vor Fremden wie uns oder greifen uns womöglich an", spricht er mit gedämpfter Stimme zu den beiden. „Ich habe es auch gesehen und es ist in diese Richtung gehuscht", antwortet Reavaer leise, dabei zeigt er in eine Richtung, in der es noch enger wird. Seufzend macht sich Foleras in die Richtung. auf Wieder die Schlingpflanzen und Unkraut mit Transfusions-Magie betäubend, wuseln sie sich zwischen den Bäumen hindurch.

Nach einer Weile werden vermehrt Bewegungen durch das Gehölz hörbar. Sie folgen den Geräuschen und immer wieder mischen sich Zischlaute unter die Geräusche. Bald sehen sie die Quelle des Rauschens und Zischens. Es ist eine Ansammlung von Schlangen-Magrennar. Sie sind nicht leicht zu erkennen, ihre Farben sind grün und braun und somit gut an die Waldumgebung angepasst. Die Magrennar haben die Gruppe noch nicht bemerkt. Sie schauen gespannt zu den Schlangenwesen, denn genau so eine Ansammlung haben sie gesucht. Foleras stupst die zwei an und weist auf einen kleinen Hügel in der Nähe. Die Drei machen sich auf, um auf den Hügel zu steigen, um einen besseren Blick auf die Magrennar zu haben. Hintereinander erklimmen sie den Hügel. Dieser ist zwar bewachsen, aber sie finden einen kleinen erdigen Fleck, der frei von Pflanzen ist. Dort legen sie sich auf die Lauer mit direkter Sicht auf die Schlangen-Magrennar. „Genau das, was wir gesucht haben. Das ist eine Siedlung. Dort sind sogar einfache Unterkünfte aus Ästen, Moos und Blättern. Das habe ich schon einmal in einem Buch von Jockaru gesehen", flüstert Foleras zu den anderen. Am liebsten würde er näher herangehen, um mehr zu erkennen, aber er will unentdeckt bleiben. „Das ist schwerer, als ich gedacht habe. Wir sehen die Magrennar von hier, aber was dort genau vor sich geht, kann ich nicht erkennen. Jockaru muss bei seinen Beobachtungen einen Trick oder ein Geheimnis gehabt haben, wie er sie so gut studieren konnte", beschwert sich Foleras. Obwohl sie auf einem Hügel sind, ist der Wald bis zu der Schlangen-Magrennar-Ansammlung sehr dicht und undurchsichtig. Reavaer wendet seinen Blick von den Magrennar ab. Er schaut erst nachdenklich drein, dann sieht er sich in alle Richtungen und auch nach oben um. „Ich habe eine Idee. Betäub bitte diese zwei Bäume, bis ich fertig bin", wendet sich Reavaer mit einer Bitte an Foleras und zeigt dabei auf zwei Bäume seitlich von ihnen. Foleras weiß nicht, was Reavaer vorhat, wenn es ihnen aber bei der Beobachtung hilft, will er die Bitte erfüllen. Er kniet sich zwischen die beiden Bäume und zieht sich die Schuhe aus. Mit direktem Kontakt der Füße zu der Erde streckt er jeweils eine Hand zu je einem Baum aus. Er beginnt, seine Magie zu wirken, indem er die Augen schließt und tief durchatmet. Reavaer wartet kurz, bis sich die Magie von Foleras entfalten kann und die magische Kraft, die er den Bäumen entzieht, durch die Füße in den Boden geleitet wird. Dann fängt er an, selbst Magie zu wirken.

Er erschafft einen länglichen Stab aus Eis, der sich auf eine Säule auf den Boden stützt und durch Verbindungen zu den betäubten Bäumen stabilisiert wird. Firin weiß damit nichts anzufangen. Aber es bleibt nicht dabei, denn aus dem Stab wächst die Säule weiter und ein weiterer Stab entsteht in einem halben Schritt Abstand. Danach kommen noch weitere erhöhte Stäbe, die weiter nach oben ragen. Langsam entsteht eine Leiter. Als Reavaer die Leiter etwa zehn Schritte hoch gebaut hat, macht er eine Plattform. Diese bekommt eine dicke, stabile Säule und die Stabilisierungen zu den Bäumen sind auch breiter. „Das reicht, ich bin fertig", richtet er sich an Foleras, als er mit der Konstruktion zufrieden ist. Foleras beendet seine magische Wirkung auf die Bäume und öffnet die Augen. Gespannt schaut er sich an, was mit seiner Hilfe entstanden ist. „Oh, interessant. Praktisch ist es auf jeden Fall. Ideal wäre es jedenfalls, wenn die Magrenner dieses Gebilde ignorieren würden", kommentiert Foleras den Aufbau. „Da wir nördlich über der Siedlung sind, werfen wir keinen Schatten auf sie. Wir sollten gleich hinauf, denn ich will die Leiter entfernen, wenn wir oben sind. Seid aber vorsichtig, die Stäbe sind glatt wie Eis", fordert er die anderen auf. Reavaer geht als Erster vor. Die Leiterstufen sind wirklich glatt, so klammern sie ihre Finger regelrecht um die kalten Stäbe. Schließlich kommen alle oben auf der großen Plattform an. „Brrr, es ist kalt. Auf Dauer können wir so nicht daliegen", beschwert sich Firin, als sich alle Drei mit dem Kopf über den Rand der Plattform legen, um nach unten zu sehen. Foleras kramt daraufhin in seinem Beutel und nimmt die Decke heraus, auf der er in der Nacht geschlafen hat. Sie legen die Decke quer unter sich und liegen so abgeschirmt von der Kälte auf der eisigen Plattform. Reavaer schaut noch einmal nach hinten und mit einer Handbewegung verschwindet die Leiter zu der obersten Plattform.

Dann machen sie es sich noch etwas gemütlich und legen ihre Taschen beziehungsweise Rucksäcke unter die Arme und Ellenbogen, um länger liegen bleiben zu können. Schließlich können sie richtig mit der Beobachtung der Magrennar beginnen. „Seht die tolle Aussicht. Wir können sogar in die Behausungen hineinsehen. Seht, in jeder liegt eine Schlange um ein Ei gewickelt", teilt Foleras gleich seine erste Entdeckung. Reavaer und Foleras können alles, was dort vor sich geht, leicht sehen. „Wie könnt Ihr das erkennen?", hadert Firin noch etwas mit ihrer nicht ausreichenden Weitsicht. „Gib deinen Augen noch etwas Zeit, um sich an die Lichtverhältnisse anzupassen", versucht Reavaer, sie zu beruhigen. Ungeduldig wippt sie liegend die Beine auf und ab, bis sie besser sehen kann, was unten vorgeht. „Ah, ich sehe die Eier. Meint Ihr, wir können mal eines aus der Nähe sehen?" Sie fixiert sich nun auf die Eier. „Das kann gut sein, wenn wir geduldig und aufmerksam bleiben. Vielleicht erwischen wir einen Zeitpunkt, wenn ein Ei unbeobachtet ist, und können es uns genauer ansehen. Die Magrennar dürfen uns aber auf keinen Fall bemerken", mahnt Foleras noch einmal ausdrücklich. Firin schnaubt genervt über die strengen Regeln bei der Beobachtung. Als nächstes achten die Drei auf die Verständigung der Schlangen-Magrennar. „Hört Ihr diese Zischlaute? Im ersten Moment hören sie sich alle gleich an. Aber nach einer Weile hört man Unterschiede. Die einzelnen Zischlaute klingen anders und sind auch unterschiedlich lang. Ich denke, sie sprechen dadurch genau wie wir, nur drücken sie die Dinge anders aus." Reavaer stellt eine Theorie auf. „So etwas hat Jockaru auch behauptet. In einer seiner Schriften stand, sie benutzen andere Wörter für die Dinge, die sie beschreiben. Ich konnte mir bisher gar nicht vorstellen, wie es möglich ist, dass andere Worte als unsere gesprochen werden. Wenn ich das hier nicht sehen und hören würde, könnte ich es immer noch nicht glauben", flüstert Foleras begeistert zu den beiden. „Es reicht, wenn es sich ein einziger Magi vorstellen kann. Dieser kann die Worte lernen, sein Wissen teilen und sich vielleicht sogar mit den Magrennar verständigen. Mauern der Unwissenheit sind allein zwar schwer einzureißen, aber darüber klettern kann jeder." Reavaer gibt eine Weisheit von sich und bringt Foleras ins Grübeln. Firin wird damit beauftragt, die Magrennar im Allgemeinen im Auge zu behalten, um neue interessante Dinge zu entdecken. Foleras und Reavaer konzentrieren sich unterdessen mehr auf die Verständigung der Magrennar. Sie wollen zumindest verstehen, wie sie Informationen untereinander mit ihren Zischlauten weitergeben. Die Drei schauen und tauschen sich flüsternd in ihrem Hochsitz aus und Foleras macht auf mitgebrachtem Papier einige Notizen. Als es dunkel und kühler wird, können die Drei beobachten, wie sich die Schlangen für die Nachtruhe in ihre kleinen primitiven Behausungen nebeneinander und auch teilweise übereinander zusammenrollen. Da dort unten nichts mehr Großartiges passieren wird, beschließt Foleras, sich auch schlafen zu legen. Wieder schnaubt Firin genervt. „Schon wieder so viel Zeit, in der es ruhig und langweilig ist. Und jetzt sitzen wir sogar hier fest", beschwert sie sich mit dem Gesicht auf ihrer Tasche liegend. „Man kann nie wissen, die spannendsten Sachen passieren, wenn man es am wenigsten erwartet", hält Reavaer dagegen und schaut trotz der Dunkelheit gespannt nach unten. „Wie dem auch sei, weckt mich, wenn etwas passiert", fordert Foleras noch, bevor er sich zur Seite legt und einschläft.

Zurückgelassen

Am nächsten Tag wacht Foleras auf, als ihm bereits die Sonne auf das Gesicht scheint. Er möchte sich strecken, dabei trifft er etwas mit der Faust. Erschrocken schaut er sich um. Eine Kuppel aus unregelmäßigem, halb durchsichtigen Eis liegt über den Dreien. „Warum sind wir auf einmal überdacht?", fragt er, als er zu Firin und Reavaer hinüberschaut. Während Firin weiter nach unten sieht, schaut Reavaer auf und zeigt hinter Foleras. Dieser dreht sich um und sieht die Umrisse von zwei Schlangen-Magrennar außerhalb der Kuppel. „Haben sie uns etwa bemerkt?" Foleras klingt panisch, er fürchtet, dass sie die Magrennar nicht mehr unter natürlichen Bedingungen beobachten können. „Ich denke nicht. Sie sind nur neugierig auf das Eis", beruhigt Reavaer gelassen. Die Schlangen-Magrennar außerhalb der Kuppel sind um den Baumstamm gewickelt und schauen neugierig auf das Eis. Sie berühren die Oberfläche, aber lassen sofort wieder ab. „Na, hoffentlich kommen sie nicht hier rein." Foleras befürchtet, sie könnten die Kuppel irgendwie überwinden oder in die Beobachtungsöffnung an der Unterseite hinein. „Ich vertraue einfach darauf, dass sie das Interesse verlieren. Sie mögen Kälte überhaupt nicht und reagieren sehr empfindlich auf das Eis", erklärt Reavaer gelassen. „Wie haben die das Eis überhaupt aufgespürt?", möchte Foleras genauer wissen. „Sie haben nach dem Aufwachen die Eis-Säule bemerkt, auf der die Plattform steht. Dieser sind sie auf den Baum gefolgt. Seitdem sind sie draußen. Die sind wohl genauso neugierig wie wir." Diese Aussage beruhigt Foleras. Er hatte befürchtet, die Schlangen hätten sie als Eindringlinge gewittert. „Firin hat auch eine Entdeckung gemacht. Sag es ihm", fordert Reavaer Firin auf, ihre Erkenntnis mitzuteilen. „Ach, so besonders ist das nicht, schließlich kann es jeder sehen." Auf die Aussage von Firin schaut Foleras noch mal hinab.

Er erkennt aber nicht, was sie meint. „Also ich sehe nicht, was du meinst. Sagst du es mir bitte?" Foleras schaut ahnungslos zu Firin. „Ähm, na ja, schau die Hütten der Magrennar, die sie gebaut haben. Sie sind alle auf derselben Seite offen. Als die Sonne aufgegangen ist, hat das Licht direkt in jede einzelne Hütte geschienen. Dann sind sie aufgewacht. Es schien so, als ob sie die Sonne bräuchten, um aufzuwachen", erzählt sie, während sie erst auf die Hütten und dann auf die Sonne zeigt, die direkt zwischen den Bäumen in die Hütten scheint. „Das ist wirklich interessant. Wahrscheinlich ist das sogar eine sehr wichtige Entdeckung. Das könnte bedeuten, dass sie die Wärme der Sonne dringend benötigen. Vielleicht können sie selbst keine Wärme erzeugen. Folglich könnte es sein, dass sie keine Feuer-Magie wirken können. Das ist gar nicht mal so unwichtig", spekuliert Foleras drauflos. Firin grinst nur verlegen auf Foleras' Lob.

Plötzlich kommt Bewegung in die Siedlung. Die Schlangen richten sich auf und wenden sich alle in dieselbe Richtung. Einzelne Schlangen kommen aus dem Dickicht in die Siedlung und zischen aufgeregt zu den anderen Bewohnern. Sogar die Schlangen auf dem Baum vor der Eiskuppel winden sich hinunter. Die größten und stärksten Bewohner geben, wie es scheint, Anweisungen und zeigen in verschiedene Richtungen. Die Anführer bleiben zurück in der Mitte der Siedlung, während die anderen sich auf die Lauer legen. Sie klettern auf Bäume, legen sich hinter Büsche und verstecken sich im Unterholz, damit sie allesamt mit der Umgebung verschmelzen. Die Schlangen, die sichtbar in der Siedlung geblieben sind, werden sichtlich nervös. Dann bewegt sich auch schon das Gehölz vor ihnen. Andere Magrennar-Gestalten springen auf sie zu und landen vor ihren Augen. Die Drei auf dem Ausguck sehen mehrere Tiger-Magrennar. Sie sind sehr muskulös und viel größer als die Schlangen. Die Schlangen-Magrennar weichen nicht zurück, obwohl sie von den Tigern laut angebrüllt werden. Stattdessen fächert sich bei allen Schlangen der Nacken zu einem Schild auf. Die Schlange ganz vorne zischt zurück und schon wird diese von einem der Tiger angegriffen. Dieser möchte sie mit einem Prankenhieb erwischen. Die Schlange weicht aus, indem sie ihrerseits auf den Tiger zuspringt und sich mit ihrem Körper um die Hüfte ihres Feindes wickelt. Gleichzeitig versucht sie, ihn zu beißen, doch der Tiger bringt noch eine Pfote zwischen Schlange und sich, um die Zähne der Schlange von sich fernzuhalten. So rangeln die beiden stehend, dann rollend herum. Die anderen Tiger-Magrennar greifen ebenfalls an. Manche landen Treffer bei Schlangen, andere geraten ebenfalls ins Rangeln. Wieder andere werden aber von den versteckt lauernden Schlangen mit Giftpfeilen aus dem Maul bespuckt und getroffen. Die Tiger sind jedoch schnell und können ausweichen und klettern. So tobt eine Schlacht mit Gezische und Gebrüll. Die Tiger setzen auf ihre Schnelligkeit und Stärke. Die Schlangen wiederum halten mit Reflexen und Gift dagegen.

„Das scheint ein Revierkampf zu sein. Der Gewinner darf bleiben, der Verlierer muss von dannen ziehen", vermutet Foleras zu dem Kampf, der unter ihnen tobt. „Haben die Tiger nicht genug Platz? Es sieht nicht so aus, als ob sie überlegen wären. Sie bekommen mächtig einen auf den Deckel. Sind ihnen die Verluste das wert?", möchte Firin wissen. „Schon möglich, dass sie entweder gerade gar keinen Platz in dem Wald hier haben oder dass sie ihren Lebensgrund erweitern möchten. Auf jeden Fall sind ihnen die Verluste es wert, sieh mal, wie verbissen sie kämpfen", spinnt Foleras seine Vermutung weiter. „Kann ich da ein wenig mitmischen? Ich will mich sowieso etwas bewegen", fragt Firin vorsichtig. „Auf keinen Fall, wir dürfen uns nicht einmischen. Das ist eine einmalige Gelegenheit, einen Revierkampf und dessen Ausgang mitzuerleben. Außerdem ist das hier die natürliche Ordnung. Wir würden es wohl für beide Seiten nur schlimmer machen, wenn wir Einfluss auf den Kampf nehmen", mahnt Foleras an Firin gewandt. Diese grummelt, macht aber keine weiteren Anstalten. So geht die Schlacht eine Weile weiter. Die Tiger können die Oberhand nicht gewinnen. Je mehr sie von den Schlangen mit den Giftpfeilen oder Zähnen getroffen werden, umso mehr verlieren sie an Kraft oder das Bewusstsein komplett. Manche Schlangen ziehen sich zwar schwere Wunden zu und können nicht weiterkämpfen, aber da sie auch die Möglichkeit haben, aus der Ferne anzugreifen, sind ihre Verluste geringer. Als der Anführer der Tiger zu Boden geht, ziehen sich die anderen Tiger zurück. Sie nehmen die Kampfunfähigen und ins Unleben beförderten Artgenossen mit. Die Schlangen wiederum machen sich nicht die Mühe, die Tiger zu verfolgen. Sie kümmern sich ihrerseits um die Verletzten und Unlebenden. Die Gesunden kümmern sich um die Verletzten. Die Verletzten wickeln sich zumindest um die Eier. Diese sind heil geblieben. Die Unlebenden werden an einem Ort gesammelt. An diesen wird schnell und nicht gerade feierlich eine Lösung durchgeführt und die Körper werden schließlich verscharrt. „Schaut, wie sie die Verletzten behandeln. Was bringen sie da? Ist das ihre abgestreifte Haut?", fragt Foleras ungläubig. „Tatsächlich, es ist alte Haut. Diese legen sie auf die Wunden und … träufeln Spucke darüber? Die sind ja sehr kreativ, aber anscheinend funktioniert es. Sie machen es bei allen Verletzungen, egal ob Kratzer oder tiefe Wunde", gibt Reavaer zurück. Firin interessieren die Heilungsmethoden der Schlangen-Magrennar nicht und sie sieht sich in der Siedlung um. „Seht da unten, in der Behausung ist niemand, das Ei liegt da allein." Firin zeigt auf ein einsames Schlangen-Ei, um das sich niemand kümmert. „Oh, das ist aber traurig, die Verwandten müssen wohl den Tigern zum Opfer gefallen sein. Es könnte sein, dass das Kleine dort wohl nicht ausschlüpft, wenn es nicht richtig ausgebrütet wird", spekuliert Foleras. Es scheint wirklich kein anderer Magrennar dort Interesse an dem Ei zu haben. „Wenn keiner hinsieht, müssen wir es uns schnappen, dann brüte ich es aus." Firin klingt ganz aufgeregt. „Du willst das Ei? Und dann auch noch ausbrüten? Wozu?" Überfordert kratzt sich Foleras am Kopf. „Du willst doch etwas lernen. Uns wird hier ein Ei eines Magrennar-Volkes vor die Nase gelegt. Wenn wir dieses Ei ignorieren und es nicht geboren wird, haben wir erst recht nichts gelernt", argumentiert Reavaer mit etwas getrübter Stimme wegen des Desinteresses an dem Ungeborenen. Firin nickt energisch zu Foleras. „Das hat nur bisher keiner getan, sich um einen kleinen Magrennar zu kümmern. Es könnte sein, dass Ihr angegriffen werdet. Vielleicht könnt Ihr wegen der Glanzsteine auch nicht mehr in Dörfer oder Städte", äußert Foleras seine Bedenken. „Grundsätzlich habe ich nichts dagegen. Nur ob es den Aufwand wert ist", fügt er noch hinzu. „Das wird schon irgendwie gehen", wirft Firin selbstsicher hinterher. Derweil schaut Reavaer ganz genau auf das einsam daliegende Ei. „Was ist denn? Hast du etwas gesehen?", fragt Firin gleich eifrig nach. „Oh … ähm, nein, nichts Besonderes. Ich dachte nur, dass dieses Kleine im Ei wohl niemanden mehr hat. Und sich von der Sippe auch keiner um es kümmern wird." Anfangs stockt Reavaer ertappt, dann schwingt Bedauern in seiner Stimme mit.

Die Drei warten auf eine günstige Gelegenheit, um aus dem Versteck zu springen und sich klammheimlich das Ei zu schnappen. Allerdings findet sich keine Möglichkeit, bis sich die Schlangen zum Schlafen in die Behausungen legen. Wie sie vermutet haben, kommen keine Magrennar, um sich zu dem Ei zu legen, es bleibt alleine, als die Sonne untergeht. In der Abenddämmerung ist absolute Ruhe in der Siedlung eingekehrt. „Jetzt ist endlich die Gelegenheit gekommen, ich hoffe, dem Ei geht es noch gut." Firin klingt voller Tatendrang und möchte direkt aus dem Spalt gleiten, um hinunter auf den Boden zu kommen. „Warte, wir dürfen sie nicht wieder aufschrecken. Wenn du dort unten landest, werden sie vielleicht wieder aufwachen. Wir müssen behutsam vorgehen", hält Reavaer sie auf. Dann schaut er über sie auf die Eiskuppel. Diese bekommt Risse und ein quadratischer Teil bricht über Firin heraus. Es schwebt dann vor ihr her. „Zieh dich auf die Scherbe, dann lasse ich dich langsam hinunter. Du schnappst es dir und drehst dich auf den Rücken", gibt er der Kleinen Anweisungen. Sie krabbelt gleich los und zieht sich auf die leicht gewölbte Eisscherbe. Sie hält sich am Rand fest, als Reavaer sie langsam nach unten schweben lässt. Auf halbem Wege wird die Scherbe langsamer, da ihm das Einschätzen der Entfernung schwerfällt. Firin gibt ihm Handzeichen, wo er hinsteuern soll. Es sind behelfsmäßige Fingerzeige in die gewünschte Richtung. Langsam, aber sicher kommt Firin direkt neben dem Ei an. Das Objekt der Begierde erweist sich als recht schwer. Sie muss kräftig ziehen, um das Ei, das etwa so groß ist wie ihr eigener Oberkörper, zu sich wuchten zu können. Das Ei auf ihr umklammernd gibt sie ein einfaches Handzeichen, um ihre Bereitschaft zu zeigen, zurückzukommen. Reavaer lässt das Eis, auf dem Firin liegt, zurück nach oben schweben. Er kippt die leicht gewölbte Eisfläche vorsichtig auf, damit Firin zurück auf die Decke auf dem Hochsitz rutscht. „Da haben wir es, zum Glück ist es unbeschädigt und sogar noch warm", berichtet sie eifrig, immer noch das Ei umklammernd. Foleras untersucht das Ei, als es in seiner Nähe ist, mit Augen und Händen. Währenddessen löst sich der Eissplitter, auf dem Firin vorher transportiert wurde, auf. Danach erschafft Reavaer das Stück des Daches der Kuppel, das herausgebrochen wurde, neu. „Die Oberfläche des Eies ist absolut glatt. Wahrscheinlich, weil bei überflüssiger Fläche Wärme verloren geht. Die Schale scheint dick zu sein, vielleicht kann sie Wärme gut speichern. Mal sehen, wie das Kleine sich aus der Schale befreit, wenn es so weit ist", analysiert Foleras gleich, was er sehen und fühlen kann. Da in der Siedlung nichts los ist, beschäftigen sich die Drei ausschließlich mit dem Ei. Sie tasten die gesamte Oberfläche auf Beschaffenheit und Schwachstellen ab. Auch legen sie die Ohren an die Schale, um etwas von drinnen zu hören, was aber wegen der Dicke der Eierschale nicht gelingt. Foleras schreibt sich alles auf seinen Zettel auf, doch halten sich ihre Erkenntnisse in Grenzen, da sie weder Erfahrung noch irgendwelches Werkzeug zum Erforschen haben. Als es später wird, will Foleras wieder schlafen. Um das Ei warm zu halten, macht er mit Firin aus, dass sie das Ei zwischen sich legen und beide die Arme darumlegen. Firin hat ohnehin kein Interesse an der stillen Siedlung und sie beschäftigt sich nur noch mit dem Ei. Reavaer widmet sich in der Zeit den Magrennar unten, in der Hoffnung, doch etwas Interessantes zu sehen.

Aus dem Wald

Am nächsten Morgen wacht Foleras abgewendet vom Ei auf. Die umarmende Position war auf Dauer wohl zu unbequem. Er legt sich wieder auf den Rücken und streckt sich. Diesmal geht es besser als noch am Tag zuvor. Die Kuppel wirkt höher. Den Grund dafür sieht er auch gleich. Firin liegt oben auf dem Ei. „Ho, die Schale muss ja sehr stabil sein. Ich hoffe, du hast dich nicht einfach drauf geworfen", äußert Foleras Bedenken über Firins Position. „Nein, ich habe es vorsichtig probiert. Keine Sorge, die Schale ist mehr als stabil", versucht sie, seine Bedenken zu zerstreuen. Foleras ist zwar nicht überzeugt, doch da bisher nichts passiert ist, lässt er sie dort liegen, wie sie ist. Dann wendet er sich nach unten. „Gibt es etwas Neues aus der Siedlung?", fragt er die beiden zu den Schlangen-Magrennar gewandt. „Das Fehlen des Eies hat sie so gut wie gar nicht interessiert. Aber auf die Säule für unsere Plattform waren sie neugierig. Sie haben sogar kurz versucht, sie zu zerstören. Das ist ihnen nicht gelungen, aber ich habe das Gefühl, dass es für sie so eine Art schlechtes Omen darstellen könnte. Wenn solche Kämpfe wie gestern nicht oft vorkommen und sie unser Auftauchen mit dem Angriff der Tiger in Verbindung bringen, werden sie aggressiv", gibt Reavaer einen vollständigen Bericht ab, was bis jetzt passiert ist. „Dann sollten wir nicht mehr allzu lange bleiben. Meine Vorräte gehen ohnehin zur Neige. Deshalb sollten wir uns heute, wenn es dunkel wird, von dannen machen." Firin und Reavaer stimmen dem Plan von Foleras zu, sich heute zurückzuziehen. Sie wollen jedoch noch so viele Eindrücke und Erkenntnisse über die Magrennar mitnehmen wie möglich, solange sie da sind. „Sie erholen sich wohl immer noch von dem Angriff gestern. Was machen denn die gesunden Schlangen da?", fragt Foleras gleich mal, als er die Ruhe in der Siedlung sieht. „Es scheint, als würden die Gesunden für die Verletzten Nahrungsmittel heranschaffen. Sie sammeln kleine Tiere und Insekten, die die Kranken dann essen. Bei so viel Hilfsbereitschaft ist es verwunderlich, dass sie sich nicht um das einsame Ei gekümmert haben." Die Ironie in Reavaers Stimme ist deutlich herauszuhören. „Das könnte aber beweisen, dass Magrennar eine Art Kultur haben. Es könnte einfach so sein, dass es verpönt ist, sich um die Eier anderer zu kümmern. So seltsam es für uns erscheint, für sie hat sich diese Lebensweise wohl bewährt", spekuliert Foleras gleich. Solange sie keine andere Erkenntnis gewonnen haben, müssen sie erst einmal diese Erklärung annehmen.

Den Rest des Tages passiert nichts Großartiges mehr. Die gesunden Magrennar bringen Nahrungsmittel in Form von Kleintieren herbei, während sich die Verletzten bedienen lassen und sich auf ihre Genesung konzentrieren. Manche sind schon wieder so weit gesund, dass sie ihre Behausungen reparieren und erneuern können. Dazu werden sammeln die Schlangen Äste und Blätter vom Boden. Diese werden zwar von allen verfügbaren Magrennar gesammelt, aber nur von bestimmten Bewohnern in die Behausungen verbaut und eingeflochten. „Seht Ihr dasselbe, was ich sehe? Sie haben spezialisierte Handwerker. Alle helfen mit, die Äste und Blätter vom Boden zu sammeln, aber nur zwei von ihnen verwenden diese. Sie haben tatsächlich handwerkliche Spezialisierungen, noch ein Beweis für Kultur." Folares klingt bei der Erkenntnis sehr aufgeregt. Er wird beinahe schon so laut, dass die Magrennar ihn hören könnten. Firin wendet sich ihm zu und hält sich einen Finger vor den Mund als Zeichen, dass er leiser sein soll. Foleras beruhigt sich wieder, nachdem er tief eingeatmet hat. „Am faszinierendsten ist für mich, dass sie einfach so auf Bäume klettern können. Sie bewegen sich so frei, wie sie wollen, solange die Bäume nicht beschädigt werden. So haben sich die Bäume und die Magrennar aneinander gewöhnt und stehen sich nicht im Weg. Und dabei sind nicht nur die Schlangen-Magrennar gemeint. Die Tiger haben sich ebenso wenig Sorgen wegen der Bäume gemacht. Von so einem Miteinander mit der Natur können Maginar nur träumen", gibt Reavaer seine Meinung zum Besten. Foleras und Firin stimmen schweigend zu. „Mich würde interessieren, ob die Schlangen auch andere Magrennar-Siedlungen angreifen, um ihr Gebiet zu vergrößern", kommt es plötzlich von Firin. „Sie sahen ziemlich kampferfahren aus, meint Ihr nicht? Sie konnten sich gut verteidigen. Deshalb dachte ich, dass sie auch gut im Angreifen sind. Hier hatten sie den Vorteil, dass sie sich vorbereiten und verstecken konnten." Die beiden erwachsenen Magonar schauen sie wegen ihrer nüchternen Analyse des Kampfes verdutzt an. „Ein guter Gedanke. Beide Völker hatten ihre ganz eigenen Arten, zu kämpfen. Sie haben sogar eine Art der Wundversorgung entwickelt. Das alles spricht dafür, dass sie oft und aus verschiedenen Gründen kämpfen. Nicht nur um zu jagen, sondern auch um andere Völker anzugreifen für ihren Lebensraum sowie um sich gegen andere Völker zu verteidigen, um ihren Lebensraum zu behalten." Foleras spricht seine Gedankengänge laut aus. „Es wäre toll, wenn wir uns freier bewegen könnten. Dann könnten wir sehen, wie sich die Völker in Wäldern verteilen, wie unterschiedlich aggressiv die Völker sind und noch viel mehr. Aber das sind Projekte für die Zukunft", spinnt er seine Gedanken weiter. Die Zeit vergeht, während die Drei weiter beobachten und diskutieren und Firin ihre Position auf, neben und unter dem Ei immer wieder wechselt. Langsam vergeht der Tag und die Sonne geht unter. In der Dämmerung kehrt wieder Ruhe in der Siedlung ein. Die kühler werdende Abendluft zwingt die wärmeabhängigen Körper der Schlangen in einen tiefen Schlaf. Ihre Atmung wird ganz flach und sie bewegen sich kaum noch. In diesem Zustand sind sie vom Waldboden fast nicht mehr zu unterscheiden.

Reavaer lässt die Kuppel über der Plattform verschwinden. Während die anderen beiden noch liegenbleiben, richtet sich Reavaer im Sitzen auf. Er erschafft die Leiter aus Eis neu, über die sie hinaufgekommen sind. Als Erster kriecht Reavaer die Sprossen hinunter. Mit den Füßen voraus klettert er vorsichtig die glatten Stäbe hinunter. Als nächstes kommt Firin. Sie hält das Ei mit einem Arm und hat folglich zum Klettern nur eine Hand frei. Sie braucht länger und Reavaer schaut hinauf zu ihr, falls sie Probleme beim Abstieg bekommen würde. Doch sie schafft es mit Mühe und gerade noch genug Geduld ganz nach unten. Foleras packt seine Decke oben noch ein und macht es den beiden vor ihm gleich. Als alle am Boden angekommen sind, sorgt Reavaer dafür, dass von der gesamten Konstruktion keine Spur mehr bleibt. Erst zerfällt sie in Schnee, der dann hinunterfällt. Der Schnee verschwindet schließlich noch, bevor er den Boden erreicht. Nun würden sie denselben Weg aus dem Wald nehmen, den sie hineingenommen haben. „Das ist jetzt blöd. Die Nacht ist im Wald ja besonders dunkel. Wie sollen wir den Weg aus dem Wald finden?", bemerkt Foleras auf einmal den Fehler in der Planung. „Das ist kein Problem. Ich kann in der Dunkelheit gut sehen, also folgt mir", fordert Reavaer auf und geht voraus. Die anderen gehen direkt hinter ihm und können gerade noch so seine Schritte sehen, um ihm zu folgen. Reavaer kann alle Pflanzen und Steine ohne Probleme umgehen. Bei größeren Hindernissen muss er die beiden einzeln durch oder drum herum lotsen, da es absolut dunkel im Wald ist. Als sie endlich am Waldrand ankommen, ist es tiefe Nacht. Um noch etwas Ruhe zu bekommen, entschließen sich die Drei, dass sich Foleras am Waldrand schlafen legt. Die Grenze zwischen Bäumen und Gras ist gerade breit genug, um zu schlafen. Reavaer zeigt Foleras ein sicheres Plätzchen, auf dem dieser auch gleich seine Decke ausbreitet und es sich gemütlich macht. Firin und Reavaer setzen sich an sein Fußende und halten wie gewohnt Wache, während er schläft.

Die Wärme der Wüste

Der nächste Tag fängt für Foleras mit einer Explosion an. Erschrocken öffnet er die Augen, rollt sich auf den Bauch und streckt den Kopf vorsichtig in die Höhe. Er hebt den Kopf, um zu sehen, was um ihn herum passiert. Ansonsten bleibt er so flach wie möglich liegen. Auf der einen Seite sieht er den Wald, den er mit den anderen verlassen hat. Auf der anderen Seite sieht er eine dicke, aber niedrige Wand aus Eis. Zu seinen Füßen sitzen Reavaer und Firin immer noch ruhig da. „Was ist passiert? Wo kam die Explosion her?", will er gleich mit aufgerissenen Augen wissen. „Das kam von einem Tier. Wir werden gerade angegriffen. Die meisten Ziegen, Schafe und Rehe konnte ich frühzeitig abwehren, bevor sie Radau machen konnten. Leider ist eines dabei in Richtung Wald geflogen und gegen einen Baum geprallt. Dabei hat es noch eine Explosion losgelassen, bevor der Baum das Tier wegschleudert und ins Unleben befördert hat", berichtet Reavaer monoton. Er weist in die Richtung, in der das Tier bewegungslos vor dem Wald liegt. Nebenbei führt er Bewegungen mit seinen Fingern aus. Nachdem Foleras das unlebende Tier gesehen hat, schaut er sich den Angriff an. Verschieden große Eisbrocken schweben durch die Luft. Diese stoßen, schubsen und lassen Tiere stolpern, damit sie ihrer Position nicht zu nahekommen. Die Eisbrocken folgen den Bewegungen von Reavaers Fingern, als ob sie verbunden wären. Foleras kann nach der Aufregung sowieso nicht mehr schlafen. Er macht sich reisefertig, während die Tiere nach und nach ihre Angriffsversuche einstellen, da sie von Reavaers Eisbrocken zu Fall gebracht werden, bevor sie die Gruppe erreichen. Als die letzten entschlossenen Tiere ihren Kampfeswillen verlieren und sich zurückziehen, steht Foleras auf und schaut zu Firin. „Wie geht es denn dem Ei?" Die Kleine schaut gespielt unwissend in die Luft. „Was meinst duuu? Ich weiß nichts von einem Eiii." Dabei sieht Foleras ihre ausgebeulte Robe, sie versteckt das Ei offensichtlich unter ihrer Kleidung. „Hast du es etwa gegessen?", fragt er grinsend zurück. Beide fangen an zu lachen. „Sie ist vernarrt in das Ei. Sie hat sogar auf einen Kampf mit den Tieren verzichtet, um auf das Ei aufzupassen", mischt sich Reavaer ein. „Oh, das ist sehr gewissenhaft von dir", lobt Foleras die Kleine, die ihm stolz zugrinst. Reavaer lässt unterdessen das restliche Eis verschwinden. Zusammen machen sie sich auf den Weg zurück zur Straße. Vorsichtig stapfen sie wieder über das Gras. Es sind im Grunde nicht viele Schritte, die sie machen müssen, aber das gleichmäßige Aufsetzen des Fußes, die Gewichtsverlagerung und das Halten des Gleichgewichts halten nicht nur auf, sondern es sieht auch dämlich aus. Doch in so einem Fall gilt: Lieber die Maginar erheitern, als die Natur zu verärgern. Wieder auf der Straße, streckt sich Foleras erleichtert. „Endlich wieder festen Stein unter den Füßen", stöhnt er erleichtert auf. „Das war eine tolle Expedition. Wollt Ihr noch weiterreisen oder vermisst Ihr schon die Annehmlichkeiten der Stadt?", fragt Foleras die beiden in dem Glauben, sie hätten erst einmal genug. „Wir würden gerne weiterreisen und mehr sehen. Außerdem wäre es nicht ratsam, mit einem Magrenar-Ei in eine Stadt zu gehen. Das würde nur Ärger bedeuten. Wir dachten uns, als nächstes könnten wir uns die Wyrm-Berge ansehen", schlägt Reavaer entgegen den Erwartungen von Foleras vor. „Moment, Ihr wollt zu dem Wyrm-Gebirge? Das liegt aber im Nord-Westen von Oradi, genau in die entgegengesetzte Richtung, als wir gegangen sind!" Foleras kann nicht anders, als sich über die Zielwahl von Reavaer aufzuregen. Anstatt etwas in der Nähe sehen zu wollen, schlägt er etwas vor, für das man den ganzen Weg wieder zurück gehen muss. „Da müsstet Ihr doch ohnehin durch eine Stadt …" Als er sich weiter beschwert, hebt Reavaer die Hand, um ihn zu unterbrechen. „Das haben wir schon bedacht. Deshalb dachten wir uns, dass wir einen Umweg über die Wüste-am-Meer nehmen könnten. Laut Karte führt eine Straße am Rand der Wüste entlang. Von dort aus könnten wir die Wüste zumindest aus der Ferne sehen. Dann biegen wir nach Norden ab, direkt zu dem Gebirge", argumentiert Reavaer und kann Foleras so beschwichtigen. Dieser wird nachdenklich und schaut zu Boden. „Hm, das klingt nicht schlecht. Wir kommen bestimmt an einem Fluss vorbei, an dem ich mein Wasser auffüllen kann. Und man trifft auf Straßen immer mal wieder Händler, die Essen verkaufen. Doch das Wichtigste ist, dass ich meine Erfahrungen aufschreiben wollte, solange sie noch frisch sind. Das kann ich aber vorläufig auch auf meinem Notizzettel machen", murmelt er in seinen unsichtbaren Bart. „Ich bin einverstanden. Die Wüste könnte wirklich ganz interessant werden. Nach dem Wyrm-Gebirge muss ich zwar wieder in eine Stadt, Pergament und richtige Vorräte besorgen, aber so lange sollten sie reichen." Foleras stimmt beschwichtigt zu.

Nachdem sich alle einig sind, orientieren sie sich kurz, um die richtige Straße Richtung Westen zu finden. Bei gemütlichem Tempo erreichen sie die Gebirgskette vor der Wüste-am-Meer. Ein künstlich angelegter Weg führt zwischen den Felsen hindurch. Der Weg ist gerade mal so breit, dass höchstens zwei Maginar nebeneinander gehen können. Glücklicherweise kommt ihnen niemand entgegen, so dass die Gruppe problemlos durchgehen kann. Sobald sie auf der anderen Seite ankommen, spüren sie auch schon die heiße Wüstenluft auf der Haut. Keine Wolke ist am Himmel und der reflektierende Sand blendet alle im ersten Moment. „Aaah, ist das warm hier, die Luft ist staubtrocken. Hier wird es schwer für dich, deine Eis-Magie einzusetzen", kommentiert Firin erst begeistert, dann frech zu Reavaer. „Ohne Zweifel, hier ist nicht viel Wasser in der Luft, das man zu Eis formen könnte." Reavaers Reaktion und Antwort waren genauso trocken wie die Wüstenluft selbst. Firin amüsiert sich trotzdem kichernd über Reavaers Schwäche in dieser Gegend. Die Drei folgen daraufhin der mit Sand durchzogenen Straße. Dabei geht die Kleine am Rand entlang und nimmt immer wieder eine Handvoll Sand in die Hand und lässt ihn durch die Finger rieseln. Reavaer sieht sich das eine Weile an, wendet sich aber schließlich an sie. „Bitte schüttle das Ei nicht so durch. Das ist es nicht gewohnt, im Wald würde es nur da liegen und nur bewegt werden, wenn sich die Schlangen drumwickeln." Es klingt fast wie eine Mahnung. Da sich Firin verantwortlich für das Wohlergehen des Eis fühlt, nickt sie ihm zu und geht gleichmäßig weiter. Während ihrer Wanderung am Rande der Wüste nehmen die Drei so viele Eindrücke auf, wie sie können. Es sind keine Tiere zu sehen, doch es huscht immer wieder das eine oder andere Wesen durch den Sand. Diese Wesen sind nur den einen Augenblick zu sehen, bevor sie wieder unter der Sandoberfläche verschwinden. Vereinzelt stehen Pflanzen, die sich an die trockene Umgebung angepasst haben, und in weiter Ferne kann man Magrennar gehen sehen. Es ist nicht zu erkennen, um welches Magrennar-Volk es sich handelt. Sie scheinen sich auch nicht weiter um die Maginar auf der Straße zu kümmern und gehen ihren eigenen Beschäftigungen nach. Das Meer, das laut Karte hinter der Wüste sein sollte, ist hingegen gar nicht zu erkennen. Die Dünen der Wüste gehen fließend in den Horizont über. Unbeschwert spazieren sie über den Weg, unterhalten sich über die verschiedenen Eindrücke und Foleras notiert sich alles kurz auf der Rückseite seiner Karte. Foleras scheint der Einzige zu sein, dem die Hitze zu schaffen macht. Die anderen beiden spazieren voller Energie einfach weiter. Foleras hingegen schnauft schwer und schwitzt furchtbar. Seinen Wasservorrat muss er sich gut einteilen, da er nur einen begrenzten Vorrat in seinem Schlauch hat. Plötzlich bleibt Firin unvermittelt stehen und schaut nachdenklich Richtung Boden. „Was ist los?", fragt Reavaer, als er sich nach ihr umdreht. „Ich glaube, das Ei hat sich bewegt. Ich dachte erst, ich täusche mich, aber es macht es schon wieder." Foleras und Reavaer bekommen große Augen und bleiben gleich vor der Kleinen stehen. „Dann schnell, hol es hervor!", fordert Reavaer sie auf. „Ach, es geniest nur heiße Wetter und freut … sich … Moment, denkt Ihr, es ist soweit?" Ihr wird erst jetzt bewusst, dass da etwas schlüpfen will. Sie schiebt es in ihrer Robe nach oben und holt es aus ihrer Kleidung. Gemeinsam legen es die Drei auf einen Haufen aufgeheizten Sand. Das Ei zuckt immer wieder. Man sieht deutlich, dass das Innere aus der Schale hinauswill. Aber auch, dass darin nicht viel Spielraum zum Aufknacken ist. Nach einigen spannenden Augenblicken sieht man, wie drei spitze Klauen aus dem Inneren herausgestoßen werden. Dann fangen die Klauen an, durch die Schale zu fahren und diese noch mehr zu beschädigen. Es dauert nicht lange, bis die Schale nachgibt und nach außen splittert. Das Kleine darin kann sich der engen Hülle entledigen und liegt erst noch einen Moment im heißen Sand. Es schaut sich ein wenig um und züngelt mit der gespaltenen Schlangenzunge vor sich hin. „Sieht aus, als mag es den warmen Sand", kommentiert Firin. Das kleine, grün-braune Schlangen-Magren reagiert auf Firins Stimme. Es stemmt den Oberkörper mit den Armen hoch, um besser nach oben sehen zu können. Es sieht sich die Gesichter der Reihe nach an, bleibt aber ruhig in der Position. Reavaer ist der Erste, der reagiert, und streckt seine Hände nach dem Kleinen aus. Er nimmt es unter den Armen und hebt es vor sich auf Augenhöhe. Der Blick des Kleinen ist auf Reavaers Gesicht fokussiert. Man sieht keinen Ausdruck auf dem Schlangengesicht, nur ab und zu blinzeln die Augen und die Zunge streckt sich heraus. Der Schweif, der unter Reavaers Händen herausragt, kringelt und windet sich aber aufgeregt. „Willkommen auf der Welt", begrüßt Reavaer das kleine Magren in seiner Hand, davon ausgehend, dass dieses ihn sowieso nicht verstehen wird. Das Kleine gibt abgesehen vom Züngeln noch eine andere Reaktion von sich. „Szzaah! Szzaah!", faucht es zurück. Unsicher darüber, was ihnen die kleine Schlange sagen will, sehen sich die Drei fragend an. „Nun sehen wir mal, was wir für dich tun können", meint Reavaer nur kurz und setzt das Kleine wieder hinunter auf den Boden. Kaum nimmt er die Hände weg, huscht das Kleine blitzschnell über den Sand und schnappt nach etwas. Danach dreht es um und kommt wieder zurück. Nun sehen die Drei, dass das Kleine einen Käfer im Mund und einen zweiten Käfer in einer Klaue hält. Langsam verschlingt es die Beute. „Na, wenigstens kann es sich um das Essen selbst kümmern", lobt Foleras die kleine Schlange. „Diese Jagdfähigkeit ist beeindruckend, noch dazu, weil es gerade erst geschlüpft ist", ergänzt er noch freudig. Den kleinen Schlangen-Magren interessiert das wenig. Reavaer geht wieder hinunter in die Hocke und hält seine Hand ausgestreckt über den Boden. „Was machst du da?", fragt Firin stutzig. „Ich versuche, das Verhalten der kleinen Schlange einzuschätzen. Man kann nicht erwarten, dass es sich genauso verhält wie ein Magi'i." In der Zwischenzeit schlängelt sich das Kleine zu Reavaers Hand und wickelt sich um dessen Unterarm. „Glück gehabt, es ist zutraulich. Meine Befürchtung war, dass es uns abweisen könnte, da wir uns nicht wie die Artgenossen des Kleinen verhalten." Reavaer klingt erleichtert, als er wieder aufsteht und den Arm samt Magren hochnimmt. Mit der anderen Hand streicht er sanft die Haut des Kleinen. „Ledrig und kalt, aber kräftig", stellt Reavaer fest, als er den Rücken und dem Schweifansatz fühlt. „Fühlt auch mal, es ist angenehm und es soll sich auch an Euch gewöhnen", schlägt Reavaer vor und nimmt seine Hand weg. Firin und Foleras folgen dem Vorschlag gleich. Firin streicht dem Kleinen über den Rücken und den Hals hinauf bis zum Kopf. Foleras fühlt mehr den Schweif ab. Anfangs achtet das kleine Schlangen-Magren noch auf die Hände, ist damit aber schnell überfordert und legt sich auf den Bauch über den Unterarm und umgreift diesen mit den Ärmchen. In der Position verharrt das Kleine nun und streckt nur ab und zu die Zunge heraus. „Oh je, so viel Aufmerksamkeit ist wohl zu anstrengend, wenn man gerade erst geschlüpft ist", kommentiert Reavaer. Firin und Foleras nehmen die Hände wieder weg. „Hmm, ich frage mich, ist es eine Maga'a oder ein Mogo'o?", wirft Firin die Frage über das Geschlecht in die Runde. Foleras zuckt ahnungslos mit den Schultern. „Ich denke, es ist ein Mago'o." Reavaer bekommt auf seine Aussage von den anderen beiden kritische Blicke. „Woher willst du das wissen?", fragt Firin gleich nach. „Sicher bin ich mir nicht, aber das Kleine konnte gleich instinktiv jagen. Als wir die Schlangen im Wald beobachtet haben, sind nur die Kräftigen auf die Jagd ge … schlängelt. Also nur die aus Mago-Sicht ihresgleichen sind. Die Zierlichen, die aussehen wie Maganar, sind in der Siedlung beim Brüten und Pflegen geblieben", argumentiert Reavaer, Foleras wiederum geht gedanklich zurück und stimmt zu. „Na gut, dann ist er ein Mago'o, solange wir es nicht besser wissen." Firin ist auch überzeugt und will ihn gleich von Reavaers Arm nehmen. „Willst du auch mal zu mir?", fragt sie in Richtung des Magren mit einem dicken Grinsen. Der Kleine will sich aber nicht vom Unterarm pflücken lassen und versucht, ihre Hände abzuschütteln. „Scheint, als ob er nicht gerne herumgereicht wird. Ich bin wohl momentan seine Bezugsperson, aber wenn wir eine Weile zusammen sind, bin ich sicher, er wird sich auch an dich hängen. Gib ihm etwas Zeit", beschwichtigt Reavaer Firin, die enttäuscht darüber ist, ihn nicht auf den Arm nehmen zu können.

Nun wird den Dreien aber heiß in der prallen Wüstensonne. „Der Kleine ist etwas auffällig, so über den Arm gewickelt. Ich versuche mal was", meint Reavaer, er zupft am Ärmel vor dem Gesicht der kleinen Schlange. Diese schaut hoch zu ihm. Er wiederum hält seinen anderen Arm hin, allerdings so, damit die Schlange in den Ärmel hineinkann. Der Magren reagiert neugierig, was wohl darin ist, und kriecht in den Ärmel. Nach einigem Gewusel wickelt es sich im Ärmel um den nackten Unterarm und ist so gut versteckt. Gleichzeitig kann er hinaussehen. Währenddessen sammelt Foleras die Eierschalen auf. „Vielleicht brauchen wir sie noch." Mit der Aussage packt er sich die Schalenteile in die Tasche.

Dann setzt die Gruppe ihre Wanderung auf der Wüstenstraße fort. Reavaer lässt den Arm mit dem Kleinen nicht nach unten hängen, sondern angewinkelt nach vorne, damit die kleine Schlange ebenfalls die Landschaft im Blick hat. „Wie wollen wir den Kleinen denn nennen? Wir können ihn ja nicht dauernd mit Schlange und Kleiner ansprechen", wirft Firin in die Runde, um dem jungen Magren einen Namen zu geben. „Wir haben leider nicht erfahren, welche Namen oder Anreden die erwachsenen Schlangen-Magrennar im Wald verwendet haben. Die Sprache war uns noch viel zu fremd", kommentiert Foleras die Namenssuche. Reaver wird daraufhin sehr nachdenklich, er sieht zu Boden und bleibt sogar stehen, um sich zu konzentrieren. Foleras und Firin gehen noch diskutierend einige Schritte weiter, bis sie merken, dass Reavaer nicht Schritt gehalten hat. „Was ist denn los?", fragt Firin, als sich die beiden nach hinten drehen. „Ich hoffe, wir haben ihn nicht zu einem unglücklichen Leben verdammt", äußert Reavaer seine Befürchtung, als er wieder hochschaut. Die beiden vor ihm schauen sich fragend an. „Wir haben ihn davor bewahrt, in seinem Ei zu erfrieren. Doch wenn wir ihm nicht helfen, ein geschätztes Mitglied einer Gesellschaft zu sein, haben wir dennoch versagt. Aufgrund seines Aussehens und womöglich seines Verhaltens wird er nur schwer, vielleicht gar unmöglich, unter den Maginar akzeptiert werden. Dann würde nur seine eigene Art übrigbleiben, aber wenn wir ihm nicht die Verhaltensweisen seiner Artgenossen vermitteln können, würde er ihnen auch fremd sein und verstoßen werden", befürchtet Reavaer weiter. Foleras und Firin schauen daraufhin ebenfalls betroffen, sie hatten bisher keinen Gedanken daran verschwendet, wie es sein wird, wenn der kleine Schlangen-Magren heranwächst. Beide schauen auf den Kleinen, wie er aus Reavaers Ärmel herauslugt. Reavaer setzt sich wieder in Bewegung. „Wir sollten zumindest dafür sorgen, dass er die Sprache so schnell wie möglich lernt. Er ist zwar erst vor kurzem geschlüpft, aber trotzdem sehr aufgeweckt. Vielleicht hilft es, wenn wir reden und ihn mit einbinden", schlägt Foleras vor und fängt gleich an zu quasseln.

Die Gruppe setzt ihren Weg durch die Wüste fort. Die ganze Zeit über unterhalten sie sich und erzählen Geschichten. Sie sprechen auch den Kleinen immer wieder an. Dieser antwortet entweder mit einem neugierigen Blick oder mit „Szaah! Szaah!" Dabei freuen sie sich immer, wenn sich der Kleine laut äußert. Selbst wenn niemand weiß, ob er auf das Gesagte antwortet oder einen anderen Grund hat, laut zu werden. Auch lässt sich der Kleine immer wieder hinunter auf den Boden, um wieder zum Sand zu schlängeln und Insekten zu jagen. Danach kommt er immer wieder zu Reavaer zurück, der ihn wieder in seinen Ärmel lässt.

Während sich die Gruppe das Erlebte noch einmal erzählt, damit der Kleine sie auch mal gehört hat, durchqueren sie den Rand der Wüste. Als sie am Gebirgswall ankommen, an dem man die Wüste wieder verlassen kann, geht die Sonne bereits unter. Der Pass ist wieder sehr eng gehalten, so dass sie wieder hintereinander gehen müssen.

Auf der anderen Seite des Gebirges merken alle sofort den Wetterwechsel. Die heiße, trockene Wüstenluft weicht der nebligen Dämmerungskälte des Graslandes. Besonders der kleine Schlangen-Magren schüttelt sich frierend. Den drei Maginaer geht es auch nicht besser. Ihnen ist auch im ersten Moment kalt, doch haben sie keinen Ärmel, in den sie sich verkriechen können. So bildet sich bei allen eine Gänsehaut und sie laufen zunächst auf der Stelle, um gegen die Kälte anzukämpfen. Erst, als sie sich an die Temperatur gewöhnt haben, setzen sie ihren Weg weiter fort. Lange wandert die Gruppe jedoch nicht. Bei Einbruch der Dunkelheit schlägt Foleras eine Rast vor, damit sie morgen so früh wie möglich weiterreisen können. Nebenbei bemerkt Reavaer auch, dass der Griff des kleinen Magren lockerer wird. Er gähnt und streckt sich inzwischen auf dem Arm liegend und diesen kaum noch umklammernd. Reavaer zieht den Kleinen vom Unterarm und hält ihn auf dem Arm, während Foleras seine Decke ausbreitet und den Schlafplatz vorbereitet. Foleras legt sich dann unter die Decke und Reavaer legt den Kleinen behutsam neben Foleras. Dieser wird zugedeckt und rollt sich nicht einmal wie seine Artgenossen zusammen. Wohlig von Foleras unter der Decke gewärmt, liegt er ausgebreitet und zugedeckt da. Zusammen verbringen sie die Nacht, während Firin und Reavaer wie gewohnt Wache halten.

Kleine Familie

Der nächste Tag beginnt für Foleras mit einem seltsamen, unregelmäßigen Summen neben ihm. Er setzt sich auf, streckt die Glieder von sich und sieht sich um, wo das seltsame Geräusch herkommt. Der Grund ist schnell gefunden. Der kleine Schlangen-Magren ist schon wach und beschäftigt sich, wie es scheint, mit seinem Wasserschlauch. Der Kleine hopst aufgeregt vor dem dünnen Mundstück, aus dem man normalerweise trinkt. Firin drückt mit den Fingern immer wieder auf den halbvollen Schlauch, damit direkt auf den Körper des Kleinen Wasser heraussprüht. Daraufhin macht er Geräusche, die wie eine Mischung aus Röcheln und Summen klingt. Es hört sich beinahe an wie Gelächter. Seine ganze Körpersprache zeigt Fröhlichkeit und Ausgelassenheit. Er lässt sich auch in den Mund sprühen und trinkt es, aber am meisten macht es ihm Spaß, wenn ihm das Wasser auf den Bauch gesprüht wird. Er wird so verspielt, dass er selbst die Klauen auf den Schlauch drückt und sein Gewicht verlagert, damit der Wasserstrahl noch stärker wird. Alles in allem amüsiert er sich köstlich mit dem Wasserschlauch. „Das ist ja herzallerliebst", kommentiert Foleras mit einem verschmitzten Lächeln. „He he, ja, das ist lustig, sieh mal, wie er sich freut", bekommt er von Firin als Antwort. Als er seinen Blick auf Reavaer richtet, sieht er, wie dieser gebannt mit großen Augen den Kleinen beim Spielen beobachtet und sonst nichts wahrnimmt. Irgendwann hat der Schlauch keinen Druck mehr, so dass kein Wasser mehr herauskommt, wenn man ihn presst. Die kleine Schlange schaut dann schmatzend und züngelnd zu den Dreien, die ihn beobachten, hinauf. Reavaer nimmt daraufhin den Schlauch und kippt den Rest Wasser, der noch darin ist, in seine Handfläche und träufelt diese über den Kopf und Rücken des Kleinen. Dieser macht wieder sein ausgelassenes Geräusch und schlenkert fast tanzend mit dem Körper. „Na, sauber bist du jetzt jedenfalls", spricht Firin zu dem Kleinen. „Mal sehen, ob du auch schon stehen kannst", spricht sie weiter zu ihm und führt Zeige- und Mittelfinger zu seinen Klauen. Er ergreift diese, dann beginnt sie, ihn ein wenig über die Erde zu ziehen und dann nach oben, damit er sich aufrichten muss. Seine Arme sind stark genug, um sich hinaufzuziehen und nicht wie ein Sack hinunterzuhängen. Allerdings ist sein Schweif noch nicht kräftig genug, damit er dauerhaft aufrecht stehen kann. So sinkt der Kleine langsam wieder hinunter, als Firin ihn nicht mehr mit den Fingern hochhält. „Ach ja, wir haben ihm noch gar keinen Namen gegeben. Ich hatte das schon angesprochen, aber es ist irgendwie untergegangen", spricht Firin noch einmal das gestrige Gespräch an. Dabei sieht sie zu den zwei Magonar und lässt den Kleinen kurz aus den Augen. Als sie wieder hinunter zu ihren Händen schaut, ist er nicht mehr da. „Huch, er ist weg …" Sie schaut verwundert umher. „Vielleicht will er *Der Entfleuchte* genannt werden?", gibt Firin missmutig von sich. „Vielleicht hörte er aber auch von deinen Namensgeber-Künsten und hat die Flucht ergriffen?" Der Sarkasmus ist in Reavaers Stimme deutlich herauszuhören. Foleras kommentiert das nicht, sondern grinst nur in sich hinein. Firins Stimmung wird dadurch zwar nicht gehoben, aber bevor sie sich sonderlich ärgert, kommt der Kleine mit vollem Maul und vollen Klauen wieder daher geschlängelt. Diesmal sind es Wald- und Wiesenkäfer, die er sich einverleibt. „Na, du bist mir ja einer. Du könntest ruhig einen Ton von dir geben, wenn du abschwirrst", versucht Firin, mit dem Kleinen zu schimpfen, jedoch isst dieser unbeirrt weiter. Das lässt alle daran zweifeln, dass er versteht, was sie ihm beibringen will. Nachdem er aufgegessen hat, nimmt Firin ihn unter den Armen und hebt ihn vor sich. „Aber nun zu deinen Namen. Hmm, wie wäre es mit Würmli?", schlägt sie grinsend vor. „Wirklich, er ist noch nicht mal einen ganzen Tag auf dieser Welt und du willst ihn jetzt schon demütigen?", kommt es von Reavaer wenig begeistert. „Was denn? Das ist süß und witzig", murrt Firin zurück zu Reavaer. „Es ist für alle anderen witzig, solange er klein ist und nicht versteht, was das heißt. Denkst du,

er wird dir dankbar sein, sobald er versteht, wie du ihn nennst?",
argumentiert Reavaer nachdrücklich. „Nein, ich denke nicht, dass
ihm das gefallen würde … War auch nur Spaß." Nun klingt sie
kleinlaut. Der kleine Namenlose verfolgt das Gespräch und die
Stimmung zwischen den beiden. Da jetzt keiner von den Drei-
en etwas sagt, packt den Kleinen der Tatendrang und er klettert aus Firins Griff heraus, schlängelt ihren rechten Arm hinauf
und setzt sich auf ihre Schulter. Mit einem seiner kleinen Ärmchen hält er sich an ihrem Hinterkopf, mit dem anderen an einer
Haarsträhne. Seinen Schweif legt er über Firins Nacken und linke
Schulter für sein Gleichgewicht. Instinktiv hält Firin ihre rechte Hand an den Rücken des Kleinen, damit er nicht nach hinten
fällt. „Seht Ihr das? Ich habe den perfekten Namen. Firins zweiter Kopf. Wie wäre das?" Man merkt, dass sie diesen Vorschlag
nicht ernst meint, denn sie muss selbst darüber lachen. Foleras
schließt sich dem ausgelassenen Gelächter an. Sogar der Schlangen-Magren hat den Mund offen, als wolle er lachen. Nur Reavaer ist es nicht möglich, seine Gefühle auszudrücken, so schaut
er wie gewohnt ausdruckslos drein. „Das würde gehen, wenn er
für immer auf deiner Schulter bleiben würde. Doch das bezweif-
le ich", kommentiert Reavaer, als die anderen fertig gelacht haben. „He he he, ich denke auch nicht, aber solange er auf meiner Schulter sitzt, ist er mein zweiter Kopf. Oder was sagst du?"
Beim letzten Satz dreht sie sich zum Kleinen auf ihrer Schulter
und reibt mit der Wange und den Lippen über seine Seite und
den Bauch. Sie fühlt die raue Schlangenhaut und er scheint es
zu spüren, denn er macht wieder stoßweise das summende Geräusch mit offenem Mund. Man könnte meinen, er lacht, weil es
ihn kitzelt. Nach der kleinen Spieleinlage von Firin ergreift Foleras das Wort. „Es wird schwer, einen Namen zu finden, wenn
wir uns keine Regeln dafür vorgeben. Es muss etwas sein, das
er selbst aussprechen könnte. Aber es sollte nicht das sein, was er
andauernd sagt, denn wir wissen nicht, was er uns damit sagen
will. Das könnte verwirrend für ihn sein", schlägt Foleras vor.
„Hm, wir wissen nicht, was er alles aussprechen kann. Aber wenn
es so ähnlich klingt, wie das, was er sagt, und von der Grund-

lage gleich ist, nur ein wenig anders klingt ...", murmelt Firin grüblerisch. „Ah, wie wäre es mit Sihl?", schlägt Firin nun vor. Sie dreht sich wieder zu dem Kleinen. „Na? Sihl?" Sie sieht ihm direkt in die Augen. Er wirkt nicht gerade, als ob er weiß, was damit gemeint ist. „Sihl der Schlängliche, he he he." Sie muss wieder selbst über diesen Titel lachen, der ihr eingefallen ist. Der Kleine summt auch wieder stoßweise. Er mag es offenbar, das Verhalten der anderen zu imitieren, wenn sie lachen. „Das gefällt mir. Der Titel wird zwar nicht benötigt, doch Sihl klingt wie ein passender Name für ihn", gibt Reavaer zu. „Ich stimme zu. Willkommen in der Familie. Sihl", fügt Foleras noch hinzu. Foleras muss nur noch seine Decke aufnehmen und verstauen, dann sind sie auch schon fertig, um weiterzuziehen. „Ach ja, wo kam eigentlich das Wasser her? Ich hatte gestern fast alles aufgebraucht", fragt Foleras, da der Kleine mit Wasser gespielt hat, das er eigentlich nicht besessen hatte. „Unweit von hier ist ein Bach, dort kannst du es wieder auffüllen", berichtet Reavaer und zeigt in die Richtung, in die sie ohnehin reisen wollen.

Wieder auf der Straße Richtung Küste angekommen, wandert die Gruppe weiter, um später nach Norden zum Wyrm-Gebirge abzubiegen. Sihl bleibt währenddessen auf Firins Schulter sitzen. Dabei wird er immer noch von ihr am Rücken gehalten, damit er nicht nach hinten kippt. „Also, Ihr seid sehr auffällig so mit zwei Köpfen", äußert Foleras, während sie die Straße entlanggehen. „Wenn uns Leute begegnen, könnten sie Angst bekommen, aber ich habe eine Idee." Sie halten wieder an und Foleras geht hinter Firin. Er greift von hinten in die Haarmähne von Firin und legt eine Lücke nahe ihrem Halse frei. Dann lässt er sie die rechte Hand vom Rücken von Sihl nehmen und tippt selbst diesen an, damit er nach hinten schaut. „Sihl ...", sagt er nur und zeigt auf die Haarlücke. Der Kleine weiß nicht, was von ihm erwartet wird. Er sieht nur Foleras' Hand und Finger, der absteht. Sihl klettert dann auf die Hand und sieht jetzt erst die Lücke in den Haaren. Gleich schlängelt er sich hinein und hindurch, bis er vorne wieder hinaussehen kann. Dann wird sein Schweif wieder über den Rücken auf die andere Schulter positioniert. Diesmal allerdings unter die Haare, so, dass er fast vollständig verdeckt ist. Nun kommt Foleras nach vorne und schiebt Sihl so zurecht, bis nur noch sein Gesicht durch Firins Haarpracht schaut. Reavaer und Foleras betrachten das Werk. „Hmm, das könnte funktionieren und Haare würden Sihl auch stehen", kommentiert Reavaer. „Und wenn jemand genau hinsieht und fragt, was das ist, sagst du einfach … seltener Halsschmuck", fügt er noch hinzu. „Szaah! Szaah!", gibt es von Sihl als Antwort. „Sprechender seltener Halsschmuck", scherzt Foleras. Er und Firin lachen über Sihls zeitlich passenden Kommentar. Sihl lacht auch mit den beiden in seiner üblichen summenden Art. Reavaer nickt zustimmend, aber ausdruckslos. „Aber ich will auch sehen, wie es aussieht", fordert Firin plötzlich. Da Sihl so nahe an ihrem Hals ist, kann sie nicht hinsehen und die Perspektive gibt auch nicht viel her. „Verzeih, ich habe nichts bei mir, was dein Antlitz reflektiert. Wenn wir an einem Fluss vorbeikommen oder ein Händler einen Spiegel hat, kannst du es ansehen", schlägt Foleras vor. Firin nickt nur unbefriedigt.

So geht die Reise erneut weiter Richtung Westen. Die Gruppe begegnet keiner Maginarseele auf der Straße. Deshalb können sie mit Sihl frei reden und ihm Geschichten erzählen. Dies ändert sich jedoch, als im Laufe des Tages der Gruppe immer mehr Wanderer und Karren entgegenkommen. Es werden mit der Zeit so viele, dass es schwerer wird, an diesen vorbeizukommen. Auf der breiten Straße haben drei Karren nebeneinander Platz, wenn sie nahe genug fahren und so kommen sie der Gruppe auch entgegen. „So etwas habe ich noch nie gesehen. Wo kommen all diese Reisende her?", wundert sich Foleras, der schon viel gereist ist, aber so eine Situation noch nie erlebt hat. Während sich Firin und Reavaer im Hintergrund halten, geht Foleras zu einer Gruppe Wanderer. „Warum sind so viele Maginar unterwegs? Wo kommt Ihr alle her?", fragt er sie gleich aus. „Wir mussten aus Muren fliehen. Sie kamen aus dem Meer und niemand konnte sie aufhalten. Sie haben alles zerstört", antwortet eine Maga aus der Gruppe. Mehr bekommt Foleras aus der niedergeschlagenen und verzweifelten Gruppe nicht heraus. Die

Stimmung in der gesamten Karawane ist allgemein düster. Manche Maginar nutzen Erd-Magie, um das Gras auf beiden Seiten der Straße wegzuschieben, damit Wanderer an den Wagen noch vorbeikommen. Die Drei, die auch noch in die entgegengesetzte Richtung gehen wollen, nutzen diese grasfreie Seite, um ihren Weg fortsetzen zu können. Sonst würden sie gar nicht vorbeikommen, ohne auf das Gras ausweichen zu müssen. So gehen sie dem Strom an Reisenden entgegen, bis sie nicht lange darauf an der Abbiegung nach Norden ankommen. Dort wollen genauso viele nach Norden reisen wie nach Osten. Bevor sich die Karren und Wanderer an der Einmündung aufteilen, ist es sogar noch voller auf der Straße. „Für das Wyrm-Gebirge müssen wir nun nach rechts Richtung Norden", kündigt Foleras an, immer noch mit dem Plan, zu dem Wyrm-Gebirge zu reisen. „Das Gebirge kann warten. Im Moment interessiert mich, was diese Leute vertrieben hat", entgegnet ihm Reaver. „Du möchtest in ein Gebiet, aus dem so viele Maginar fliehen?", hakt Foleras noch einmal nach, da es aus seiner Sicht ein gefährliches Unterfangen wäre. „Sieh dir die Maginar an, die hier unterwegs sind. Sie sind zwar niedergeschlagen und hoffnungslos, aber auch gleichzeitig unverletzt, zahlreich und haben viele ihrer Besitztümer dabei. Mich macht es neugierig, was so verheerend sein kann, die Leute aus ihrer Heimat zu vertreiben, aber doch irgendwie harmlos zu sein scheint", weist Reavaer auf die Situation der Reisenden hin. Daraufhin sieht er sich die Karawane genauer an. Skeptisch geht Foleras zu einigen der Reisenden und befragt sie. Als er zurück zu Reavaer kommt, wirkt er ratloser als vorher. „Du hast recht. Sie haben nur ihre Stadt verloren. Unter den Maginar gab es fast keine Fälle von Unleben. Einige sind laut der Leute zwar einem verhängnisvollen Schicksal erlegen, aber was genau passiert ist, bekommt man nicht aus ihnen heraus. Es scheint, als wäre es den Leuten irgendwie peinlich. Wie dem auch sei, ich war noch nie in Muren. Die Stadt liegt laut Karte nahe am Meer. Der Weg dorthin ist nicht weit", berichtet Foleras, woraufhin die Gruppe beschließt, nach Muren zu reisen. Da sie weiter gegen einen noch dichteren Strom wandern, halten sich die Drei ganz an eine der grasfreien Spuren neben der Straße. Sie bekommen ab und zu unverständliche Blicke zugeworfen, als die Leute sehen, dass sie genau an den Ort wollen, wovor sie alle flüchten. Es spricht sie aber niemand an.

Sie kommen an einem Bach vorbei, der unter der Straße hindurchfließt. Viele Maginar füllen ihre Wasserschläuche an diesem Bach auf. Die Leute müssen teilweise mehrere Schritte von der Straße den Bach hinaufgehen, um noch einen Platz am Ufer zu bekommen, damit sie auffüllen können. „Ich schlage vor, wir rasten hier. Gehen wir etwas weiter den Bachverlauf hinauf, um unsere Ruhe zu haben", schlägt Reavaer vor, Foleras und besonders Firin stimmt zu, denn Sihl wird langsam müde und unruhig auf ihrer Schulter. So gehen sie flussaufwärts. Reavaer geht voraus. Er geht immer weiter, die anderen wissen nicht, nach welchem Ort er eigentlich sucht. Sie kommen an den Rand eines Waldes, der grasfrei, aber auch weit weg von der Straße ist. Als Foleras und Firin mit dem kleinen Sihl bei ihm ankommen, kniet er neben dem Bach und hält eine Hand in das Wasser. „Willst du hier rasten?", fragt Firin gleich drauf los. „Ja, hier ist ein guter Ort. Fühlt, das Wasser ist hier warm. Hier scheint Wasser einer heißen Quelle durchzufließen. Dort hinten kocht es sogar, aber hier ist es angenehm", berichtet Reavaer gleich von seinem Fund. „Ganz schön aufwendig für eine kurze Rast", meint Foleras verwundert. „Wir können hier auch länger bleiben. Ich dachte, wir könnten hier den Rest des Tages verbringen. Und morgen Früh reisen wir weiter." Foleras und Firin wundern sich über die extra lange von Reavaer vorgeschlagene Pause. „Seit unserem Erlebnis in der Wüste betrachte ich die Reise selbst nicht als notwendiges Übel, um ans Ziel zu kommen. Ich habe beschlossen, jeden Moment, ob auf Reisen oder am Ziel, zu genießen und wahrzunehmen. Außerdem gefällt mir der Fleck hier. Genug Erde, weit genug vom Wald und vom Gras entfernt. Ein plätschernder Bach gleich daneben", fügt Reavaer noch hinzu, als er die verwunderten Gesichter der anderen sieht. „Außerdem habe ich gesehen, wie du Vorräte bei einem Händler besorgt hast", richtet er anschließend noch an Foleras. Während die beiden nicht wissen, was sie davon halten sollen, nimmt Reavaer den kleinen Sihl von Firins Schulter. Er freut sich über die Aufmerksamkeit, man merkt es an seinem leicht geöffneten Maul und dem aufgeregten Kringeln und Winden seines Schweifes. Reavaer hält ihn über den Bach und nimmt etwas Wasser in die Hand. Dann träufelt er das warme Wasser über den Kopf und den Rücken des jungen Schlangen-Magren. Sihl schlenkert wieder mit dem Oberkörper auf Reavaers Arm. Vorsichtig hält er die Schwanzspitze in den Bach, da er kaltes Wasser vermutet. Als der Kleine merkt, dass der Bach angenehm warm ist, macht es platsch und der Kleine ist im Wasser. Erst reißt es ihn noch ein wenig mit. Für Maginar ist das nur ein eine Handbreit tiefer Bach. Für die kleine Schlange ist es anfangs jedoch ein reißender Strom. Schnell hat er sich aber gefangen und klettert den Strom aufwärts zurück zu den anderen. Begeistert planscht und taucht er im Wasser, während die anderen ihm zusehen. „Seht Ihr? Das meine ich. Man kann an jeder Rast, bei jedem Schritt und bei jedem Blick Spaß haben. Ich habe für mich beschlossen, nicht mehr so von Ziel zu Ziel, von Erfahrung zu Erfahrung zu hetzen. Denn dann übersieht man die besonderen Dinge am Wegesrand." Reavaer nimmt Sihls Freude am Wasser noch einmal als Beispiel für einen langsameren und gelasseneren Lebensstil. Währenddessen breitet Foleras wieder seine Decke als Mittelpunkt des Lagerplatzes aus. Sihl entspannt sich an die Unterseite einer Stufe angelehnt und lässt sich das warme Wasser über die Schultern laufen. „Der Kleine muss von Wasserschlangen abstammen, so gerne wie er das feuchte Element hat", meint Foleras scherzhaft, woraufhin Firin kichern muss. „Er weiß eben, wie man es sich gut gehen lässt", entgegnet Firin daraufhin. Sihl ist in seiner Position so entspannt, dass er einschläft und von Reavaer aufgefangen wird, bevor er von der Strömung mitgerissen wird. Der Kleine ist so erschöpft, dass er schlaff in Reavaers Händen hängt. Einen Moment lässt Reavaer ihn abtropfen, dann legt er sich rückwärts auf die Decke. Er legt sich Sihl auf seine Brust. Der Kleine gähnt noch einmal kurz und schläft dann seelenruhig. Man sieht seine Atembewegungen, während er bequem auf Reavaer liegt. In diesem Moment spürt Reavaer einen tiefen seelischen Frieden. Er schließt die Augen und hört auf die Geräusche der Natur. In einen schlafenden Zustand geht er zwar nicht über, doch verfällt er in tiefe Meditation. Reavaer beginnt, alles um sich herum zu spüren, den Wind, die Bäume, sogar die krabbelnden Insekten um ihn herum. Es ist, als würde er sich mit ihnen verbinden. Foleras lässt sich von dieser friedlichen Stimmung anstecken und legt sich direkt neben Reavaer. Er nimmt die Hände hinter den Kopf und entspannt sich ebenfalls, bis er wie Sihl eingeschlafen ist. Die Einzige, die nichts mit der Ruhe anfangen kann, ist Firin. Sie ist gelangweilt durch das Nichtstun. Doch will sie auch nicht laut sein oder sich beschweren, damit Sihl und Foleras schlafen können. So geht sie den Bach wieder zur Straße herunter, beobachtet die Gegend und wandert den Bach anschließend wieder hinauf.

So wandert die Sonne weiter. Die Gruppe erholt sich und entspannt. Sogar Firin sucht sich eine Beschäftigung, indem sie Steine stapelt, bis Sihl aus seinem Mittagschlaf erwacht. Gähnend und streckend richtet er sich halbwegs auf. „Na, gut geschlafen?", fragt Reavaer den Kleinen wohlwissend, dass er keine aussagekräftige Antwort bekommt. „Szaah! Szaah!", bekommt er zumindest zurück. Im nächsten Moment schlängelt Sihl davon. Reavaer versucht, ihm noch mit den Augen zu folgen, aber er kann sich zwischen Gras und Bäumen problemlos umherbewegen. Außerdem ist er dank seiner Farbe so gut getarnt, dass man ihm nur schwer folgen kann, wenn er im Gras oder im Wald ist. So schnell, wie er verschwunden ist, taucht er wieder vor der Gruppe auf. Die Hände und das Maul wieder voll mit Käfern, die momentan wohl seine Leibspeise sind. Diese verschlingt er wieder nacheinander im Ganzen. Nach einem Schluck aus dem Bach kommt Sihl zurück zu den Dreien. Vor ihnen angekommen, kann er sich gar nicht entscheiden, an wen er sich wenden und anhängen soll. Schon springt Firin vor und nimmt dem Kleinen die Entscheidung ab. „Los, lasst uns ihm etwas Neues zeigen, vielleicht etwas, das die Schlange-Magrennar im Wald nicht gemacht haben?" Sie kniet sich zu dem Kleinen hinunter und überlegt kurz. „Ah, ich weiß, etwas ganz Schönes!" Sie grinst und wirft ihre Haare hinten auf eine Seite, so dass eine Schulter frei ist. Dann legt sie sich Sihl vorsichtig unter die Achseln, legt die Hände über seinen Rücken und hebt ihn hoch zu sich. Nun drückt sie ihn an ihre Brust. Sein Gesicht ist nun über ihrer haarlosen Schulter und sie drückt ihre Wange gegen seine. „Das ist eine Umarmung, he he." Sie reibt ihre Wange neckisch an seiner. Er wiederum legt seine Arme um ihren Hals, freut sich in seiner üblichen summenden Art und reibt zurück. „Ich denke, er mag Körperkontakt im Allgemeinen", kommentiert Foleras und grinst vor sich hin. „Keine schlechte Idee. Wenn wir ihm jetzt einige Verhaltensweisen der Maginar beibringen, fällt es ihm später leichter, sich einzuleben", stimmt Reavaer zu, während er beobachtet, wie Firin den Kleinen umarmt. „Ja, er lernt schnell und wird auch schnell groß. Wenn wir ihm jetzt nichts Nützliches beibringen, lernt er es vielleicht nie", kommt es aus Firins Mund. Die beiden erwachsenen Magonar wundern sich über solch weise Worte ausgerechnet von der jungen Maga'a. „Da hast du absolut recht. Und ich habe auch schon eine Idee, was ihm noch gefallen könnte. Kannst du dich an das Lied erinnern, als du damals in der Taverne getanzt hast?" Reavaer richtet die Frage an Firin. „Hm, an einen Text kann ich mich nicht erinnern, aber an die Melodie sehr wohl", äußert sie nach kurzem Überlegen. „Hervorragend, das reicht auch schon. Fang bitte an und ich steige mit der Begleitmelodie ein. Aber benutz Geräusche, die der Kleine auch machen kann", fordert er Firin auf. Die Maga'a setzt Sihl wieder auf den Boden und muss kurz überlegen, wie sie beginnen soll. Dann fängt sie mit leichtem Summen und rhythmischen Bewegungen des Oberkörpers an. „Hm-da dadara dadu didam", fängt sie vorsichtig an. Schließlich sieht sie zu Sihl hinunter, nachdem sie einigermaßen in die Melodie kommt. „Ha sasara sasu sisaaah", singt sie ihm lächelnd entgegen. Die Drei versammeln sich sitzend im Halbkreis um Sihl. Reavaer steigt in Firins Gesang mit einer Begleitmelodie ein. Sie beide schlenkern tanzend mit dem Oberkörper und dem Kopf zur Musik. Als Foleras sich die wiederholende Melodie eingeprägt hat, macht er auch mit, indem er im Takt leicht mitklatscht und ebenfalls sitzend tanzt. Der Kleine schlenkert mit dem Oberkörper nach dem Vorbild der drei Maginar vor ihm. Firin bietet Sihl ihre Hände an. Er greift sich ihre ausgestreckten Finger mit den Klauen und kann sich nun aufrichten. Mit aufrechtstehendem Oberkörper kann er die Bewegungen der anderen nun leichter imitieren. Aufgeregt hopst und schwingt er mit dem Oberkörper und selbst der Unterkörper zappelt bis zur Schwanzspitze mit zum Takt. „Sehr schön und jetzt etwas langsamer", unterbricht Firin ihren Gesang kurz und macht dann langsamer weiter, damit Sihl besser mitkommt und leichter mitmachen kann. Die erwachsenen Magonar passen sich ihrer Geschwindigkeit an. Jedoch imitiert Sihl erst einmal die Tanzbewegungen der Dreien. Es sind nicht direkt die gleichen Bewegungen, aber etwas, das ihm Spaß macht. Erst nach einigen Wiederholungen der Melodie versucht er, diese auch zu imitieren. Er bekommt das nur bruchstückhaft hin. „Sasah Suuh Saah", summt er leise. Firin freut sich über die Teilnahme von Sihl so sehr, dass sie kichernd glucksen muss, denn sie singt ja noch nebenbei. Danach versucht es Sihl noch weiter, mitzusingen. Doch auch das Klatschen von Foleras sieht für ihn sehr interessant aus. Plötzlich lässt er die Finger von Firin los. Mit etwas Konzentration und Beherrschung schafft er es, anfangs etwas schwankend, mit seinem Oberkörper aufrecht stehen zu bleiben. Firin passt auf und bleibt mit ihren Händen in der Nähe, da sie befürchtet, dass er umkippen könnte. Aber wie es scheint, ist der Wille des Kleinen stärker und er bleibt aufrecht. Die Musik und der Gesang stoppen kurz. Doch Sihl fängt an, zu klatschen. Anfangs noch unbeholfen, da er an den Fingerspitzen stabile Klauen hat. Die Drei machen daraufhin weiter mit Musik und Gesang und so kommt auch der Kleine in den Takt. Er singt nicht mehr, da ihm Klatschen und Tanzen wohl mehr Spaß machen. Nach einer Weile mit derselben Melodie unterbricht Foleras die Musik. „Wie wäre es, wenn wir nun etwas anderes anstimmen? Ich bin etwas herumgekommen und kenne noch andere Lieder." Da Firin und Reavaer sonst keine anderen Melodien kennen, sind sie froh, dass Foleras nun die Leitung für die Musik übernimmt. Foleras stimmt eine neue Melodie an und fängt an, zu singen. Das Gesprochene hält er wie Firin vorher in einfachen, langsamen Zischlauten. Firin und Reavaer fangen an, zu dem Sprachgesang von Foleras zu klatschen, wobei Reavaer auch wieder melodische Begleitgeräusche macht, damit ein Lied dabei herauskommt. Sihl klettert aber erstmal auf Firins Schoß, um es sich halb liegend darauf bequem zu machen. Das aufrechte Stehen ist ihm wohl zu anstrengend geworden. Seine Begeisterung für die Musik ist aber nach wie vor groß. Der Kleine klatscht wieder mit den Händen mit und kann sich auch wieder auf das Imitieren des einfachen Gesangs konzentrieren. Leise hört man ihn die Töne nun nicht mehr mitsummen, sondern richtig den Mund und die Stimme zu den Tonlauten formen. „Sih Sahsah Suuuh." Die kleine Schlange wird immer besser, je mehr verschiedene Lieder die Gruppe anstimmt. Irgendwann beschließen sie, mit der Musik aufzuhören, Foleras erzählt dann wieder eine seiner Geschichten. Zwischendrin verschwindet Sihl, um sich etwas zu essen zu besorgen. Dabei macht Foleras auch gleich Pause. Reavaer sieht sich immer wieder um, damit sie nicht von Tieren überrascht werden. Doch den ganzen Tag über ist kein Tier zu sehen. So genießen die Vier den Rest des Tages ausgelassen. Bis zu dem Moment, als die Sonne unter geht und Sihl müde wird, feiern sie ausgelassen. Foleras geht mit Sihl unter die Decke. Firin und Reavaer bleiben in der Nähe sitzen und halten wie gewohnt Wache.

Die Kristallseuche

Am nächsten Tag wird Foleras wegen der in sein Gesicht scheinenden Sonne wach. Als er sich aufsetzt und streckt, sieht er, dass Reavaer bei ihm sitzt. Er beobachtet Firin und Sihl beim Spielen am Bach. „Möchtest du wirklich zu dem Ort gehen, von dem all die Maginar geflohen sind?", möchte Foleras von Reavaer wissen. „Es könnte sehr gefährlich sein. Willst du die beiden dem Risiko aussetzen?", fügt er noch hinzu. „Um Firin mache ich mir keine Sorgen. Sihl wiederum müssen wir im Auge behalten. Er kennt Gefahr noch nicht. Was auch immer dort die ganzen Maginar in die Flucht getrieben hat, muss sehr ernst sein. Wenn sich keiner von ihnen gegen dieses ... Übel, was auch immer es sein mag, behaupten konnte, was hält es davon ab, weiter ins Landesinnere zu wandern? Es könnte sich über die ganzen Landmassen ziehen. Wo sollen die Maginar dann noch hin?", äußert Reavaer seine Befürchtungen. „Und du denkst, du kannst etwas gegen dieses Übel ausrichten?", fragt Foleras noch einmal nach. „Das weiß ich nicht. Aber das ist auch nicht wichtig. Meine Neugier würde mir sowieso keine Ruhe lassen, bis ich zumindest gesehen habe, was dort vor sich geht", gibt Reavaer schulterzuckend zurück. Seufzend steht Foleras von seiner Decke auf. Er packt sie wieder in seinen Beutel. Zusammen gehen die zwei Magonar zu den Spielenden. „Dann wollen wir mal weiter. Mal sehen, was wir heute erleben", fordert Foleras Firin und auch Sihl zum Aufbruch auf. Firin nimmt die kleine Schlange aus dem Bach. Sie lässt ihn etwas abtropfen, bevor sie ihn auf ihre Schulter setzt. Zusammen gehen sie zurück zur Straße. Sihl schaut noch einmal zurück zur Stelle, wo sie rasteten, dann sieht er wieder zu Firin. Geschickt schlängelt er sich um sie herum und wieder unter ihre Haare und um den Nacken. Er schaut wieder unter ihren Haaren hervor, diesmal aber auf der anderen Schulter als gestern. Wieder in Position, schaut Sihl aus Firins Haaren heraus, gleich neben ihrem Kopf. Freudig reibt er seinen Kopf gegen Firins Wange und Hals, was sie zum Kichern bringt. Auf der Straße ist es nicht mehr so eng gedrängt wie am Tag zuvor. Es sind noch Flüchtende unterwegs, aber es müssen keine zwei Karren mehr nebeneinander fahren. So kann die Gruppe auf der anderen Straßenseite gut Abstand halten, damit Sihl nicht entdeckt wird. Reavaer schaut, wie die Kolonne an Flüchtlingen vorankommt. Die vollbeladenen Karren werden meist von Transfusions-Magie gezogen. Die Anwender der Magie können magische Kraft in ihre Muskeln pumpen, damit sie stärker werden und die Karren ziehen können. Die Kolonne dünnt sich immer mehr aus, bis die Gruppe wieder allein auf der Straße ist. Dann dauert es auch nicht mehr lange, bis sie die ersten Häuser der kleinen Stadt Muren sehen. „Ab hier müssen wir vorsichtig sein, wir wissen nicht, was genau die Bewohner verjagt hat", warnt Reavaer die anderen, woraufhin ihre Schritte langsamer werden und sie sich vermehrt umschauen. Als sie näherkommen, ist nichts Gefährliches zu erkennen. Lediglich die Häuser sehen seltsam aus. An einigen Stellen an den Hausmauern sind so etwas wie kristallartige Auswüchse. Außerdem ist jede Menge Kristallsplitter auf dem Boden verteilt. Bei genauerem Hinsehen jedoch bewegen sich die Splitter auf dem Boden. „Wartet bitte hier, ich will mir das näher ansehen. Ich hole Euch, wenn es sicher ist." Auf seine Schritte achtend geht Reavaer weiter in die Stadt hinein. Die anderen warten währenddessen in einigem Abstand zur Stadt und beobachten die Kristallsplitter auf dem Boden. Reavaer hat, während er zu den Häusern geht, einen besseren Blick auf die Splitter am Boden. Diese haben alle dieselbe Form. Vorne sind sie spitz, nach hinten hin werden sie größer. Fast wie Dreiecke, nur, dass sie ganz oben kugelrund sind. Wie Schnecken schlurfen die Splitter über den Boden und hinterlassen eine feine Kristallspur. Unsicher darüber, ob diese sehr langsam vor sich hin kriechenden Kristallwesen die Bedrohung sein sollen, die die Bürger der Stadt vertrieben hat, geht er weiter in die Stadtmitte. Für die Drei, die am Stadtrand geblieben sind, ist Reavaer schon hinter einer Hausecke verschwunden und nicht mehr zu sehen.

Je weiter er durch die Stadt Richtung Küste geht, umso mehr kriechende Splitter sind auf dem Boden verteilt. Man kann kaum noch auftreten. Sie schlurfen wild durch und sogar übereinander. Im Stadtinneren wird das ganze Ausmaß des Unglücks sichtbar. Die Häuser sind vollkommen von solidem Kristall überzogen. Vereinzelt stehen Maginar auf den Straßen, die ebenfalls von Kristallen überzogen sind. Sie alle haben einen erschrockenen Gesichtsausdruck. Eine Weile sieht er sich das Bild an und denkt nach. Er kann zwar das Meer sehen, kommt aber ab der Mitte der Stadt nicht weiter. Die ziellos schlurfenden Splitter sind so zahlreich, dass man nicht mehr an ihnen vorbei steigen kann. Um weiter vorwärts zu kommen, muss sich Reavaer eine kleine Plattform aus Eis formen. Er setzt sich darauf wie auf einen Stuhl. Zusätzlich muss er sich einen Bügel formen, damit er sich festhalten kann. Reavaer könnte von seiner eigenen Plattform rutschen, da er sich auf die Kontrolle der Plattform konzentrieren muss. Da das Eis sehr glatt ist, kann er die Bewegung seines Körpers und dessen Trägheit nur bedingt ausgleichen. Er steigt mit der Plattform hinauf und schwebt in einigem Abstand über die wuselnden Kristallstücke hinweg, während seine Beine am Rand des Sitzes hinunterhängen. An der Küste stehen nur wenige Häuser, die aber allesamt von Kristallen bedeckt sind. Inmitten der ganzen hellen Kristalle am Strand sieht er eine Maga umgeben von den Splittern. Sie scheint ruhig dazustehen und aufs Meer zu blicken. Es macht nicht den Anschein, dass sie Angst hätte oder dort unbedingt wegwollte.

Unsicher, was er von der Person halten soll, umkreist er sie im weiten Abstand. Doch als er sie von der Seite sieht, scheint sie ganz normal. Sie schaut vor sich hin, scheint nachzudenken, kratzt sich am Kopf und seufzt gestresst. Reavaer beschließt, sie anzusprechen, dazu lässt er die Plattform näher an sie heran schweben. „Verzeihung, aber kann man helfen?", spricht er sie an, noch bevor er ganz bei ihr angekommen ist, um sie nicht zu erschrecken. Die

Maga dreht erst ihren Kopf zu Reavaer hin, dann wendet sie sich ihm komplett zu. Erst antwortet sie ihm nicht, sondern mustert ihn mit einem kritischen Blick von oben bis unten. Dabei sieht sich Reavaer die Maga auch genau an. Die Kleidung, die sie trägt, ist ungewöhnlich. Es sieht aus wie Lederkleidung, allerdings ist diese ganz schwarz gefärbt und enganliegend. Es ist sehr aufwendig gemachte Kleidung, zu edel für Jäger und zu praktisch für Bürgermeister. Die Haut der Fremden ist etwas bleich für eine Maga. Ihr Haar ist braun wie ihre Augen und steht nach hinten wie eine Mähne. Nach einigen Momenten von unbehaglicher Stille fängt die Maga an, zu sprechen. „Finden wir es heraus, aber nicht hier", antwortet sie ihm skeptisch dreinblickend. Dann dreht sie sich und löst sich in der Mitte ihrer Bewegung in Luft auf, als ob sie durch ein unsichtbares Portal schreiten würde. Zeitgleich taucht sie in einiger Entfernung an dem Platz, wo Reavaer seine Plattform geschaffen hat, wieder auf. Dort sind weniger Kristallsplitter. Verdutzt lässt Reavaer seine Plattform zu der Maga hinschweben und steigt von dieser ab. Daraufhin löst sich seine schwebende Plattform auch wieder auf.

„Ich sehe es dir an. Du bist ein Eingeweihter, wo ist der Wächter dieser Welt? So etwas sollte nicht passieren", erklärt sie Reavaer, der mit ihrer Aussage aber nichts anfangen kann. „Ich kann nicht folgen. Mich hat niemand eingeweiht und welcher Wächter sollte das verhindern?", gibt Reavaer zurück. Die Maga verdreht daraufhin die Augen. Sie seufzt genervt und greift vor sich. Ihre Hand verschwindet kurz in der Luft, als würde sie in einen dunklen Schleier gleiten. Als sie die Hand wieder zurückzieht, hat sie ein Buch in der Hand. So eines hat Reavaer noch nie gesehen. Es hat eine feste, verzierte Außenseite. Doch das Besondere ist die Dicke des Buches. Es ist so breit wie seine ganze Elle. Es müssen Zehntausende von Seiten sein. Die Maga hält es jedoch ohne Probleme wie ein Taschenbuch. Sie schlägt es auf und sucht die richtige Seite. Reavaer versucht, einen Blick hineinzuwerfen. „Aha, hier. Moment … Hier steht, dass du der Wächter dieser Welt sein sollst. Du bist kein Eingeweihter, du bist einer meiner Leute!", ruft sie Reavaer entgegen, bevor er den richtigen Winkel hat, um einen Blick in den Wälzer zu werfen. „Ich soll derjenige sein, von dem Ihr redet?", gibt er ehrlich zurück. „Was soll das heißen? Natürlich bist du derjenige, die Enzyklopädie lügt niemals! Du bist ein Exi und ich bin deine Vorgesetzte!" Die Maga regt sich furchtbar auf. Sie glaubt Reavaer seine Unwissenheit nicht. „Es tut mir leid. Ich habe keine Ahnung, wovon Ihr redet. Meine Erinnerungen reichen nur ein paar Tage zurück. Vorher war meine Seele in einem nicht gelösten Körper gefangen. Keine Ahnung, wie lange ich dort gelegen habe", erklärt er der Maga ruhig. Sie schaut nachdenklich weg und dann wieder in ihr Buch. „Was du sagst, entspricht den Regeln dieser Welt. Wenn es so war, wie du sagst ... könnte es Verrat eines Eingeweihten gewesen sein. Das kommt vor. Na gut, dann muss ich dir glauben. Deshalb fangen wir am besten am Anfang an." Sie wirkt nicht mehr so aufgebracht. Dennoch seufzt sie kurz, bevor sie anfängt, weiter zu reden. „Also, ich werde dir die Sache so erklären, wie jemandem, der mich verstehen sollte. Falls Fragen aufkommen, bitte frag, nachdem ich fertig bin. Gut ... Wir beide gehören zu einer interdimensionalen Spezies Namens *Exi*. Wir kommen aus einer Dimension zwischen den Dimensionen, dort liegt unsere Welt. Wegen unserer Fähigkeit, die anderen Dimensionen zu betreten, und unserer Anpassungsfähigkeit haben wir beschlossen, die anderen Dimensionen zu beobachten und für Gleichgewicht zu sorgen, damit sich die Welten nicht selbst vernichten. Unsere Anpassungsfähigkeit nennt sich *Schnellevolution*. Damit sind wir für die Bewohner der jeweiligen Dimensionen nicht von ihresgleichen zu unterscheiden. Naja, körperlich gesehen. Wir haben schon Fähigkeiten, die uns mächtiger machen als die Bewohner, aber das ist ein anderes Thema. Nun weiter, die Schnellevolution sorgt im unwahrscheinlichen Falle des Todes eines Exi, dass dieser sich vollkommen an die Welt anpasst. Auch seine Erinnerungen. Das scheint bei dir der Fall gewesen zu sein. Das war jetzt vielleicht etwas viel auf einmal, aber laut dem Buch solltest du einer der klügeren Köpfe sein. Hast du nun Fragen?" Die Maga spricht zu Ende und schaut Reavaer einschätzend an. Reavaer wiederum umgreift nachdenklich sein Kinn mit dem Zeigefinger der linken Hand. „Ja, wie ist eigentlich Euer Name? Und was bedeuten die Wörter *Dimension* und *Todes*? Auf die Frage schaut die Maga wieder in das Buch. „Gut … Also, zu Dimensionen. Das ist etwas kompliziert, das werde ich zu gegebener Zeit erklären. Und zu Tod sagen die Bewohner hier … Unleben." Sie muss die Übersetzung erst nachschlagen. „Mein Name ist Kit, meines Zeichens Oberste Ordnerin der Exi", stellt sie sich vor. Dann sieht sie sich wieder nachdenklich zu den schlurfenden Kristallsplittern. „Zu diesen Kristallschnecken hier fällt mir momentan nichts anderes ein, als sie alle einzeln aus dieser Welt zu teleportieren. Das raubt mir den letzten Nerv, wenn ich nur daran denke", seufzt sie wieder missmutig. „Ich denke, ich könnte hier tatsächlich helfen, denn …", möchte Reavaer antworten, wird aber von einem fernen Rufen unterbrochen. „Warte! Nicht dorthin, das ist gefährlich!", ruft Firin aus der Ferne und läuft hinter einem ausgebüchsten Sihl her. Die kleine Schlange windet sich geschickt durch die ganzen glitzernden Splitter. Einen tippt er an der oberen Kugel an, woraufhin ein Stachel aus der unteren Spitze sticht. Glücklicherweise steht Sihl neben der Schnecke. Der Stachel geht nicht in seine Richtung. Doch Sihl amüsiert sich so sehr damit, sodass er noch weitere Male tippt und der Stachel wieder und wieder ausgefahren wird. Der Kleine lacht amüsiert. „Oje, das sollten wir unterbinden", sagt Kit hektisch und greift in die Luft vor sich. Ihre Hände verschwinden, als würden sie durch ein Loch greifen. Als sie diese zurückzieht, hat sie den kleinen Sihl in den Händen. Dieser ist im ersten Moment verwirrt über den plötzlichen Ortswechsel. Als er aber Reavaer und auch Kit sieht, ist er wieder fröhlich und aufgeregt. „Das hätte ins Auge gehen können, du musst vorsichtiger sein." Kit redet ruhig auf Sihl ein wie auf ein Magi'i. Sein Aussehen beachtet sie nicht weiter. Nachdem Sihl seinen Kopf schief gelegt und einige Male in ihre Richtung gezüngelt hat, windet er sich aus ihren Händen und umarmt ihren Hals. „Oh, du bist ja ein ganz Herzlicher." Kit klingt überrascht und weiß nicht recht damit umzugehen. Sie streicht ihm einfach über den Rücken. Sihl wiederum seufzt ausgelassen. „Er hat erst gestern umarmen gelernt. Wie es scheint, genießt er es sehr und mag es, neue Leute zu treffen", kommentiert Reaver, greift dann vorsichtig nach Sihl und nimmt ihn von Kit herunter. Reavaer setzt den Kleinen auf seine Schulter, hält ihn mit der einen Hand oben, damit er nicht ausbüchsen kann und krault ihn mit dem Daumen den Bauch. Sihl entspannt sich auf der Hand und wird ruhig. Dann wendet er sich zu den weit entfernten Foleras und Firin, die nicht wissen, was sie wegen Sihl tun sollen. Reavaer weist ihnen mit einer Handbewegung an, zurückzubleiben. Danach wendet er sich zurück an Kit. „Wie ich sagen wollte, ich könnte helfen. Mit den Fähigkeiten, die ich hier gelernt habe, könnte ich alle Kristallschnecken aufspüren und auf einem Fleck sammeln", beendet Reavaer seinen Satz von vorhin. „Oh, wirklich? Du kannst alle zusammentragen? Das wäre wirklich sehr nützlich. Doch bist du sicher, dass dir kein einziges entkommen kann? Wenn auch nur ein einziges zurückbleibt, fängt alles von vorne an." Kit ist nicht von Reavaers Fähigkeiten überzeugt. „Es wäre nützlich, zu erfahren, wie weit die Schnecken verbreitet sind. Mit dieser Information kann ich alle im Umkreis einsammeln", bestätigt er noch einmal. „Na, das lässt sich einrichten!", quietscht Kit im nächsten Moment begeistert. „Gib mir ein paar … Augenblicke, um die Ausbreitung zu bestimmen." Mit diesen Worten geht Kit nach vorne, aber verschwindet in der Bewegung und löst sich komplett in Luft auf. Zurück gelassen schauen sich Reavaer und Sihl gegenseitig an. „Na, dann bereiten wir uns auch vor. Es wird kälter, also müssen wir dich irgendwo unterbringen." Reavaer hat kein langes Haar wie Firin oder eine Decke wie Foleras. Deshalb hebt er Sihl von seiner Schulter und platziert ihn in der Tasche mit den Karten. Darin ist es eng, aber da Sihl es gewohnt ist, getragen zu werden und es warm mag, ist er zufrieden. Neugierig schauen sein Kopf und die Schultern aus der Tasche heraus. „Szaah Szaah?" Seine üblichen Laute haben schon fast einen fragenden Unterton. „Warte nur ab, gleich wird es aufregend", gibt Reavaer antwortend zu Sihl zurück, ohne zu wissen, ob der Kleine ihn auch wirklich versteht. Die beiden warten inzwischen länger als nur

Augenblicke. So wendet sich Reavaer zu den Kristallschnecken. Er greift vorsichtig eine an der oberen Kugel und hebt diese auf. Die Schnecke sticht wieder und wieder aus ihrer vorderen Spitze in der Hoffnung, irgendetwas zu treffen. Reavaer ist jedoch vorsichtig und umgeht den Stachel mit der zweiten Hand. Er legt seine Finger in einem Dreieck zwischen die Kugel am oberen Ende und die untere Spitze. Reavaer starrt das Kristallwesen vor sich an. Seine Augen fangen an, zu flimmern. Seine Fingerspitzen fangen kurz an, zu blitzen, was nach einem Moment wieder aufhört. Reavaer nimmt seine Finger wieder weg. Die Schnecke fährt keinen Stachel mehr aus. Auch nicht, als Reavaer sie von der Seite antippt. Auch hält er die Spitze nach unten, um zu testen, ob ein Stachel ausfährt, aber nichts passiert. Der Kristall bleibt in Form. „Nun denn, ein kleines Andenken, wie findest du es?" Er zeigt Sihl die nun ungefährliche Kristallschnecke. Dieser tippt sie an und züngelt an dem Kristall. Doch er schüttelt sich und windet sich von dem Kristall weg. „Ja, du hast recht, nicht meine beste Arbeit." Er steckt sich den Kristallsplitter nun in die Robe. Er hat dort keine Taschen oder etwas zum Aufbewahren, aber irgendwo kann er den Kristall unterbringen, wo er nicht hinausfällt oder verrutscht. Dann spielt er wieder mit Sihl, der in seiner Umhängetasche sitzt, und irgendwann kommt Kit aus dem Nichts geschritten. „Sooo, hier ist das Gebiet, in dem die Viecher ausgebreitet sind." Kit hält Reavaer ein Stück Papier entgegen. Reavaer nimmt es und erkennt dort zwar eine Landkarte mit einem Umkreis, aber es stehen ebenso Zahlen, Rechnungen, Formeln und Einheiten darauf, die ihm unbekannt sind. „Das verstehe ich nicht, wie weit ist es nun ausgebreitet?", fragt er Kit verwirrt. Sie nimmt den Zettel zurück und sieht sich diesen an, dann zurück zu Reavaer. „Ah, Ihr messt hier ja anders." Sie zieht wieder den großen Wälzer aus der Luft und gibt ihn Reavaer, der ihn halten soll. Mit Reavaer als Buchständer schlägt sie das Buch auf und blättert wenige Male. Dann kritzelt sie mit einem Stift auf dem Zettel herum. Daraufhin schiebt sie das große Buch wieder in ein unsichtbares Regal. Schließlich zeigt sie Reavaer den bearbeiteten Zettel. „Von dort hinten, wo deine Freunde stehen und die Schnecken sich noch nicht weiter verbreitet haben, sind es mehr oder weniger genau siebentausend-siebenhundert und siebenundsiebzig ... Schritte." Bei Reaver zuckt kurz die Augenbraue und er schaut etwas abwesend drein. „Hm, komische Zahl, nicht wahr? Schaffst du es, diesen Umkreis abzusuchen?", will Kit noch mal wissen. „Das ist kein Problem, ich brauche nur Ruhe und Konzentration", entgegnet er ihr. „Da ist noch etwas. Ich möchte dich auch gleich mitnehmen. Du weißt nichts mehr über deine Exi-Natur und musst das wieder lernen. Die ersten Übergänge zwischen den Welten könnten unangenehm sein. Das weiß ich aus eigener Erfahrung, aber du musst zurück auf deine Heimatwelt. Zumindest so lange, bis du wieder weißt, was es heißt, ein Exi zu sein", fordert Kit daraufhin. Reavaer sieht ihr für eine Weile regungslos mit stechendem Blick in die Augen. Kit wiederum schaut von Augenblick zu Augenblick verwunderter zu Reavaer, da sie langsam denkt, dass er irgendwie eingefroren sein könnte. „Der Zeitpunkt ist sehr schlecht, ich habe jemanden gefunden, den ich hier nicht zurücklassen will", erschreckt Reavaer Kit, als er plötzlich losspricht. „Das verstehe ich, trotzdem musst du deine Herkunft und dein volles Potential kennenlernen. Deine Unwissenheit könnte sonst eine Gefahr für diese Welt werden." Kit besteht auf ihren Standpunkt. „Ja, ich weiß, ich sollte mit dir gehen. Aber der Kleine ist momentan in einer wichtigen Phase. Er lernt und entdeckt alles." Reavaer hadert mit sich selbst. Er hält sich an den Kopf, rauft sich die Haare und sieht sich in alle Richtungen nach Argumenten um. Mit wütendem Gesichtsausdruck schaut er zu den Kristallschnecken.

„Gut, ich werde mit dir kommen. Wenn ich alles gelernt habe, was du mir beibringen willst, komme ich hierher zurück", kommt Reavaer zu einem Entschluss, als er wieder ausdruckslos zu Kit schaut. „Natürlich, wenn du voll ausgebildet bist, kannst du als Exi offiziell den Schutz dieser Welt übernehmen", stimmt Kit zu. „Na gut, dann will ich mich noch verabschieden, bevor wir diese Plage beseitigen", fordert Reavaer mit bitterer Stimme. Kit nickt nur leicht. Sie greift ihn an der Schulter und zieht ihn zu sich, während sie selbst einen Schritt rückwärtsgeht. Als er im nächsten Moment mit dem Fuß auftritt, steht er schon neben seinen Reisegefährten, die am Rande der Kristallausbreitung stehen. Entschlossen geht Reavaer auf Firin und Foleras zu. „Hört her, es hat sich etwas ergeben. Diese Kristallsplitter sind noch gefährlicher als gedacht. Ich muss dieser … Maga helfen, diese Splitter wegzubringen. Gleichzeitig muss ich aber auch auf eine Reise gehen, auf die ich Euch nicht mitnehmen kann", berichtet Reavaer mit so gefasster Stimme, wie es ihm möglich ist. Er nimmt Sihl aus seiner Tasche und stellt ihn gleich neben Firin. Sie versteht erst nicht, was Reavaer ihr sagen will. „Was? Du gehst irgendwohin und ich kann da nicht mit? Wo soll das bitte sein?", fragt sie mit unzufriedenem Gesichtsausdruck. „Das weiß ich leider selbst nicht", antwortet Reavaer ruhig, geht auf die Knie und tätschelt ihr den Kopf. „Aber du kannst nicht einfach ohne mich gehen! Wir waren noch nie getrennt!", quengelt sie inzwischen erbost. „Glaub mir, ich will nicht weg. Lieber würde ich bei dir bleiben, Sihl aufwachsen sehen und mit Foleras auf Reisen gehen. Leider habe ich hier keine andere Wahl. Jedoch werde ich versuchen, so schnell wie möglich zurückzukommen." Firin heult mit tränenden Augen, noch bevor Reavaer zu Ende gesprochen hat. Foleras weiß nicht, was er dazu sagen soll. Sihl steht daneben und kann die Gefühle nicht einordnen. Er schaut nur zwischen Firin und Reavaer hin und her. „Eine Aufgabe muss ich Euch noch mitgeben, falls ich ein wenig länger brauche. Ihr müsst dafür sorgen, dass Sihl in dieser Welt bestehen kann. Momentan gehört er weder zu den Maginer noch zu seinem Volk. Ihr müsst einen Weg finden, dass er sich nicht allein fühlt, sondern irgendwo mit dazu gehört. Egal, wo." Reavaer schaut hoch zu Foleras, der ihm nickend zustimmt. Auch Firin schaut Reavaer an und nickt. „Du sollst so schnell wie möglich zurückkommen, hörst du?", quengelt Firin schluchzend weiter. „Ich verspreche es", antwortet dieser nur knapp und umarmt die Kleine. Das wiederum versteht Sihl und streckt die Arme aus, um auch eine Umarmung zu bekommen. Er hopst auf seinem Schweif stehend in Vorfreude. Gleich wird er von Firin und Reavaer in die

Umarmung miteingeschlossen. Nach einigen Augenblicken gehen sie wieder auseinander. Reavaer wendet sich Sihl zu. „Mindestens genauso schwer fällt mir der vorübergehende Abschied von dir. Ich hätte dich wirklich gerne jeden Schritt deines Lebens begleitet und es hätte mir mindestens genauso viel Freude bereitet wie dir." Reavaer nimmt beide Hände an die Seiten von Sihls Kopf und hält ihn sanft. „Ich kann nicht weg, ohne dich in Sicherheit zu wissen. Bitte sei mein kleiner Hoffnungsschimmer." Mit diesen Worten drückt Reavaer seine Finger in einem Dreieck an Sihls Stirn. Der Kleine hält still und nach einem Moment der Stille nimmt Reavaer die Finger wieder weg. Reavaer steht auf, übergibt seine Umhängetasche an Foleras und hält ihm zum Abschied die Hand hin. Nachdem sich die beiden Magonar mit einem Händedruck verabschiedet haben, nimmt Reavaer etwas Abstand von den Dreien. Er formt eine Plattform aus Eis mit einem Geländer. „Kümmern wir uns nun um diese Plage", sagt er nur kurz zu Kit und weist sie an, ihm auf die Plattform zu folgen. Dann lässt er die Plattform schweben und fliegt Richtung Meer. Sein Blick ist auf Sihl gerichtet, bis er wegen der Entfernung nicht mehr zu sehen ist. Schließlich wendet er sich zu Kit. „Es wird gleich sehr kalt, macht dir das etwas aus?", fragt er sie bedrückt. „Nun, das ähm …" Sie kann wohl keine Schwäche zugeben. „Schon gut, ich mache eine zweite Plattform, stell dich einfach darauf." Er schafft eine zweite Plattform über der ersten. Diese beiden Plattformen sind mit dünnen Säulen miteinander verbunden. Kit klettert selbstständig auf die obere Plattform. „Gut, ich bin bereit", gibt sie nach unten durch. Reavaer konzentriert sich etwas und faltet die Arme vor seiner Brust. Auf einmal spreizt und streckt er die Arme zu den Seiten, woraufhin sich eine kalte Welle in alle Richtungen ausbreitet. Die Welle breitet sich zwischen Wasseroberfläche und Meeresboden aus. Stellenweise bildet sich Eis, da er die Temperatur nicht überall konstant halten kann. Reavaer ist komplett in seinen Zauber vertieft, um alle Kristallschnecken, die herumkriechen, zu erfassen. Die Kälte dient ihm wie eine Art sechster Sinn, mit dem er Formen und Bewegungen der Schnecken spüren kann.

Lange Zeit passiert nichts. Die Sonne wandert am Himmel und ist schon dabei, unterzugehen. Kit auf der oberen Plattform wartet und holt sich ein Buch aus dem Nichts, bis Reavaer seinen nächsten Zug macht. Auf einmal geht von Reavaer noch mal eine starke Welle der Kälte aus, begleitet von einem dumpfen Geräusch. Schließlich bewegt er seine ausgestreckten Arme langsam wieder zusammen. Kit lässt ihr Buch wieder verschwinden, als sie sieht, wie Kristallschnecken aus dem Wasser schweben. Je weiter Reavaer seine Arme zusammenzieht, umso mehr und mehr Schnecken sammeln sich vor den beiden in einer Kugel. Kit sieht, wie Reavaer die Schnecken schweben lassen kann. Jede einzelne Kristallschnecke ist mit ein wenig Eis umschlossen. Die Schnecken schweben folglich nicht selbst, sondern das bisschen Eis schwebt, in dem sie gefangen sind. Es sammeln sich immer mehr vor beidem. Die Größe der glitzernden Kugel nimmt immer mehr zu. Schon bald ist die Kugel so groß wie ein Berg und sie hört nicht auf, durch immer mehr Kristallschnecken weiter zu wachsen. Erst als vor ihnen ein kleiner Mond schwebt, hört die Kugel auf, weiter zu wachsen. Reavaer braucht all seine Konzentration, um das Gebilde vor sich in der Luft zu halten. Er kann nicht einmal blinzeln. Kit schaut nach unten zur Wasseroberfläche, ob auch nichts mehr nachkommt. „Gut, nun bin ich dran. Ich bringe uns sowie die Schnecken gleichzeitig weg von hier. Es könnte sich etwas komisch anfühlen", kündigt sie an. Ob Reavaer ihre Ansprache überhaupt gehört hat, weiß sie nicht. So bringt sie ihre Händen nach vorne, die Handflächen offen und zueinander gerichtet. Das Letzte, das Reavaer hört, ist ein Klatschen.

Darauf folgt ein Gefühl, als würde er zerrissen werden. Weg sind alle Schnecken. Das Eis, das sie umgeben hat, fällt zurück nach unten und löst sich auf, bevor es das Wasser erreicht. Das Einzige, das wirklich ins Meer fällt, ist Reavaers Robe, die langsam im Wasser untergeht.

Dimension Null

Der Schmerz dauert nur einen Augenblick. Im nächsten Moment ist Reavaer von Dunkelheit umgeben. Auch löst sich sein Zauber auf, da die Kugel vor ihm verschwunden ist. Es braucht einige Momente, damit er etwas wahrnehmen kann. Langsam sieht er dunkle Formen, ihm wird kalt und das Bewegen fällt ihm schwer. Im schwachen Licht sieht er nur die Farbe Lila. Er sieht einen großen Platz mit einigen Tischen und Sitzgelegenheiten und Regale. Es sieht fast wie ein großes Gebäude aus. Doch es gibt keine Wände, Dächer oder Türen. Es ist nur ein großer, freier Raum. In der Ferne sieht man sogar Felsen aus dem Boden ragen. Die ganze einfarbig lila Landschaft wirkt surreal. Als nächstes schaut Reavaer an sich hinunter und sieht nur eine graue, undefinierte Masse, die wie eine Säule nach oben steht. Er kann das nicht einmal kommentieren, denn er spürt keinen Mund. Als er seinen Zustand weiter untersucht, merkt er, dass er keine Nase, Ohren oder Arme hat. Bis auf seinen Sehsinn hat er keine Möglichkeit, die Umwelt wahrzunehmen. Sein erster Reflex ist, in Panik zu geraten, da er sich gefangen fühlt. Doch das legt sich schnell wieder, als er eine Stimme in seinen Gedanken hört, die nicht zu ihm gehört. „Hey, komm her zum großen Schreibtisch am anderen Ende des Platzes." Die Stimme klingt wie die von Kit. Nun schaut Reavaer sich um, welcher Tisch gemeint ist. Dabei entdeckt er mehrere graue, wabernde Türme, die durch die Gegend gleiten. Alle sehen gleich aus, bis auf einen, der auf der anderen Seite des großen Platzes hin und her schwingt. Reavaer versucht, zu gehen, aber es klappt nicht. Die einzige Art, wie er vorwärts kommt, ist, mit seinen großen Zehen nach vorne zu tippeln. So kann er wie die anderen grauen Gestalten über den Boden gleiten. Als er vor der Exi steht, welche ihn gerufen hat, spricht er sie an. „Kit, bist du das?" Die graue Lebensform vor

ihm wabbelt aufgeregt. „Richtig, wie gefällt dir deine Heimat?",
fragt sie gleich zurück. „Ich hatte etwas anderes erwartet." Reavaer hat zwar in dieser Form kein Gesicht, geschweige denn einen
Gesichtsausdruck, aber seine Tonlage bleibt wie immer gleichmäßig neutral. „Was hast du denn erwartet?", kommt gleich darauf die nächste Frage von Kit. „Etwas mehr … etwas Logisches.
Diese Welt ergibt keinen Sinn. Es gibt hier kaum Licht, keine
Pflanzen, keine Luft und weitere Dinge, die für Leben notwendig sind", argumentiert Reavaer drauf los. „Ja, kann wohl irri-
tierend sein, wenn man sich nicht daran erinnert. Um genau zu
sein, gibt es hier gar kein Licht. Das Einzige, was wir hier haben,
ist so etwas wie Fels, auf dem wir stehen können, mehr nicht.
Das einzige Licht, das auf uns herabfällt, kommt von den Di-
mensionsöffnungen am Himmel." Kit sieht hinauf. Daraufhin
schaut Reavaer ebenfalls nach oben. Dort sieht er verschiedene
fensterartige Öffnungen, die am Himmel feststehend Situationen
aus Welten zeigen, die er nicht einordnen kann. „Schon wieder
dieses Wort … Dimension. Du wolltest mir das erklären." Nun
klingt Reavaer fordernd, da er das alles verstehen will. „Ah ja,
gut, pass auf. Es gibt unendlich viele Welten, die so sind wie die
dir bekannte. Sie unterscheiden sich voneinander, da dort andere
Dinge passiert sind. Sie existieren alle in derselben Zeit und im
selben Raum, sind aber durch Dimensionen getrennt. Auch diese Welt ist so eine, aber auch wieder anders. Denn wir sind hier
quasi zwischen den Wänden, die die Welten voneinander trennen. Der Grund, warum wir überhaupt existieren können, ist,
dass kleine Teile Energie und alles Lebenswichtige aus den anderen Dimensionen zu kleinen Teilen hier herüberfließen. Es gibt
hier kein Wasser, keine Sonne, keine Luft. Das Einzige, das uns
am Leben erhält, sind die Fenster zu anderen Welten dort oben",
erklärt sie ihm immer noch etwas kryptisch, aber verständlich.
„Du sagst, es sind unendlich viele? Aber so viele sehe ich da oben
nicht", entgegnet Reavaer. „Ja, es gibt unendlich viele, aber die
meisten sind tote Welten. Wir beobachten nur Welten mit intel-
ligenten Lebensformen. Meist haben sie sich so entwickelt wie
auf deiner Welt. Zwei Arme, zwei Beine, Kopf, rosa Haut und so

weiter. Sie nennen sich manchmal anders, aber sie sind im Grunde alle gleich", erklärt sie weiter. „Und wie viele Welten beobachtet Ihr nun genau?" Reavaer schaut noch mal hinauf, um die Fenster grob zu zählen. „Momentan sind es 42. Bei den meisten hat sich keine intelligente Spezies gebildet. Manche haben sich inzwischen auch selbst zerstört. Es ist immer traurig, wenn so etwas passiert." Kits Stimme klingt am Ende des Satzes bedrückt. „Ich verstehe langsam. Da wir in alle Welten reisen können, achten wir darauf, dass sich die Bewohner nicht selbst vernichten?", vermutet Reavaer nun. „Ganz recht, wir halten das Gleichgewicht. Wir lenken die Bewohner auf vernünftige Wege. Das ist nicht immer einfach, manche Zivilisation machen es sich geradezu zur Aufgabe, sich selbst auszulöschen", schnaubt Kit über die Ignoranz mancher Lebewesen. „Um zu lernen, wie das geht, hast du mich hergebracht. Also wo fangen wir an?", will Reavaer sofort zur Tat schreiten. „Die Welt, in der du bisher warst, ist recht sicher. Sie scheint auf den ersten Blick gefährlich, aber die Bewohner dort halten zusammen und leben in Frieden. Deshalb sind sie auf dem 16. Platz", berichtet Kit. „Ihr habt Ränge für die einzelnen Welten?" Nun klingt Reavaer verwundert. „Je sicherer die Dimension für die Bewohner umso kleiner die Zahl. Bei den Welten mit den höchsten Nummern, 38 und höher, können die Bewohner es kaum erwarten, sich allesamt zu vernichten", berichtet Kit weiter. „Dann trainiere mich, um ein Wächter zu werden, damit ich so schnell wie möglich zurückkann." Reavaer möchte gleich loslegen. „Gut, aber das wird nicht so schnell gehen. Du wirst erst einmal auf einer gefährdeten Welt üben und wenn es sein muss, werden wir mehrere Welten besuchen", kündigt Kit an und geht um den Schreibtisch herum. „Bereit? Dann treten wir in die Dimension über, die ich für dich ausgewählt habe." Kits Körper wabbelt wieder aufgeregt. Sie berührt Reavaers Seite, indem sie sich direkt neben ihn stellt. „Wenn ich es sage, gehst du vorwärts", weist Kit Reavaer an. „Und los." Beide gehen gleichzeitig vorwärts. Reavaer spürt, wie er in eine andere Welt übergeht.

Glossar (Notizen zu Rialar)

Magi/nar = Mensch/en
Maga/nar = Frau/en/weiblich
Mago/nar = Mann/Männer/männlich
Magren/nar = anthropomorphe/s Tier/e (nur Raubtiere)
Magi'i/nar = Kind/er
Maga'a/nar = Mädchen, Tochter/Töchter
Mago'o/nar = Junge/n, Sohn/Söhne

Glanzmaterial: Fieses Zeug, es sind Steine oder Metall, das von Lichtmagie erfüllt ist. Es funkelt in der Sonne und verfärbt sich lila, wenn ein Nicht-Magi dieses berührt. Selbst ich muss damit aufpassen. Wenn ich mich nicht genau der Seite anpasse, werde ich enttarnt.

Luxon: Währung und Zahlungsmittel hier. Es gibt auf dieser Seite kein Gold, Silber oder ähnliche Metalle, nur ein einziges allgemeines Metall (Rialit). Luxon sind Edelsteine wie Diamanten, in denen eine kleine Menge Elementmagie eingeschlossen ist und die schwach leuchten. Es gibt vier Möglichkeiten, wie die Edelsteine leuchten können, je nachdem, welches Element eingeschlossen ist (blau, braun, weiß, rot). Die Farbe ändert aber nichts am Wert, außer es sind alle vier Elemente auf einmal eingeschlossen und es leuchtet in Regenbogen-Farben. Dann ist der Luxon das Zehnfache wert.

Rialit-Erz: Ein vielseitiges Metall mit der Eigenschaft, Magie aufzunehmen und zu speichern. Es lässt sich gut zu Werkzeugen formen, außerdem kann es mit Elementarenergie aufgeladen werden und diese langsam wieder abgeben, zum Beispiel in Form einer Fackel.

Riaberan: Aus Rialit gefertigte Kugeln mit Füßen, die Seelensammler benutzen, um körperlose Seelen aufzubewahren und zu transportieren.

Tod eines Magi: Das Auffallendste zuerst. Der Tod auf dieser Seite ist etwas Seltsames. Wenn der Körper eines Magi hier so weit zerstört wird, dass dieser nicht mehr funktioniert, stirbt der Magi zwar, aber die Seele bleibt im Körper schlafend gefangen. Diese Seele in einem dem Winterschlaf ähnlichen Zustand schützt den Körper unbewusst und dieser kann nicht verrotten und zur Erde zurück gehen. Das ist zwar bei anderen Lebewesen auf dieser Welt auch so, aber nicht so extrem. Jedenfalls nennen die Magi diesen Zustand „Unleben" und um diesen zu beenden, brauchen sie einen so genannten „Löser". Dazu später mehr.

Bunterde: Erde, die mit der Magie aller vier Elemente aufgeladen ist. Das Zeug ist brandgefährlich wie Säure. Es wird benutzt, um den Körper eines Magi im Unleben zu zersetzen und die Seele zu befreien, damit diese in das „Arkane Netzwerk" zurückkehren kann.

Elementarist: Ein Magi, der sich darauf spezialisiert hat, alle vier Elemente gleichzeitig zu kontrollieren. Die Hauptaufgabe eines Elementaristen ist, Bunterde herzustellen und als „Löser" zu arbeiten. Er kann aber auch zum Schutz dienen, doch die Kontrolle ist nicht so stark, wie die von jemandem, der sich auf ein Element spezialisiert hat.

Seelensammler: Diese arbeiten auch als „Löser" wie die Elementaristen, sind aber so etwas wie Totenbeschwörer. Sie gehen die „Lösung" eines Magi ins Unleben von der anderen Seite an. Sie trennen die Seele vom Körper und können die Seele auch in einen Behälter lagern, wenn die Seele es wünscht (weil die Seele eventuell noch nicht bereit ist, zu gehen oder noch Geschichten zu erzählen hat). Ohne die Seele ist der Körper nicht mehr geschützt und kehrt zur Erde zurück.

Gefühlsfelder: Emotionen, die sehr stark und sehr plötzlich in einem fühlenden Wesen auftreten, manifestieren sich in einer leuchtenden Kugel. Die Kugeln können sich an das Arkane Netzwerk oder an Seelen verankern. Gefühlsfelder können in allen Größen und Stärken auftreten. Die Entfernung eines solchen Feldes wird „Entkräftung" genannt. Nur Lichtmagie und Gefühlsmagie sind in der Lage, die Felder zu entkräften.

„Sei befreit": Ein spezieller Ausdruck zum Abschied, wenn ein Magi weiß, dass er einen anderen wahrscheinlich nie wiedersehen wird. Wird meist bei Lösungen verwendet oder bei sonstigen endgültigen Abschieden. Wird von einer Geste begleitet, bei der man die Hand als Faust hebt und diese sanft öffnet.

Der Autor

Edgar Deschle, geboren 1984, arbeitete als Kommunikationselektroniker, Elektriker und Lagerist. Er überlegte sich schon immer gerne Charaktere und Situationen. Mit „Die magische Welt Rialar" legt er seinen ersten Roman vor und nimmt den Leser mit in eine geheimnisvolle, magische Welt.